Tentatives périlleuses

Charlotte Van den Broeck

Tentatives périlleuses

Treize tragédies architecturales

Récit *traduit du néerlandais (Flandre)*
par Kim Andringa

Éditions Héloïse d'Ormesson

Cet ouvrage est publié avec le concours de
Flanders Literature

Vlaams
Fonds
voor de
Letteren

ISBN 978-2-35087-844-7

Éditions Héloïse d'Ormesson
92 avenue de France, 75013 Paris
www.editions-heloisedormesson.com

#lisez! engagé
www.lisez.com
Pour plus d'information :
Imprimé sur du papier issu de forêts gérées durablement.

« Aujourd'hui est un mot que seuls les suicidaires
devraient avoir le droit de prononcer, pour tous les autres
il n'a pas le moindre sens, il désigne pour eux
un jour quelconque. »

Ingeborg Bachmann, *Malina*

« L'architecture est un mélange risqué
de toute-puissance et d'impuissance. »

Rem Koolhaas & Bruce Mau, *S, M, L, XL*

« Les suicidés ont un langage particulier.
Comme les charpentiers ils veulent savoir quels outils.
Ils ne demandent jamais pourquoi construire. »

Anne Sexton, « Vouloir mourir »

SOMMAIRE

|1|

Piscine Communale Stadspark
2005-2011
Turnhout
Architecte anonyme

Elle eut la chance de se retrouver sur le dos au moment de l'accident, ce qui lui permit de garder la bouche hors de l'eau. Deux semaines avant l'anniversaire de ses seize ans, Nathalie C. de Retie se retrouve happée, sa longue queue de cheval aspirée par le système de filtration de la pataugeoire. L'incident se produit un dimanche après-midi d'affluence, il y a trop de monde pour faire des longueurs dans le bassin sportif. Nathalie est venue à Turnhout en voiture avec son oncle depuis une commune voisine. En attendant qu'un couloir de vingt-cinq mètres se libère, elle joue avec son oncle et son petit cousin dans la pataugeoire. Elle est assise dans l'eau peu profonde, le dos tourné vers le bord de la piscine, quand soudain quelque chose la tire brusquement vers le bas. Sa tête vient frapper violemment le rebord en pierre. Nathalie essaie d'abord de se redresser, mais une forte douleur la retient. Elle veut saisir sa queue de cheval – nous posons instinctivement la main sur les endroits qui nous font mal –, mais à l'endroit où celle-ci devrait se trouver, elle ne rencontre que l'arrière de son crâne, puis aussitôt la paroi du bassin.

Bien que, entre le moment où sa chevelure est prise dans le filtre et celui de sa libération, il n'y ait pas de danger immédiat de noyade, Nathalie se trouve au cours de ces minutes d'incertitude dans une position particulièrement inconfortable.

Bert P., responsable de la piscine, sera le premier à voler à son secours. La solution la plus évidente consiste à couper les cheveux, mais plus Nathalie se débat, plus la queue de cheval prisonnière tire sur son cuir chevelu. À tout instant maintenant, peau et cheveux risquent d'être arrachés de son crâne. En outre, ses gesticulations rendent difficile pour Bert P. de bien positionner ses ciseaux afin d'effectuer la coupe salvatrice. La jeune fille hurle à la mort, sans que l'on sache si ses cris traduisent une douleur intense ou des protestations.

En tant que responsable de la piscine, Bert P. a l'habitude d'agir en situation de crise. Ne cherchant pas à interpréter les cris, il décide de sectionner la queue de cheval sans merci. L'oncle et quelques spectateurs inquiets prennent Nathalie en charge. On lui enroule une serviette autour du crâne. Bert P., une main tenant les ciseaux, l'autre, la mèche coupée, comprend ce qui a dû se passer : à l'endroit précis où Nathalie appuyait sa tête contre le bord du bassin, le système de détection de chlore possède un point d'aspiration, protégé par une petite plaque de quatre millimètres d'épaisseur. La plaque étant mal vissée, la queue de cheval de Nathalie est sûrement passée dans le circuit d'aspiration qui se trouve derrière.

Aussitôt ces constatations faites, Bert P. s'active de nouveau. Après avoir vidé la pataugeoire, il remet la plaque en place. Il s'assure que cette fois-ci les vis sont bien serrées à fond. L'incident est clos.

Nathalie s'en tire sans blessures graves, mais après coup, elle ne se sent pas bien du tout. « Cela ne fait pas vraiment mal, mais j'ai eu très peur », déclare-t-elle dans un entretien accordé à la chaîne de télévision régionale.

À sa fête d'anniversaire deux semaines plus tard, je vois qu'elle a dissimulé la zone dégarnie de son crâne sous une grosse fleur artificielle. Cela ne ressemble à rien, mais nous n'en parlons que dans son dos.

Depuis son inauguration en octobre 2005, la piscine Stadspark ne resta jamais ouverte plus de trois mois consécutifs. Les fermetures temporaires ne cessèrent de s'enchaîner, provoquées par toutes sortes de curieux dysfonctionnements : des pannes système à l'éboulement des sols en passant par des scènes bibliques où l'eau se changea soudainement en lait.

Le mauvais fonctionnement de la piscine construite à prix d'or ne tarda pas à faire scandale dans la région. Elle avait coûté dix millions, et jamais elle n'était ouverte. Les habitués surtout se retrouvaient sans réponses à leurs questions, dont la principale était de savoir si on allait rembourser leur abonnement.

Tout ce tracas et la façon douteuse dont les autorités communales gérèrent le dossier de la piscine échappèrent largement à mon attention. Lorsqu'il apparut, à peine quatre ans plus tard, en 2009, que la fermeture allait devenir permanente à la suite d'une succession de pannes d'électricité et de problèmes d'étanchéité, j'étais déjà partie à Gand pour mes études, et j'avais d'autres chats à fouetter, telles que la littérature mondiale et mon progressif déracinement. La natation, j'en faisais une fois par semaine dans le magnifique bassin art déco du quai Baudelo. Le sol marécageux de ma région natale et tout ce qui m'y retenait commençaient doucement à relâcher prise, en même temps que la piscine de Turnhout s'y enfonçait. Littéralement.

Le local technique, qui abritait notamment la chaudière de la piscine, se trouvait au sous-sol. Aussi insensiblement que sûrement, le souterrain s'enfonçait dans le substrat uligineux. Les capteurs d'alerte du réseau électrique, posés aux trois-quarts de la hauteur des murs du sous-sol, étaient ultrasensibles, mais leur positionnement était peu stratégique : ils n'avaient été prévus que pour détecter les fuites provenant du dessus, des bassins, et non pas les remontées des eaux souterraines. L'emplacement en hauteur de ce système de sécurité rendait possible l'inondation du plus gros de l'espace avant que les capteurs se déclenchent. À ce moment-là, les appareils techniques seraient déjà irrémédiablement noyés ; à l'étage supérieur, les nageurs flotteraient électrocutés dans les bassins.

Plusieurs théories et spéculations relatives à la fermeture firent évidemment leur apparition parmi les usagers et les autres contribuables, mais la stratégie médiatique adoptée par l'administration communale lui permit de garder le silence sur l'enfoncement du sous-sol. Une multitude de causes aussi floues que changeantes dominait le débat.

En octobre 2009, une banderole fut accrochée au-dessus de l'entrée de la piscine :

FERMETURE DÉFINITIVE JUSQU'À NOUVEL ORDRE
POUR CAUSE DE TRAVAUX D'ENTRETIEN

Comme si l'obstination de ce message voulait anticiper le gain de cause à venir.

Dans les mois qui suivirent, l'on explora plusieurs pistes pour améliorer le réseau électrique. Nombre d'experts furent mandatés, un professeur fit même le déplacement. Des études de marché furent élaborées, d'innombrables réunions, convoquées en soirée. Tout cela dans l'espoir de parvenir à fixer une date de réouverture. Cette dernière finit par arriver : en janvier 2011, après un an et demi de fermeture, la piscine rouvrit ses portes.

Cela ne devait durer que quelques semaines. Au mois d'avril, la banderole fut raccrochée, après adaptation du texte :

FERMETURE DÉFINITIVE ~~JUSQU'À NOUVEL ORDRE~~
POUR CAUSE DE TRAVAUX D'ENTRETIEN

Combien de fois suis-je moi-même allée à cette piscine ? Pas assez souvent pour justifier la signification que j'accorde aujourd'hui à ce *lieu de piscine*[*]. À ma décharge : souvent, on ne prend conscience qu'après coup de ce dont on aurait dû se souvenir, et pour les choses qu'on aurait préféré oublier, il est alors déjà trop tard. Et inversement, dans le cas qui nous occupe. Je garde néanmoins un souvenir extrêmement net de la première fois où j'y ai mis les pieds.

Ce devait être environ six mois après son ouverture, en juillet 2006. J'ai tout juste quatorze ans, je suis un bien laissé sans surveillance, de sortie sans mes parents pour la première fois. Je porte un bas de maillot rouge dans lequel mes hanches commencent à s'arrondir. Le haut est un bout de polyester orange triangulaire, dont la pointe aiguë indique mon nombril dénudé. Mes cheveux tombent en une longue tresse sur mon dos, descendant jusqu'aux fesses. À l'intérieur de mon poignet, un faux tatouage tribal trouvé dans un sachet de chips. J'aimerais avoir un bikini neuf, de préférence très échancré sur les hanches et avec deux compartiments séparés pour mes seins inexistants, comme celui d'Eef, qui joue plus loin dans l'eau avec Max, son voisin – elle fait du B et a un bikini avec des bonnets. Max est un gamin potelé de dix ans, il a une frimousse adorable avec des taches de rousseur et une bouche effrontée. Quand il s'ennuie, il essaie de nous toucher à des endroits qui ne l'intéressent

[*] Les mots suivis d'une astérisque sont en français dans le texte (NdlT).

en somme pas vraiment, mais dont il sait qu'ils nous dérangent. La poitrine d'Eef constitue sa cible principale.

En vérité, il fait trop froid pour se baigner à l'extérieur, mais le bassin couvert est fermé – une panne technique à ce qu'il paraît. Eef et Max sont dans la piscine de plein air, moi je suis étendue sur ma serviette un peu plus loin, sur la pelouse. *Chair de poule, blanche comme un cachet d'aspirine, malingre*, me dicte le regard cruel qu'une fille de quatorze ans porte sur elle-même. Il me dit aussi que mon ventre est trop arrondi. Allongée sur le dos, je m'appuie sur les coudes pour creuser le renflement imaginaire. Personne ne fait vraiment attention à moi, je suis quasi-invisible, mais les regards des baigneurs en plein air me brûlent la peau. Je fais saillir ma poitrine plate, au cas où quelqu'un voudrait tout de même jeter un œil.

« Max, ne fais pas ça, arrête ! » entends-je crier Eef. Depuis le bord du solarium qui jouxte le bassin extérieur, j'aperçois le saule pleureur solitaire dans le champ voisin. En juillet, les blés dans l'ancienne prairie de fauche arrivent aux genoux. Sous mon angle de vue, les épis semblent toucher le bout des branches pendantes du saule, comme si, à l'endroit où ils se rencontrent, l'image était zippée et perdait sa profondeur : le tableau d'une pupille qui se débat avec la perspective.

Je lis une adaptation contemporaine de l'histoire d'*Abélard et Héloïse* qui se déroule à New York ; dans cette version, les protagonistes s'appellent Arthur et Lois. Nous venons de traduire le récit de *Héro et Léandre* en cours de latin. Je trouve que les amours impossibles et les saules pleureurs vont bien ensemble. L'association des deux avive la veilleuse dans mon cœur qui n'a pas encore éclos.

Dépliant mes bras, je m'allonge à plat sur le dos, menton collé à la poitrine pour voir la cime du saule dépasser des blés. Dans cette position, les épis donnent l'impression de grimper sur l'arbre. Ils s'enroulent comme des cordes autour des branches. De la plus haute branche pend, parmi le feuillage, un nœud coulant en corde de blés.

Éternel après-midi. Les couleurs prennent des reflets vifs. Personne ne travaille. *Peter Getting Out of Nick's Pool* (1966). Le soleil de Californie sur des fesses d'homme nues. Les toiles de David Hockney célèbrent la piscine dans le jardin comme endroit culte, incarnant la détente, la prospérité et l'ouverture sexuelle.

Nous sommes en août 2017. Je visite l'exposition temporaire du Centre Pompidou. Sur un coup de tête, j'ai pris la voiture pour me rendre à Paris. Au cours des semaines précédentes, j'ai travaillé comme une possédée sur une série de poèmes, une commande. Auparavant, j'ai eu une année chargée, et l'année précédant celle-là l'était tout autant. Je me souviens à peine de l'époque où la pression n'était pas aussi élevée. Je suis quelqu'un d'occupé. Je suis probablement épuisée, mais je ne l'admets pas. Au lieu de cela, je me fâche sans cesse pour des broutilles. En quête d'un pansement. La contemplation d'œuvres d'art. J'essaie de me recharger à travers les plans roses, bleus et jaunes de Hockney. *A Bigger Splash* (1967) : des formes simples, une gerbe d'eau ludique, une palette légère. Le soleil est hors cadre, mais difficile de se dire qu'il ne brille pas si on veut expliquer les couleurs dégoulinantes de chaleur. Cela semble très loin, hors de portée, une existence simple avec piscine.

Le tableau *Portrait of an Artist – Pool with Two Figures* (1972) nous montre un homme, je suppose qu'il s'agit de Hockney lui-même, au bord d'une piscine. Le jardin donne sur un paysage pittoresque, montagneux, verdoyant, respiration. Pourtant, l'homme près du bassin ne s'intéresse pas à la vue, son regard est tourné vers le bas, vers le personnage nu qui transparaît à la surface de l'eau et qui nage dans sa direction. La réfraction de la lumière crée des fissures marbrées dans l'eau. Le nageur est comme pétrifié dans la flaque de bleu, il paraît improbable qu'il refasse surface et lève le regard sur son spectateur. Est-ce le regard de l'homme qui le maintient prisonnier sous l'eau, ou est-ce moi qui vois des cages partout ?

Je parcours l'exposition, traversant scènes et couleurs, collages et dessins au crayon, influences du pop'art et velléités d'y résister, enchaînant les représentations des hommes qui ont jalonné la vie de Hockney : toujours leurs fesses espiègles, les piscines récurrentes, les dates. Une existence capturée par l'œuvre. Soixante ans traduits en coups de pinceaux, cela aussi, c'est une vie qui passe.

La dernière salle abrite une installation vidéo de Hockney intitulée *The Four Seasons*. Quatre parois se font face et forment un espace clos. Je me glisse par l'ouverture entre deux panneaux. À l'intérieur, chaque paroi se compose de neuf écrans distincts, sur lesquels s'affiche une image globale en mouvement. Je me pose sur le banc devant la paroi qui montre l'hiver.

Woldgate Woods, Winter, 2010 : l'image avance sur un chemin forestier enneigé, à l'allure d'un conducteur prudent. Un prédécesseur a laissé des traces de pneus sur le tapis de neige. Des arbres nus, couverts de givre et de neige, bordent la piste. Je regarde, et le mouvement m'aspire à l'intérieur de l'image, du paysage, du blanc, et je deviens regard, je deviens le conducteur et en même temps cette caméra lente qui suit le chemin dans la forêt. Pourtant, il me semble ne parcourir aucune distance parce que le paysage, à mesure que je m'y enfonce, ne change pas, c'est du moins l'impression que cela donne, car tout à coup, sans que j'en aie vraiment conscience, la piste enneigée se trouve non seulement sur l'écran devant moi, mais aussi derrière moi, je suis assise sur le banc du musée mais aussi au milieu de toute cette neige, je m'enfonce plus profondément encore dans le paysage blanc – non, je me laisse emporter plus loin dans le blanc par ce mouvement qui me traîne en avant, par le spectacle hypnotique. Synchrone avec la lenteur du déplacement de la caméra, et de la même façon que je suis tirée à travers le paysage, je me sens traversée de sel, comme si des larmes parcouraient le même chemin enneigé à travers moi. Dieu, comme je suis fatiguée. Comme ce blanc est pur.

Peu après la fermeture définitive de la piscine en 2011, des bruits se mirent à courir dans les bistrots de Turnhout. Des amis d'autrefois propageaient ces histoires jusqu'à Gand. Ou peut-être cela ne se passa-t-il pas ainsi, mais les entendais-je aux rares occasions où j'étais de retour en Campine, accoudée en personne au zinc du café Ranonkel. Si j'étais au courant pour l'architecte de la piscine ? À la suite d'un énième défaut de construction, il se serait suicidé. En fonction de la personne qui racontait, ou du nombre de gens ayant colporté l'histoire avant elle, l'architecte aurait mis fin à ses jours en se pendant dans le sous-sol qui s'affaissait, sur le lieu même de son crime de faillibilité. Une sombre plaisanterie.

Que tel fût ou non le sort du pauvre architecte, cela prit presque d'emblée une importance accessoire par rapport à la plausibilité de l'histoire. Quelqu'un qui s'attire un échec public de la taille de la piscine de Turnhout, qui se montre aussi peu compétent professionnellement, qui se fiche à ce point des gens et de leur porte-monnaie, ne doit-il pas en payer le prix ? On croyait, ou apparemment on voulait faire croire, que ce défaut de construction avait poussé l'architecte au suicide, et cette croyance constituait une vérité suffisante pour justifier que le récit soit répété avec cette version des faits. Une légende urbaine en puissance, plus convaincante à chaque réitération. C'était vrai parce qu'on estimait que c'était vrai, à l'instar de l'histoire de l'assassin caché dans le coffre d'une voiture qui a déjà fait frissonner des générations d'auditeurs réunis autour d'un feu de camp. Les assassins dans des coffres de voiture nous font peur. Les architectes qui échouent se suicident.

La cruauté du raisonnement qui précède l'histoire du suicide ne m'a frappée que des années plus tard, pour être honnête. Dans un premier temps, je ne crois pas m'être interrogée sur ce racontar. C'était le genre de choses qui arrivaient parfois ici. Plus tard, quand j'ai raconté l'histoire à mon tour, je l'ai agrémentée avec un certain sens du tragique emprunté au romantisme noir : l'architecte comme artiste raté, l'échec de sa création comme échec personnel.

Des versions plus sentimentales circulaient, elles dressaient le portrait psychologique non pas d'un artiste tragique, mais du fils méconnu d'un célèbre architecte de l'école de Turnhout – l'autre, vous voyez bien. Grâce à ce père, il aurait décroché la prestigieuse commande de la piscine. Une belle opportunité, l'occasion de se faire son propre nom dans le métier. Ce serait son échec personnel doublé de celui face à son père et maître qui l'aurait plongé dans le désespoir le plus profond. Nous ne sommes pas tendres avec ceux dont nous soupçonnons que les choses leur sont servies sur un plateau d'argent.

Des histoires de comptoir. Des commérages de province. Un règlement de comptes. Ce qui est certain, c'est que la piscine provoquait la rogne, et que la colère a besoin d'un exutoire. On n'était que trop contents de pointer l'architecte du doigt. Après tout, c'était lui qui avait conçu la piscine ainsi, avec la chaufferie à cet endroit, sur cette terre marécageuse. L'erreur était peut-être irréparable, l'échec, accompli, mais celui qui avait commis la faute devait en assumer la responsabilité ultime, du moins dans cette version romancée de la réalité. Le suicide au sous-sol, qu'il ait eu lieu ou non, redevenait vrai à chaque fois qu'il était narré et à chaque déformation qu'il subissait. Quoi qu'il en soit, personne ne demandait au récit d'apporter la preuve de sa véracité. C'est là que réside le verdict.

Chaque fois que je descends l'échelle d'une piscine, je passe devant deux ombres dans ma mémoire. Lui et moi, à jamais seize ans. Un dimanche après-midi, nous sommes enlacés, appuyés contre le bord de la piscine de Turnhout. Je suis en apesanteur dans l'eau, mes jambes entourant sa taille, ses mains sur mes fesses, et ses doigts qui partent en exploration dans mon bas de bikini. Entre mes jambes, je le sens qui durcit dans sa tente orange en tissu de maillot de bain. Sous l'eau, la friction est moins perceptible, pourtant il se presse tellement fort contre moi que j'ai peur qu'il me fasse un bleu. Nous nous embrassons sans interruption, on dirait des machines à laver, avec de grands mouvements de langue. Entre deux baisers, il me dit que je suis « sexy », mais je ne peux pas en être sûre, car il garde les yeux fermés en le disant. Je veux qu'il me regarde.

Moi, je n'ose pas le regarder. Je garde les yeux bien clos, et je pense au témoignage lu récemment dans un magazine, celui d'une fille qui avait eu un rapport sexuel sous l'eau avec son petit ami. Le pénis de ce dernier était resté coincé en elle, aspiré par le vide d'air. C'était très douloureux. J'envisage les possibilités, au cas où un tel scénario devait nous arriver. Nous pourrions fuguer pour rejoindre un cirque ambulant en tant que « *Siamese lovers* ». Je suis follement amoureuse de lui, je prends la pilule depuis peu, et je suis tout feu tout flamme. Les enfants apeurés, les adultes gênés, cela m'est égal. La piscine publique est le prolongement de ma chambre, où je n'ai pas d'intimité : ma mère exige que je laisse la porte ouverte quand je suis sur mon lit avec lui.

Ce n'est qu'à l'instant où nous entendons crier que le monde pénètre dans ma bulle et que je le repousse. En face, les gens s'attroupent autour du maître-nageur couché par terre en chien de fusil. Du sang sur le sol antidérapant. Deux garçons s'échappent vers le couloir qui mène aux vestiaires. Peu après, le maître-nageur est chargé dans une ambulance. Tout le monde doit quitter la piscine. Comme le couloir du vestiaire fait partie de la scène de crime, il faut se changer derrière les barrières d'accès. Près de cent baigneurs dégoulinent dans le hall. La police interroge tous les témoins.

Le maître-nageur aurait sorti de l'eau un trublion de douze ans, qui serait allé chercher son grand frère – le genre ours adepte de gonflette –, qui l'aurait ensuite tabassé. D'autres affirment que le maître-nageur, ne parvenant pas à contrôler le gamin, l'aurait saisi par la gorge pour le calmer, poussant le grand frère à venir à son secours. Sur les images de vidéosurveillance, on voit seulement le sauveteur, dos à la caméra, qui fait face au petit garçon avant d'être attaqué de dos par son agresseur.

Après une heure et demie d'attente, nous racontons en rigolant à l'agent de police que nous n'avons même pas vu ce qu'il s'est passé, nous étions en train de nous bécoter. Il nous laisse partir.

Le maître-nageur s'en tire avec une fracture de l'os zygomatique et une autre au pied. Les deux garçons ne seront pas identifiés. La piscine reste fermée quelques jours.

L'architecte de la piscine n'a pas de nom. Du moins n'ai-je pas réussi à le retrouver dans le dossier de presse. D'une manière ou d'une autre, on est parvenu à éviter que son identité n'apparaisse dans les journaux. Ce tour de passe-passe ne fait qu'alimenter l'histoire du suicide. Çà et là, quelqu'un prétend quand même savoir de qui il s'agit. Le savoir, c'est le pouvoir, y compris dans la culture bistrotière. Avoir un bon secret à partager peut vous rapporter une tournée, ou du moins faire en sorte que quelqu'un se hisse sur le tabouret d'à côté et vous assure un peu de compagnie. Ainsi, Rob V., un habitué du café Ranonkel, affirme que l'architecte n'est pas le fils d'un autre architecte célèbre, mais le neveu d'un échevin de l'opposition au sein du conseil communal de l'époque. René V., lui, prétend que l'architecte ne vient même pas de Turnhout, et qu'il a encore moins mis fin à ses jours. Le maître d'œuvre en revanche a disparu sans laisser de traces après la fermeture. Tandis que Stan V. est formel et jure que c'est bel et bien ce maître d'œuvre qui s'est donné la mort en raison de fausses accusations.

En attendant, la procédure juridique se poursuit depuis bientôt sept ans. La ville a déposé une réclamation considérable en dommages et intérêts. Les parties impliquées ont convenu d'une transaction : aucune information relative à l'affaire ne doit être divulguée.

Un ancien échevin m'apprend que le maître d'œuvre avait bien anticipé le problème, mais que sa mise en garde fut balayée. La piscine devait ouvrir ses portes au plus vite, et la précipitation entraîne des erreurs. Refusant d'en dire davantage, il conclut en disant : « La commune nous a roulés dans la farine. »

L'embargo sur des informations claires concernant l'ensemble des faits est tout aussi strictement respecté par le maire. Lorsque je lui demande la raison exacte qui a motivé la fermeture définitive de la piscine, il esquive très adroitement la réponse, avec un talent rhétorique certain : « À cause des dysfonctionnements des installations techniques, en raison de la problématique. »

Il ne croit pas trop à l'histoire de l'architecte, mais eu égard à la procédure en cours, il ne peut s'exprimer sur le sujet. Au lieu de cela, le bourgmestre me montre des photos du nouveau toboggan aquatique.

Danny de la Driekuilenstraat, une petite rue à sens unique, parallèle à celle où vivent mes parents. Quand je commande une Duvel, je pense à lui. Tous les jours vers midi, il se rendait à la cafétéria de la piscine pour s'imbiber. Il parcourait les deux kilomètres qui le séparent du parc communal en fauteuil motorisé. Le Centre public d'Action sociale lui en avait fourni un gratuitement, parce qu'il souffre d'obésité et de stéatose hépatique. Il entretient ses souffrances et son droit aux allocations en buvant quotidiennement entre douze et quatorze Duvel. D'après mon père, il s'agit d'une caisse par jour, mais les faits paraissent toujours moins crédibles qu'une invention.

En tout cas, pour boire, il s'installe systématiquement à la fenêtre de la cafétéria qui donne sur le bassin. Il y regarde les baigneurs, sans arrière-pensée. L'alcool ne le rend jamais importun ni grossier. Il se bourre la gueule, tout simplement. Vers la fin de son séjour à la cafèt', il exhale un relent acide, parfois mêlé d'urine. Mis à part cela, c'est un client poli, une source de revenus stable pour la buvette peu conviviale, où même les croque-monsieur sont immangeables.

Lorsque, à cinq heures, son fauteuil le ramène chez lui, sa femme a préparé un poulet rôti, qu'il mange avec la peau. Ensuite, il se couche. Il ne se lève que vers midi le lendemain, pour recommencer la même routine. Il ne reste pas d'argent pour que sa femme puisse sortir elle aussi. Son allocation à lui et sa retraite à elle couvrent les charges et les Duvel. Elle fait des ménages au noir pour parer les frais imprévus. Le dimanche, Danny a l'habitude de s'attarder à la cafétéria, en raison de la compétition du club de natation. Le crawl, il aime ça.

Ce dimanche-là, l'arbitre interrompt la compétition sur ordre du service des sports. Bien que Danny ne soit pas loin de sa quatorzième Duvel, l'événement l'arrache à sa torpeur. Par la fenêtre, il voit les membres du club de natation se faire vertement enguirlander par le responsable de la piscine, Bert P. Ce que Danny ne peut pas entendre depuis la cafèt', c'est que les nageurs ont négligemment jeté leurs serviettes et leurs sacs au bord du bassin, bouchant accidentellement une grande partie des grilles d'aération (le club compte trois cents nageurs). En trente minutes à peine, l'obstruction de l'arrivée d'air frais par les sacs et serviettes a conduit à un taux d'humidité de l'air de quatre-vingts pour cent, provoquant une gêne respiratoire et des étourdissements.

Le service des sports et l'arbitre réprimandent les membres du club, mais c'est Bert P. qui leur souffle dans les bronches, comme s'il cherchait à empoigner des vauriens au lieu de faire remarquer à des adultes amateurs de natation qu'ils ont commis une erreur d'appréciation. Quelques nageurs haussent le ton. La situation dégénère. Malgré l'agitation, on parvient à faire évacuer la piscine au bout de dix minutes.

Après coup, Bert P. concède qu'il a été trop impulsif, et propose une réflexion constructive dans le but d'aboutir à une solution pour l'avenir : peut-être pourrait-il poster quelqu'un près de l'escalier pour vérifier qu'on n'entre pas avec ses sacs et serviettes ?

L'évacuation faite, le taux d'humidité redescend rapidement à cinquante pour cent mais, par précaution, la piscine reste fermée toute la soirée.

Quand le personnel arrive le lendemain pour laisser entrer les baigneurs du matin, ils découvrent le fauteuil motorisé à l'entrée de la cafétéria, bien avant l'heure d'ouverture. Plus tard dans la journée, la femme de Danny confirme que, en effet, ce dernier n'est pas rentré la veille au soir. Elle avait attendu jusqu'à ce que le poulet soit froid, puis s'était dit : « Ben, zut alors… »

Sur le blog *Turnhout autrefois*, la nostalgie va bon train. Sous une photographie sépia représentant les bassins extérieurs dans le Stadspark (trois bains et une petite fontaine), je lis cette réaction :

> Je repense toujours avec regret à la piscine de plein air au Stadspark. Avec incrédulité aussi, qu'elle ait pu disparaître. J'ai le cœur brisé chaque fois que je viens au Stadspark et que force m'est de constater ce qui fut, ce qui est, et ce qui ne sera plus jamais… (W.P. – 29/06/2012 – 18 h 17)

Réponse :

Cher W.P., il était impossible de faire autrement. Tous les bassins étaient raccordés à la même installation électrique. Les problèmes avec les bassins intérieurs affectaient aussi les bassins extérieurs. Si ces derniers étaient restés ouverts, il est à peu près certain que cela aurait provoqué une nouvelle panne. Je suis content que cela au moins ait pu être évité. (D.V. – 17/07/2012 – 8 h 34)

Réponse :

N'importe quoi. Là où la direction s'est complètement fourvoyée, c'est qu'elle a voulu faire chic avec un bassin couvert, alors que les arguments en faveur d'une simple et grande piscine extérieure n'ont jamais été pris en compte. Alors qu'un Turnhoutais n'en a rien à faire que l'eau soit chauffée. (M.V. – 02/04/2017 – 22 h 32)

Sept heures et quart, eau froide, court-circuit. Quatre heures que je suis réveillée. Jamais été dans une piscine publique de si bonne heure. Cette nuit, mon chéri m'a quittée, ce sont les premières heures, celles du désarroi, et je nage une heure et demie durant. Bras et jambes : lourds et vides. Poitrine : à bout de souffle. Ventre : des points de côté. Peau : macérée dans l'eau chlorée. Bouche : pas noyée. Les lèvres juste à la surface de l'eau. Pas de couples d'amoureux collés au bord du bassin.

Dans le bus qui me ramène à la maison, je m'endors, manquant l'arrêt où je dois descendre. Je me réveille pourtant chez moi, dans mon lit, pour aussitôt sombrer de nouveau dans un sommeil profond, jusqu'au fond de la piscine. Me voici de retour dans le bassin de vingt-cinq mètres. Brassée après brassée, je me rapproche du bord opposé. Temps de la narration et temps du récit coïncident dans ce rêve, et je ne tarde pas à confondre le rêve avec la baignade de tout à l'heure. Soudain, mes mouvements sont entravés, l'eau s'épaissit. Arrivée à la moitié de mon couloir, je ne parviens plus à avancer. L'eau a pris une coloration laiteuse. Il n'y a pas d'autres baigneurs, pas de témoins. Le lait est chaud, se réchauffe, je sens l'eau laiteuse qui m'entoure se réchauffer sensiblement et je me laisse couler vers le fond. Juste un instant, me dis-je, en m'immergeant dans la chaleur épaisse et blanche. Avant de me rappeler que j'ai besoin d'air, et que, dans un mouvement de panique, je remonte à la surface. Là, je me heurte à une membrane mouvante, élastique : elle réagit à ma main qui la pousse, mais sans se déchirer. Il n'y a pas d'ouverture. Je ne parviens pas à crever la peau qui couvre le lait chaud.

« UN BAIN DE LAIT », titre le journal quelques jours plus tard, le jeudi 11 juin 2009. Mercredi après-midi, l'eau du grand bassin de la piscine Stadspark à Turnhout s'est teintée d'un blanc laiteux. Initialement, le gérant de la piscine, Peter R., ne s'en est pas inquiété. « En cas d'affluence, des substances peuvent se retrouver dans l'eau qui entraînent une décoloration. En été, il n'est pas rare que cela se produise », relativise-t-il.

Cependant, les baigneurs se sont mis à paniquer. Un enfant ayant avalé une gorgée de l'eau laiteuse en jouant avec son père dans la première partie du grand bassin allait être pris de vomissements à répétition. Plusieurs baigneurs ont témoigné que l'eau dégageait une odeur chimique suspecte. Une vieille dame a pu être sortie du bain in extremis alors qu'elle était sur le point de perdre ses esprits : elle croyait que le bon Dieu était venu toucher l'eau de Sa présence et l'avait changée en lait, à l'instar de l'eau changée en vin dans le récit biblique.

Lorsque, par mesure de précaution, les derniers baigneurs sont sortis du bain une demi-heure plus tard, une panne d'électricité a bloqué le système qui permet de scanner les bracelets d'accès. Il a alors été décidé d'évacuer la piscine sur-le-champ.

Le lendemain matin, l'eau était toujours trouble, blanchâtre. On a commencé à craindre que des eaux récupérées aient pu se retrouver dans le bassin ; de l'eau servant normalement à laver les sanitaires et à alimenter les toilettes. Peter R. a réagi : « Bon, en soi, c'est de l'eau propre, juste pas assez propre pour s'y baigner. »

L'Institut provincial pour l'Hygiène devait venir prélever des échantillons d'eau le vendredi. Il faut au minimum quarante-huit heures pour que les résultats de ces tests soient connus. Dans l'état actuel des choses, il est à prévoir que la piscine ne rouvrira pas avant lundi au plus tôt. Dans l'intervalle, il n'y a pas d'autre solution que de vider, vider et revider l'eau blanche.

Bonne nouvelle : le filtre sur mesure qui doit résoudre quelques problèmes récurrents touchant la piscine devrait arriver à Turnhout plus tôt que prévu.

Dès que le filtre aura été livré, on fera des tests pendant quelques jours en essayant de reproduire les effets de l'eau sur la piscine comme si des milliers de personnes s'y étaient baignées. En fonction des résultats, il est possible qu'elle rouvre ses portes avant les vacances de Noël.

Mais les vacances de Noël 2009, puis le mois de janvier 2010 passent sans que la réouverture n'ait lieu. Sans doute le grand bassin est-il une vraie passoire et l'eau s'infiltre-t-elle par les joints, à travers le béton, jusque dans la cave, où elle goutte sur le réseau électrique. Pour le moment, tout le monde refuse d'admettre qu'il va falloir recouler la chape.

« Vous dites que le béton laisse filtrer l'eau, nous, nous disons qu'il existe des fuites. Il y a des joints, des trous et des percements qui peuvent provoquer les écoulements dans la cave, vous devez envisager cela aussi, et ne pas voir que ce que vous avez envie de voir.

Bordel, ici les choses sont vraies avant même qu'elles soient arrivées », me rétorque le chargé de communication.

Dans le tome dix des œuvres complètes de Charles Darwin, je lis un passage sur l'expression des émotions chez les humains et chez les animaux. Il y parle des *grief muscles* ou muscles du chagrin. Ces derniers se trouvent dans le visage et s'actionnent quand nous sommes confrontés à la mort, au chagrin et à l'échec. Plus qu'une extériorisation de la vie intérieure, Darwin, porté par la logique rationaliste du XIXe siècle, considère le chagrin comme une contraction de ces muscles, comme une réaction physique. Les muscles du chagrin sont connectés. La contraction des sourcils a pour effet de faire descendre les commissures des lèvres et affecte également la circulation sanguine dans le visage. Par conséquent, le teint pâlit, les muscles se relâchent, les paupières s'abaissent et la tête retombe sur la poitrine. Les lèvres aussi bien que les joues et la mâchoire inférieure s'affaissent sous leur poids combiné. C'est pour cette raison, affirme Darwin, qu'en anglais on dit que le visage d'une personne « tombe » quand elle apprend une mauvaise nouvelle ou qu'elle est confrontée à un échec. Par ailleurs, un échec aux yeux d'autrui peut nous amener à « perdre la face » : notre figure tombe, nous perdons notre visage. Nous ne sommes plus personne. Ou du moins plus reconnaissables en tant que personne.

Ce n'est qu'une métaphore. Je ne devrais pas en faire aussi grand cas.

Faute d'avoir leur propre piscine, les écoles turnhoutoises se virent contraintes, dans les années 1990 et au début des années 2000, d'organiser leurs cours de natation deux villages plus loin. Je faillis me noyer un jour dans la piscine d'Arendonk, mais on ne prit pas l'incident au sérieux.

Le dernier cours de natation avant les vacances était traditionnellement réservé aux jeux libres. Des accessoires en mousse ou gonflables aux couleurs vives nous attendaient dans l'eau : frites, tapis flottants, ballons, planches de natation, et, sur toute la longueur du bassin d'entraînement, le tapis de glisse. J'étais assise sur un tapis flottant en mousse rouge avec le gros garçon de ma classe, à attendre mon tour pour le tapis de glisse, lorsqu'il m'avoua qu'il était amoureux de moi puis, surpris par sa propre confidence, me poussa brutalement du tapis. Je n'avais rien vu venir. Le poids du garçon donna plus de force à son geste qu'il n'en avait l'intention, me faisant faire une double culbute en arrière pour finir sous le tapis. Je cherchai instinctivement à pousser le tapis vers le haut, là où il y avait de l'air, mais le gros garçon étant toujours dessus, son poids m'empêchait de soulever le tapis. Je fus aussitôt prise de panique. J'essayai une nouvelle fois de repousser le tapis, sans succès, et au moment où je m'aperçus que je n'y arrivais pas, je sentis un mince fil se former dans ma tête, je ne saurais le décrire autrement. Je sentis un mince fil se tendre sur le diamètre de mon crâne, comme si l'oxygène qui s'épuisait peu à peu était compacté en ce fil et que je devais m'accrocher à ce petit fil de souffle dans ma tête.

Aujourd'hui, en repensant à ces quelques secondes où j'étouffais sous le tapis, la rapidité avec laquelle je renonçai, le peu d'instinct de survie dont cet instant est révélateur m'effraie.

Les enfants qui jouaient et le clapotement de l'eau agitée tout autour ont dû faire dériver le tapis de sa position initiale. Ce n'est qu'après m'être rendue compte qu'il pouvait se déplacer horizontalement que je pris conscience que, loin d'être prisonnière, je n'avais qu'à nager sous le tapis pour retrouver ma liberté.

Une grosse bouffée d'air en remontant à la surface. Je me traînai jusqu'à l'échelle et, une fois remontée sur le bord, je pleurai toutes les larmes de mon corps. Le maître-nageur, qui occupait plusieurs fonctions et qui était également mon prof de gym et chargé de l'accueil périscolaire, vint me consoler. Quand je lui appris que j'avais manqué de me noyer sous le tapis rouge, il me répondit : « Sûrement pas. »

Le 18 avril 2011, la piscine rouvre ses portes après une fermeture qui aura duré quatre cent quarante-trois jours. À sept heures du matin, un nombre considérable de nageurs matinaux se massent à la porte.

Quiconque possédait un abonnement au moment de la clôture en 2009 reçoit en ce jour une prolongation gratuite de la durée de la période de fermeture en guise de compensation. Une centaine d'abonnés passent au guichet pour faire ajouter les jours de baignade manqués sur leur carte.

À midi et quart, une queue d'une quarantaine de nageurs patiente devant le système électronique qui vérifie les bracelets d'accès. La machine est en panne.

Après vingt minutes d'attente, on trouve un fusible cassé – sans doute a-t-il grillé à cause de la surcharge du système d'accès qui a dû prolonger tous les abonnements le matin même.

Dix minutes plus tard, les premiers baigneurs se sont changés. Dans le couloir qui mène des cabines au bassin, on les arrête. Le taux de chlore dans l'eau est un peu trop élevé. Une partie des nageurs se fâche, à juste titre, et s'en va.

Vérification faite, l'accès à l'eau est finalement autorisé. Certains nageurs estiment qu'on se paie leur tête, d'autres sont surtout soulagés de pouvoir enfin se baigner. Peu après les premiers plongeons, l'éclairage s'éteint. Panne de courant. Le verrouillage des casiers aussi est électrique. Les baigneurs doivent attendre dans le noir en tenue de bain. Pendant ce temps, il y a également quatre-vingts écoliers qui s'impatientent dans le hall.

On identifie la cause de la coupure de courant. Aucune information n'est donnée sur l'origine de l'incident, mais le problème est réglé. Après s'être changés, les quatre-vingts écoliers prennent des tours pour sauter des plongeoirs dans les trois couloirs du bassin sportif qui leur sont réservés, et se lancent dans les cinq cents mètres crawl.

Quand les enfants sont sortis de l'eau, la cafétéria ferme, et au guichet on tranche le nœud gordien : en raison des problèmes imprévus, mieux vaut fermer jusqu'à la compétition de dimanche.

Le dimanche venu, la compétition est annulée. La piscine reste fermée.

Toute adversité peut être surmontée. Quelques années plus tard, la fermeture définitive redevint temporaire. Avec une obstination que je n'ai rencontrée nulle part ailleurs, les autorités planifièrent l'édification d'une autre piscine exactement au même endroit, en dépit du risque probable d'un nouvel affaissement dans le même sol marécageux. La date de réouverture prévisionnelle fut fixée au printemps 2014. Cette fois-ci, l'échec n'était pas une option. Après tout, il ne s'agissait plus simplement de construire une piscine. Plus que cela, c'était l'occasion de réparer des erreurs, de ramasser la face perdue pour la remettre à sa place. Non seulement la nouvelle piscine donnerait satisfaction aux baigneurs laissés sur le bord du bassin, mais elle serait aussi le symbole d'un recommencement réussi. Le projet reposait sur un nouveau type de réseau permettant d'éviter les pannes électriques et les pompes à eaux souterraines défectueuses. Deux nouveaux locaux techniques seraient construits à cet effet et permettraient de mieux gérer les problèmes d'aération et de traitement des eaux que l'on avait connus par le passé.

L'ancien toboggan aquatique serait démoli.

Le local en sous-sol qui posait problème serait réaménagé en un local technique surélevé. Trois bassins pour enfants seraient installés sur cette surélévation, qui jouxterait la cafétéria.

Le bassin de vingt-cinq mètres serait conservé.

À la place de la piscine à vagues, il y aurait un bassin d'instruction avec fond mobile et un autre bassin dans lequel arriverait le nouveau toboggan.

Ce dernier, de soixante mètres de long, comporterait à mi-parcours une installation de prise d'images immortalisant les baigneurs en train de descendre à toute allure – inspiré du dispositif utilisé dans l'attraction des troncs d'arbre à Bobbejaanland. La photo serait ensuite disponible à l'achat sous forme de porte-clés ou de tirages aux formats classique ou style pirates et dauphins.

Le sauna et le bain à remous seraient conservés, mais réhabilités.

L'administration communale fait le choix de construire une nouvelle piscine plutôt que d'investir dans la rénovation de l'ancienne. La différence de coût pourrait être amortie en cinq ans. Oui, les budgets prenaient en compte d'éventuels imprévus ainsi que les frais d'entretien.

Finalement, il faudra attendre février 2017 pour l'ouverture de la nouvelle piscine. À peine un mois plus tard, elle se voit déjà contrainte à fermer temporairement ses portes : des émanations toxiques de chlore se sont produites en plein cours de natation scolaire. Trois mois de plus et un petit groupe de nageurs désemparés, des habitués du soir, trouve porte close parce qu'« il n'est plus rentable de maintenir l'ouverture de la piscine après 18 heures ».

L'échec de cette piscine poussa-t-elle réellement son architecte à nouer une corde autour d'un tuyau courant le long du plafond du sous-sol, puis à renverser le tabouret sous ses pieds ? Quand un échec mérite-t-il qu'on se tue pour lui ? Ma question est en réalité celle-ci : quand une erreur prend-elle plus d'ampleur que la vie, ou l'englobe-t-elle au point que la vie elle-même devient un échec ? Où se trouve la limite qui sépare le créateur et son œuvre ?

La piste est partie de Turnhout, la terre natale, celle où commencent la plupart des récits, et conduit à treize constructions qui se révèleraient fatales pour leur architecte. En l'espace de trois ans, j'ai visité ces « lieux d'échec ». Pour retrouver les architectes derrière les fiascos, ramasser leurs visages, opposer quelque chose à la vanité de leur désespoir, au caractère absolu de leur geste. Dans des moments de mégalomanie, j'ai peut-être cru pouvoir remonter le fil du temps et les en empêcher. Du moins est-ce le genre de choses que je me racontais au départ.

| II |

Église Saint-Omer
1607-1676
Verchin
Jean Porc (†1611)

Ai-je moi-même la chance d'habiter à proximité d'un clocher tordu ? J'essaie de répondre à sa question en affichant une forme de déception appropriée. Après tout, Mme Maquin n'est rien de moins que la fière présidente de l'Association des Clochers tors d'Europe. Lorsque son prédécesseur quitta ses fonctions, il y a quatre ans, il la présenta comme la plus apte à lui succéder. Ce fut une totale surprise. Le mandat présidentiel est de sept ans, ce n'est pas une décision que l'on prend à la légère, mais elle le reçut avant tout comme un honneur.

« En outre, elle est la première présidente femme », l'interrompt son mari, M. Maquin. Le couple, tous deux la soixantaine, vient de faire deux heures et demie de voiture pour me retrouver à l'église de Verchin, un village du Pas-de-Calais de deux cents âmes à peine, perdu parmi les départementales à deux kilomètres des sources de la Lys.

Tout à l'heure, vu de la route, le clocher tors de l'église Saint-Omer ressemblait à une des branches nues et novembrales des marronniers bordant le village. Ce ne fut qu'en m'approchant de l'église, lorsque la perspective s'ajusta, que je m'aperçus que la branche tordue ne poussait pas sur un arbre mais surmontait la tour de l'église comme un chapeau de sorcier miteux.

La maison en face de l'église est à vendre. Elle jouxte un magasin de bricolage dont le parking peut accueillir trois voitures. De temps à autre passe un camion qui emprunte la rue principale comme itinéraire bis. À part cela, le centre de Verchin est dénué de toute activité. Sans doute y a-t-il des habitants cachés derrière les rideaux et les stores baissés. Dans ce village embusqué, Mme Maquin m'a aussitôt reconnue à ma simple présence. Elle peine à croire combien je suis jeune – une écrivaine belge, elle s'en était fait une tout autre idée – mais elle m'accueille chaleureusement. M. Maquin, dès le premier regard posé sur moi, fait des projets pour rajeunir l'association.

Que fait-elle précisément, cette association ? Elle s'occupe essentiellement d'établir des contacts avec les médias, de mettre en place des programmes d'échange et, bien sûr, de mener des recherches. Il faut accumuler et diffuser un maximum de connaissances sur les tours vrillées. L'Europe compte quatre-vingt-deux clochers tors. Le couple en a décrit près de la moitié dans le premier tome de ce qui a vocation à devenir un inventaire en deux parties, édité par l'association. M. Maquin va chercher le livre dans le coffre de la voiture. Ils n'ont pas encore vu tous les clochers, mais ils nourrissent le rêve d'y parvenir un jour. À chaque tour visitée, ils apposent un tampon dans leur livre, carnet de pèlerin pour leur périple.

M. Maquin a déjà son favori provisoire : le clocher tors de Chesterfield, entièrement en plomb, très robuste. Mme Maquin, en tant que présidente, préfère ne pas se prononcer par souci d'impartialité, mais elle trouve le clocher de Verchin tout à fait spécial. « Comme s'il voulait s'incliner pour saluer les passants », dit-elle, charmée.

Pour cause de travaux, la mairie est temporairement installée dans un préfabriqué derrière l'église. Les aboiements dentés de quelques bergers allemands nous chassent dans la bonne direction, le long du chemin de terre. Le maire de Verchin, M. Lamourette, nous attend dans son bureau de fortune. À notre entrée, une chape d'air chaud s'abat sur nous : un poêle électrique chauffe la pièce à des températures tropicales. À côté du poêle se trouvent une armoire à archives et une cafetière Senseo ; en face, six chaises pliantes et deux tables toutes simples. À l'une d'elles est assis le secrétaire, caché derrière un MacBook Pro ronflant – c'est un spectacle anachronique dans ce village où toute autre trace de la révolution numérique paraît absente. Derrière l'autre table, le maire se lève. Son plan de travail est presque vide, à l'exception d'un tampon avec son encreur trônant dans le coin supérieur droit dans l'attente d'une validation. Le maire Lamourette nous serre la main avec un léger pincement qui veut en imposer. Il souligne le temps qu'il a dégagé pour recevoir notre petit club d'amateurs de tours d'église, et ajoute d'emblée qu'il ne faut pas qu'on se fasse d'illusions : nous ne verrons pas l'intérieur de l'église. Risque d'effondrement.

Le secrétaire a préparé du café qui, associé à la touffeur du poêle, donne aussitôt un mal de tête sec. C'est alors qu'un homme particulièrement petit et qui ne doit pas avoir loin de quatre-vingts ans entre en coup de vent dans le préfabriqué. C'est M. Defebvin, délégué local de l'association et spécialiste de Verchin. Il s'adresse à nous en ch'ti. Les sonorités dures du dialecte rendent son français incompréhensible, comme s'il enfonçait un clou dans sa bouche à chaque mot. Je me réfugie dans mes pensées, qui dévient vers le bout manquant à l'index de sa main droite, main qu'il ne tend pas pour serrer la mienne. Defebvin paraît obnubilé par la présence de la présidente, Mme Maquin. Il la couvre de ce que je suppose être des compliments. Son époux ne semble pas le moins du monde jaloux de ces flatteries, au contraire, il accueille les paroles adressées à sa femme comme si elles lui étaient destinées. Comment Defebvin a-t-il bien pu perdre cette phalange ?

Ce n'est que lorsque Mme Maquin répète ses phrases à mon intention, lentement et dans un français soigné, que je comprends qu'il est bouleversé par le sujet qui motive ma visite.

« Nous sommes un village catholique avec une église célèbre, proteste Defebvin. Tout le monde est fier du Saint-Omer et de sa tour authentique et exceptionnelle. Compte tenu des moyens de l'époque, c'est une belle réalisation ! Et vous voilà ici, à rechercher une histoire scandaleuse ?

– Non, je ne crois pas, lui réponds-je. Pour des raisons personnelles, j'ai commencé à m'intéresser aux échecs architecturaux. De préférence des échecs qui ont été fatals à l'architecte. Ou plutôt qui l'ont conduit à s'ôter la vie. *Le suicide ?* »

Si cela lui avait permis de faire rentrer ce mot dans ma bouche, M. Defebvin m'aurait administré une gifle. Son regard devient furieux, mais il se ressaisit.

« L'architecte, qui que cela ait bien pu être, n'a pas sauté de la tour, dit-il d'un ton autoritaire. Pourquoi aurait-il fait ça ? »

Sa question laisse transparaître une certaine défiance, son assurance veut me ridiculiser, moi, mes suppositions et mes soupçons romantiques. Un plongeon du haut du clocher tors motivé par la honte ? De maigres recherches reposant sur une histoire propagée par ouï-dire. Une histoire qui, me fait remarquer le spécialiste chevronné qu'il est, n'est même pas la mienne. Et dire que j'ai fait cent soixante-quinze kilomètres pour apprendre le contraire, qui s'impose comme une évidence.

La raison de ma présence semble constituer une insulte personnelle pour M. Defebvin, qui a consacré sa vie à faire des recherches sur l'histoire locale et les légendes de l'église. Avec tout ça, il aurait bien pu dire que je n'ai rien à faire ici, puisque c'est le fond de sa pensée, mais il est également fin stratège. Notre rencontre lui donne l'occasion de corriger mon erreur et mes idées préconçues à propos de son église. Defebvin veut cultiver, rectifier mon goût, car pour lui, le clocher n'est nullement raté, c'est au contraire un symbole marquant et unique du village, autrement sans charme, où il habite, et par extension aussi de lui-même.

Le maire Lamourette, qui connaît l'orgueil buté de Defebvin, voit sa table de réunion se transformer en arène de combat et endosse le rôle de médiateur. Il confirme l'existence de l'histoire. Oui, celle-ci voudrait que l'architecte ait sauté de la tour après avoir constaté qu'elle était tordue. On le raconte parfois en plaisantant dans la région. S'agit-il d'une vérité historique ? Il en doute. La construction de l'église a pris environ soixante-dix ans, plusieurs générations ont été impliquées dans l'entreprise. À cette époque, le grand-père commençait à bâtir, mais ce n'était que le petit-fils, héritier de son métier, qui saurait en définitive à quoi ressemblerait l'église achevée. Il n'est même pas certain qu'un seul architecte ait été responsable des plans. À Rome, en ces temps-là, on avait toutes sortes de Michel-Ange, mais ici à Verchin, la construction était, selon toute vraisemblance, l'œuvre d'une guilde de maçons locale.

« Initialement, c'était bien la guilde, mais il faut préciser que l'église telle qu'elle existe aujourd'hui date d'après l'incendie de 1860, et qu'elle a été bâtie par la communauté verchinoise, intervient

Defebvin, qui reprend les rênes de la conversation. Mon arrière-cousin, qui habite plus loin à Teneur, est spécialiste en généalogie. Il dresse des arbres généalogiques et rédige des histoires familiales moyennant une rétribution honnête. Il est également à la pointe des méthodes de datation les plus modernes et a expertisé la hache et la scie que mon grand-père m'a données quand j'étais petit garçon, et que lui-même tenait de son propre grand-père. D'après mon cousin, et j'ai toute foi en son jugement, car il a fait une grande école, la hache comme la scie sont des outils d'origine qui datent de l'époque de l'incendie. Ce qui signifie que mon arrière-arrière-grand-père a participé en personne à la reconstruction de l'église. Tous les Verchinois, et les habitants des villages environnants, ont alors spontanément pris leurs outils pour restaurer leur église au plus vite, cela s'imposait comme une évidence. Chaque pierre ajoutée représentait un caillou sur la route du Paradis. On considérait comme un honneur de contribuer à la restauration, et ce n'était pas le savoir-faire qui manquait. Vingt-deux mille ardoises de Bretagne, qu'elle compte, la tour. Posées à la main. En somme, ce clocher est une sorte de mosaïque sans couleurs, une œuvre d'art sobre et pieuse. »

Lassée par le récit de Defebvin, qui laisse trop transparaître sa volonté de faire de la tour une pierre angulaire de la communauté, je laisse divaguer mon regard par la petite fenêtre en plexiglas du préfabriqué, derrière laquelle les vingt-huit mètres de la tour du Saint-Omer s'élancent vers le ciel. Je l'admets, elle a un certain charme. Le clocher porte avec coquetterie son revêtement d'ardoises de Bretagne comme autant de joyaux dépolis autour de son cou gracile et gauchi, tel un estropié qui chercherait tant bien que mal à se redresser, touchant dans la rencontre de l'infirmité et de la fierté. Defebvin suit mon regard : « Magnifique, regardez donc comme elle est haute ! »

Son enthousiasme enfantin pour la tour d'église somme toute pas si haute me porte à croire qu'il n'a pas dû se rendre dans une grande ville très souvent.

« Avant l'incendie, la tour était bien plus basse, enchaîne-t-il, trop basse. La girouette, posée à l'aplomb de l'axe de chaque clocher, doit pouvoir regarder les girouettes des communes avoisinantes, leur faire coucou ! Elle joue un rôle didactique, comprenez-vous, la girouette doit inciter les habitants du village à la droiture. Le coq voit tout ! Tout, tout, comme le coq de la Bible qui a chanté trois fois pour dénoncer le traître Judas. La girouette de Verchin se trouvait à l'origine à quelques mètres en dessous du champ de vision de ses congénères. On craignait que les conséquences de cette différence de hauteur ne soient catastrophiques pour la vertu des habitants. C'est pourquoi, après l'incendie, on a profité de la reconstruction, non seulement pour consolider la communauté, mais aussi pour exhausser la tour, afin que le coq soit au même niveau que les autres. Toutefois, la charpente de l'église n'était pas assez solide pour supporter le clocher de vingt-huit mètres. La hauteur précaire associée au poids des ardoises a fait que la tour, mal ancrée, s'est mise de travers. »

Nonobstant les efforts, la girouette de Verchin demeura en berne, à un mètre quarante de sa position d'origine.

M. Maquin rigole : « *S'il y a du vent fort, la queue dirige la tête, non ?** »

Mme Maquin estime quwe ce sont là des grivoiseries d'hommes, mais n'en rit pas moins de bon cœur. Je jette un nouveau regard au clocher tors, dressé aux trois quarts, sa courbure vers la gauche, le sexe d'un amant qui se ravise en pleine action. Defebvin déplie deux-trois fois son index en un geste lourd de sous-entendus, mais qui fait un flop à cause de sa phalange manquante. Outre la courbure, causée par la hauteur et le poids, la tour semble aussi avoir vrillé autour de son axe.

« Qu'on y fasse un nœud ! » s'exclame joyeusement Defebvin, entraîné par l'élan des plaisanteries équivoques.

Le maire Lamourette décide de reprendre à son tour les rênes de la conversation et évoque l'architecte et théoricien Viollet-le-Duc, connu pour les nombreuses restaurations qu'il a effectuées après la révolte iconoclaste. Viollet-le-Duc a décrit le curieux phénomène des clochers tors comme résultant d'un mauvais séchage du bois. C'est sans doute ce qui s'est produit pour la tour de Verchin. On utilisa du bois d'ormeau encore vert pour la charpente. Normalement, le bois doit sécher pendant quatre ans avant d'être employé, mais faute de temps, et à la suite d'une année d'incessantes averses de proportions bibliques, il était encore humide quand la charpente fut érigée à la va-vite. Le clocher ne tarda pas à se déformer, et le squelette à se tordre.

« Pourquoi manquait-on de temps ? Pourquoi fallait-il finir le clocher aussi vite ? m'enquiers-je.

– Les éclairs et les tornades aussi se précipitent quand les cloches ne sonnent pas assez souvent. »

Ainsi Mme Maquin traduit-elle la réponse de Defebvin à ma question. L'expression de son visage laisse deviner qu'elle non plus ne comprend pas vraiment ce qu'il entend par là.

Defebvin profite de la confusion pour lancer un sujet qui lui tient à cœur : « Les jeunes gens ne savent plus comment être heureux. La société d'aujourd'hui est si grande, malade et dépressive. Les gens en font trop. Les jeunes veulent tout tout de suite, sans peine, sans efforts, et en plus ils veulent être les meilleurs. Vingt sur vingt pour tout le monde. Moi, je bois de la bière tous les jours, car dans la société d'aujourd'hui, quand on est mal dans sa peau… on y est bien obligé. C'est la faute à la modernité si la société est devenue comme ça. Je n'ai rien. Rien. Juste ma sœur qui fait le ménage. Mes parents étaient satisfaits de leur vie de gardiens d'immeuble. On dormait tous dans la même pièce. On devait tout partager, et aujourd'hui, tout le monde est malheureux dans le plus grand confort. Les gens vivent mal.

– Vous êtes philosophe, M. Defebvin », remarque Mme Maquin.

Il secoue la tête de façon à marquer ses distances avec toute forme de philosophie possible. Il ne veut rien avoir à faire avec cela.

« Si, si, vous avez tout ça bien en tête, mais faites attention à ce que vous dites, M. Defebvin, nous avons une jeune personne parmi nous, elle pourrait se sentir visée. »

Et c'est à ce moment précis, quand leurs regards se tournent simultanément vers moi, celui de Mme Maquin qui m'excuse et celui de M. Defebvin qui m'accuse, que je sens combien je coïncide à leurs yeux avec tous les changements, tous les manquements et tous les agrandissements d'échelle que le monde a connu depuis que ces deux-là avaient mon âge. Dans l'addition de leurs regards, je deviens le produit de leur réprobation, l'objet de leur déclinisme. Comme si Defebvin profitait de cette rencontre, de ma présence au village, où l'âge moyen est trois fois supérieur au mien, pour cristalliser tout ce qu'il rejette en un seul visage jeune et coupable que le hasard a mis en sa présence : le mien. Et a-t-il vraiment tort de me juger ainsi ? Tout à l'heure, quand je suis passée devant les branches nues des marronniers d'Inde en entrant dans le village, n'ai-je pas pensé à des barreaux ? Je me suis aussitôt sentie enfermée dans la lenteur d'un lieu comme celui-ci. À la vue de ces quelques rues monotones, j'ai essayé, comme par réflexe, de m'imaginer comment on pouvait vivre ici. Ne serait-ce que d'un point de vue pratique, comment ces gens faisaient-ils ? Comment était-il possible qu'une journée s'écoule ici, et après cette journée la suivante ? Et cela m'a demandé toute la force de mon imagination. Être livrée toute la sainte journée au connaissable, coincée dans ce microcosme ratissé en un clin d'œil, représentant la vie entière qui ne semble pas trouver son chemin jusqu'ici. Cette pensée m'oppresse, et voilà que M. Defebvin et son discours obstiné sont parvenus, allez savoir comment, à me rendre captive de l'image qu'il a de moi. Avant que je puisse corriger cette impression, la porte du préfabriqué s'ouvre. Un homme entre à pas pesants, et crie d'une grosse voix menaçante : « Vous m'avez volé ma cousine ! »

M. Defebvin se lève d'un bond et manque de lui sauter à la gorge. Dans une véhémente discussion, les deux hommes s'envoient mutuellement les clous de leur dialecte à la figure. Mme Maquin suit la dispute avec la même concentration que ma grand-mère lorsqu'elle regarde ses feuilletons télévisés. Elle dresse le bilan à mon intention : « Je crois que cet homme est amoureux de la cousine de M. Defebvin.

– C'est mon cousin, nom de Dieu ! Il s'agit de ma propre cousine ! s'écrie Defebvin.

– Tu veux la garder pour toi ! » fulmine le cousin de Defebvin.

Dehors, dans la cour qui sépare le préfabriqué de l'église, les deux cousins se calment. C'est un malentendu. Si je comprends bien, Defebvin n'aurait pas tant volé la cousine à son cousin, que saboté leur mariage. Quant à savoir si Defebvin avait des prétentions à l'épouser lui-même, ce n'est pas tout à fait clair.

« C'est une femme extraordinaire, rougit le cousin, qui baisse tout à coup le ton et ôte sa casquette, le clocher tournerait comme une toupie s'il la voyait ! »

Il fait allusion à la célèbre légende des vierges de Verchin, qui raconte que la tour Saint-Omer était à l'origine droite et élancée, tel un sexe fièrement dressé se moquant des nombreuses filles qui prétendaient avoir conservé leur virginité jusqu'au mariage. Un jour, une ravissante demoiselle, fille d'un éleveur de porcs, vint se marier à l'église. Contrairement à toutes les autres, elle s'avéra toujours vierge. Le clocher en fut tellement charmé, qu'il se pencha sur la jeune fille pure pour mieux la regarder. Constatant de ses propres yeux qu'elle disait vrai, il en tourna sur lui-même d'étonnement et se tordit. Ce n'est que lorsqu'une seconde vierge se présenterait à l'église pour s'y marier qu'il se redresserait. Mais comme je peux le voir, conclut-il, le clocher attend toujours.

« C'est sexiste, soupire Mme Maquin.

– Notre cousine, elle est deux fois plus pure que la vierge de Verchin, affirme le cousin. En plus, c'est la fille d'un éleveur de porcs. C'est le destin. Dieu a voulu que ce soit ainsi puisque notre tour d'église avec sa torsion ressemble à s'y méprendre à une verge de cochon. Je veux l'épouser, ici même à l'église, avant que nous soyons trop vieux.

– On verra ce qu'on peut faire », promet le maire.

Il m'explique qu'en principe, l'église n'est plus en usage, parce que la nef est détériorée. Cela fera bientôt seize ans qu'on n'y célèbre plus la messe, en raison du risque d'effondrement.

« Et évidemment, M. Defebvin doit donner son accord pour le mariage. Après tout, c'est aussi sa cousine », ajoute-t-il par souci d'équité.

Jusqu'à présent, M. Maquin s'est tenu au second plan, retranché derrière Mme Maquin, ce qu'il considère être son devoir de mari d'une femme forte, mais le folklore du conte des vierges de Verchin le ranime. Est-ce que je connais par hasard la légende du clocher tors de Saint-Viâtre ? Non ? Magnifique ! L'histoire est tellement fantaisiste, il est quasiment impossible qu'elle soit inventée !

Mme Maquin lui remonte les bretelles : « Ça suffit, elle ne te prendra pas au sérieux si tu continues. »

Elle veut dire par là qu'elle craint que je ne la prenne pas au sérieux, elle, à présent que son mari menace de se laisser embarquer par son imagination enfantine. Sur un regard sévère, Mme Maquin s'en va rejoindre le maire et le cousin de Defebvin désespérément amoureux pour négocier la permission de voir l'intérieur de l'église. Une fois qu'elle est hors de portée de voix, M. Maquin s'approche en catimini, les yeux ronds d'excitation secrète, désireux de partager son trésor. Même Defebvin est visiblement curieux. Précipitamment, comme s'il était sur le point d'être surpris, M. Maquin raconte : « À Saint-Viâtre, un village très catholique au sud d'Orléans, on ne mange pas de viande durant le Carême. Seuls les enfants des paysans qui aident au travail de la terre ont le droit de manger du poisson le vendredi pour reprendre des forces, à condition d'attraper eux-mêmes le poisson. Donc le vendredi après-midi, les garçons roulent les jambes de leur pantalon et les filles attachent l'ourlet de leurs jupons à la ceinture de leur tablier. Les pieds dans l'eau peu profonde de l'étang non loin du village, ils pêchent à mains nues. Mais oh ! que le diable est de mauvaise humeur ! À cause du Carême, impossible de mettre la main sur de la viande nulle part. Jaloux des petits paysans qui pourront bientôt se régaler d'un filet de poisson, il décide d'attraper lui aussi un poisson. Sauf que, bien sûr, le diable n'a pas de mains mais des sabots de bouc. Et la motricité des sabots de bouc rend très difficile d'attraper des poissons. Gauche et empoté, il parvient tout de même à en saisir un, mais une fois hors de l'eau, aïe aïe aïe, le poisson glissant lui échappe. Le diable tente de le rattraper in extremis, mais l'envoie voler d'un coup maladroit de son sabot de bouc. Le filet vient s'écraser contre le clocher de Saint-Viâtre ! Cette humiliation met le diable en fureur. Il secoue la tour d'église pour essayer de faire tomber le poisson. À force d'être poussé et tiré, le clocher finit tout de travers, mais le diable a beau se démener, son repas reste collé… Depuis, une tradition annuelle veut qu'à la fin du Carême les habitants de Saint-Viâtre lancent un filet de poisson contre la tour, hop là, ploc, pour se moquer du diable, ploc, ploc, ploc. »

Là-dessus, Mme Maquin appelle son mari à ses côtés. Il obtempère et me laisse seule avec Defebvin au pied du clocher. Maintenant que nous ne sommes plus que tous les deux, son attitude change. S'il faisait d'abord l'impression d'un membre autodidacte d'un cercle d'historiographie locale, à présent qu'il se trouve face à face avec l'objet de ses études, il se transforme en scientifique sur le point de faire une grande découverte. Les Maquin ne pouvant plus nous entendre, et avec le maire et son cousin plongés dans les arrangements du potentiel mariage entre parents au quatrième degré, M. Defebvin me confie qu'il mène des recherches à titre personnel, en dehors de l'association. L'association fait du bon travail, il le concède, mais elle est trop focalisée sur la publicité et les reportages photos à son goût. Lui, c'est la matière elle-même qui l'intéresse. Le dévouement. Et l'amour du métier, oui, ça aussi.

Je lui promets de garder le secret. Il n'est pourtant pas dans la nature de Defebvin de faire profiter un non-initié de ses acquis, mais quelque chose a dû le décider à me révéler ce qu'il possède de plus précieux : ses connaissances secrètes au sujet de la tour. Peut-être tout simplement l'envie de pouvoir révéler son génie. Avant que j'aie pu m'en rendre compte, il est déjà penché vers moi et, d'un peu trop près, essaie de se faire comprendre du mieux qu'il peut. À présent qu'il s'agit d'informations à communiquer avec la plus grande précision, il semble soudainement prendre conscience de son dialecte. Au lieu d'enfoncer un clou dans sa bouche à chaque mot, il prend soin d'expulser ces sonorités cloutées dans mon oreille.

Defebvin a entrepris des recherches sur la puissance tellurique d'une rivière souterraine qui traverse la région. Il se sert d'un appareil de son invention pour faire des mesures permettant de traduire les mouvements de la lune et de la terre en données concrètes. Les résultats ne sont encore que provisoires, mais il est probable, hautement probable, que le rayonnement de la lune ait exercé une pression lente mais constante depuis la construction de la tour, et que ces forces subtiles aient contribué à sa courbure. Une partie des résultats de mesure divergent. Cela l'a poussé un temps à penser que la torsion pouvait éventuellement provenir d'une exposition prolongée à la chaleur du soleil, mais son sentiment – et la science ne serait rien sans sentiments ni intuitions – le ramène toujours à l'effet du rayonnement de la lune. S'il parvient à prouver que la courbure a été causée par la lune, ce ne sera plus qu'une affaire de tableaux chiffrés pour démontrer que la torsion du clocher s'explique par la rotation terrestre. Il en est de plus en plus convaincu : si le clocher de Saint-Omer avait été au sud de l'équateur, il aurait tourné dans l'autre sens.

Maintenant que Defebvin, rouge d'excitation, a partagé les résultats provisoires de ses recherches, la ressemblance entre lui et sa tour saute aux yeux. Tous deux sont élancés, burinés, impénétrables, et quelque peu empêtrés du sommet. Il est la tour. La tour fait partie de lui. Je lui dis que sa théorie paraît tout à fait plausible.

Le maire Lamourette, les Maquin et le cousin de M. Defebvin ressortent du préfabriqué. Aucune décision n'a été prise relative au mariage. En revanche, le maire a accepté, en partie pour honorer la visite spéciale de la présidente de l'association et de la jeune écrivaine belge, de nous laisser entrer dans l'église aujourd'hui à titre exceptionnel. Il souligne qu'il ne saurait être tenu responsable si un accident devait se produire.

Defebvin hésite à se joindre à nous. En même temps, je vois qu'il ne peut pas se résoudre à passer à côté de l'une des rares occasions de pénétrer dans l'église. Il ferme la marche du groupe qui entre à petits pas par le portail sud. À nos risques et périls, nous franchissons le seuil de l'église Saint-Omer. Une fois à l'intérieur, le motif de l'indécision de Defebvin ne tarde pas à apparaître : l'état d'abandon doit beaucoup peiner le passionné qu'il est. Sous l'épaisse couche de poussière, la couleur des fleurs artificielles qui ornent l'autel se laisse à peine deviner. La scène figurative sur le grand tableau du fond est méconnaissable, dégradée par une tache couleur café. En même temps, le soleil de la fin d'après-midi traverse les vitraux dans un éclat serein, et les statues à l'effigie de Jeanne d'Arc et de Thérèse d'Avila nous sourient avec bienfaisance et indulgence. Déclin et gloire se mêlent en une sacralité lugubre et désolée. À droite derrière les bancs est accrochée une feuille de papier encadrée. Elle porte comme en-tête en caractères noirs aux contours rouge-brun calligraphiés à la main : *L'église de Verchin*. Sous ce titre, deux citations :

« L'une des plus belles églises de l'arrondissement ! »
(R. Rodière)
« L'église mérite d'être classée monument historique ! »
(G. Lanfry)

Un inventaire détaillé de faits historiques remplit le reste du papier :

Verchin relève du comté d'Artois depuis le XVIe siècle.
1607 : Verchin, située sur l'ancienne voie romaine qui relie Thérouanne à Vieil-Hesdin, est dotée de sa propre église fortifiée dans le but de la protéger, compte tenu de sa position exposée en bordure de cette route de passage. La construction est ordonnée sous le patronage d'Antoine de Tramecourt et Louise de Saint-Venant.
Style : gothique flamboyant.
Massif occidental (église militante) : tour massive fortifiée, avec plusieurs étages et meurtrières, les murs de la nef ont une épaisseur d'un mètre quarante.
1611 : achèvement de la nef : cinq travées couvertes de voûtes en croisée d'ogives.

16 janvier 1611 : lors des travaux de la voûte, le maçon en chef Jean Porc tombe et fait une chute mortelle.
1630 : achèvement du clocher.
Façade : maçonnerie = un mélange de silex et de grès.
La majeure partie de la façade est stratégiquement couverte de mousse : effet camouflage !!!
Inventaire des statues de saints : voir dépliant.

La boîte qui a dû autrefois contenir les dépliants est vide et couverte de poussière.

« C'est l'écriture de ma sœur, précise Defebvin, mais c'est moi qui lui ai dicté les informations avec le plus grand soin. »

Sans que je lui pose la question, il précise que le maçon Jean Porc n'a pas sauté.

« Il est tombé. Sans doute bêtement tombé d'une échelle instable, du haut de l'arc de voûte, c'est tout ce qu'il y a à en dire. »

J'opine comme si cela ne m'intéressait pas plus que cela, mais l'histoire du maçon qui s'écrase et celle de l'architecte qui saute commencent déjà à fusionner dans mon esprit.

Mme Maquin nous appelle depuis la sacristie. Elle se tient devant un meuble bas à tiroirs. Sur chaque planche qu'elle fait coulisser est étalé un habit richement brodé. Pourpre. Vert herbe. Blanc jauni. Les précieux tissus sont piqués par l'humidité et couverts d'excréments de souris. Çà et là, le bois des tiroirs révèle la trace des termites. Le dernier compartiment s'ouvre sur une pancarte en carton portant l'inscription « silence ». Cette trouvaille nous fait tous rire, sauf Defebvin, qui se détourne et va nous attendre dehors.

M. Maquin prend une photo de la compagnie rassemblée devant l'église. Le cousin reste hors cadre. Defebvin prend congé avec une brève poignée de main et disparaît par le chemin de sable sans ajouter un mot. Le maire retourne à son préfabriqué. Alors que nous regagnons la voiture, je demande ce qui a fait naître cet emballement pour les clochers tors chez Mme Maquin. Les bergers allemands ont renoncé à aboyer.

« Que vous dire, d'où cela m'est-il venu ? Notre fils a été baptisé dans une église à clocher tors, des amis se sont mariés dans une autre église à la tour tordue. C'est tellement original. Mais ce n'est pas une affaire de nostalgie. En tant que présidente, je représente ces églises, vous comprenez, jeune fille, et cela implique son lot de stress. »

C'est pourtant à M. Maquin que les responsabilités de son épouse semblent peser le plus. Arrivé à la voiture, il coiffe ostensiblement son béret noir avec le logo de l'association. Il m'informe qu'il y a également des tee-shirts disponibles, et que l'année prochaine ils passeront une semaine en Belgique pour participer à un reportage vidéo.

Je leur fais mes adieux devant le magasin de bricolage, puis je monte dans ma propre voiture. En sortant du village, on longe la rivière jusqu'au hameau de Lugy, où la Traxène se jette dans la Lys. Une église du XVIIe siècle en briques roses et au clocher droit et élancé veille ici sur les rues.

| III |

Siège des P.T.T./R.T.T.
1947-1953
Ostende
Gaston Eysselinck (1907-1953)

Deux pieds pétrifiés sous l'eau qui descendent les marches du bassin. Je n'ai pas le droit d'aller plus loin. J'ai six ans, et je ne sais pas encore nager. Mon père avait promis de m'emmener me baigner dans la mer, mais la météo a été mauvaise toute la semaine. Sept jours au bord de mer, sept jours de pluie.

Au cours de cet unique voyage de mon enfance, nous passons le plus clair de notre temps dans l'appartement de front de mer à Ostende. Aujourd'hui, dépités, nous nous résignons à nous baigner en intérieur, à la piscine du Koninginnelaan. Mon frère y perdra un lambeau de peau considérable quand son genou droit accrochera l'extrémité du toboggan aquatique. Il a huit ans, et la toise lui accorde les centimètres requis pour accéder à l'attraction. Je suis assise sur le bord du bassin, à un endroit stratégique d'où je peux voir mon frère jaillir du tube. Excitée et concentrée, j'attends qu'il surgisse. En haut du toboggan, une petite lumière passe du rouge au vert quand le suivant peut s'élancer dans le tuyau. À mesure que les enfants sont recrachés à intervalles réguliers par la bouche du toboggan, je les répartis en deux catégories : frère et pas frère. J'ignore encore que ce que je retiendrai de cet instant, ce ne sera pas son plouf héroïque, mais le fragment de peau grand comme un petit-beurre flottant sous mes yeux à la surface de l'eau. Dans sa chute, il racle à grande vitesse le plastique orange du toboggan. Ces quelques centimètres carrés de tissu humain flottant sur l'eau chlorée constitueront un obstacle permanent dans ma mémoire. Chaque fois que ce souvenir surgit, je pense pendant quelques secondes que cela m'est arrivé à moi. Y compris maintenant que je suis de retour à Ostende, et qu'après avoir parcouru les galeries royales, je longe la piscine dans la Koninginnelaan pour rejoindre le centre-ville : je me vois glisser à toute allure dans le tube, puis dans un flash, je me vois assise sur le bord, mes pieds sur les marches, un bout de peau manquant sur mon genou, le chlore brûle la plaie, le lambeau arraché flotte devant moi et mes hurlements rameutent toute la piscine. Comme toujours, l'événement reprend vite sa place, mais cela n'empêche que je me sens à chaque fois coupable envers mon frère. C'est sa plaie. Je n'y ai pas droit, pas plus qu'à la cicatrice. Confusion de blessure.

J'ai rendez-vous à l'hôtel Léopold d'Ostende avec trois hommes qui partagent tous le même prénom : Koen. L'écrivain, le peintre et l'architecte. Amateurs de jeux de reconstitution, ils ont par exemple dormi dans le lit du poète Paul van Ostaijen, ou encore vécu une journée au Moyen Âge. Ils ont l'habitude de marcher dans les traces des âmes mortes – il paraît que cela vous rapproche de votre sujet.

Quand j'ai parlé aux trois Koen de mes recherches sur le sort tragique de l'architecte Gaston Eysselinck, il est apparu qu'eux-mêmes poursuivaient des investigations sur la ville d'Ostende. Ils m'ont invitée à prendre part à leur quête.

L'hôtel Léopold se situe à mi-chemin environ entre la dernière adresse d'Eysselinck dans la Kemmelbergstraat et son dernier projet, l'hôtel des postes. Nous buvons un apéritif épicé. Koen m'interroge sur mes projets pour le livre. Je lui parle du nœud phallique dans la tour d'église de Verchin et de la piscine de Turnhout. Animé par la dimension tragique, Koen demande si je savais que cet hôtel avait été le théâtre d'un crime passionnel.

« Le drame d'Ostende, complète Koen.

– Oui, enfin, il a été acquitté, interrompt Koen. Sa femme se serait suicidée.

– Quoi qu'il en soit, c'était une sale affaire », juge Koen.

Il y a cinq ans, l'épouse d'un homme politique wallon fut retrouvée morte dans une des chambres. Elle s'était retirée en bord de mer pour écrire un premier roman. Le politicien la rejoignit malgré tout. Ils prirent un verre au bar, un amaretto. Des témoins les ont décrits comme des gens distingués. Au moment de prendre une douche avant de se coucher, elle reçut un coup de fil de son amant, par ailleurs son thérapeute, avec qui elle avait entretenu une relation jusqu'à la veille de son mariage avec l'homme politique. Ce dernier répondit à l'appel. Le thérapeute s'excusa et raccrocha, mais il était trop tard. Dans l'historique du téléphone, le politicien vit que sa femme et le thérapeute s'étaient appelés trente fois au cours des derniers jours. Elle fut retrouvée morte dans son lit le même soir.

« Crois-tu qu'il l'ait tuée ? demandé-je.

– Cela ne faisait qu'un an qu'ils étaient mariés », analyse Koen, comme si de manière générale, après un an de mariage, on ne saurait avoir suffisamment de raisons pour assassiner sa femme.

Les Koen et moi longeons le parc Léopold pour nous rendre à De Grote Post. L'ancien siège des P.T.T./R.T.T. dans la Hendrik Serruyslaan a été converti en centre culturel il y a quelques années. L'avant-corps bas qui précède la façade est surmonté en son milieu par une figure ailée. De loin, la forme de la sculpture suggère qu'il s'agit d'un crabe. De plus près, une déesse aux genoux repliés se détache au centre, dans la partie molle du crustacé. De ses flancs sortent quatre femmes qui flottent à l'horizontale, formant les pinces. Cuivre rouge sur squelette métallique. L'ensemble constitue un entrelacs de bras, d'ailes, de longues chevelures, et délivre un message utopique : le trafic postal apportera l'unité dans le monde.

Dès ses premières esquisses réalisées en 1945 pour le nouveau bâtiment postal, Gaston Eysselinck y intègre une sculpture proéminente. En un sens, la sculpture détermine l'élaboration du reste du corps de bâti. Le volume élevé derrière l'avant-corps, qui abriterait les bureaux et les locaux utilitaires, devait être en proportion avec la sculpture. Pas le contraire : pas de bas-relief pour agrémenter une façade aveugle, mais une œuvre d'art détachée comme élément architectural à part entière.

Eysselinck, un socialiste convaincu, envisage son métier comme un outil de démocratisation et un support idéologique. L'architecture doit être accessible à tous et soutenir une société où l'art et la culture peuvent prospérer. La convergence de l'architecture et des arts plastiques devient un motif important de son langage visuel, que l'on retrouve en différents endroits du bâtiment. Eysselinck utilise de la pierre bleue belge pour l'entrée, un choix de matériau poétique : à cinq cents mètres de la ligne côtière, les conglomérats de squelettes calcaires de coquillages et de faune marine symbolisent une mer immémoriale.

C'est aussi lui qui dessine le mobilier intérieur. Deux reliefs en céramique de la main de l'artiste Jo Maes sont disposés de part et d'autre de la salle des guichets. Quatorze scènes en verre dépoli, toujours de la main de Maes, sont également intégrées et offrent une représentation allégorique de l'évolution de la téléphonie et de la télégraphie. L'œuvre centrale, la déesse-crabe ailée sur la façade, réalisée par un sculpteur ami, Jozef Cantré, reçoit le titre ambitieux *Les Médias de communication*, ou encore *Unité du monde grâce à la téléphonie, la télégraphie et le trafic postal.*

C'est précisément cette sculpture chargée de bonnes intentions, qui souhaite réconcilier toutes les classes sociales et politiques par le simple geste de poster une lettre, qui se révélera une source fatale de frustration et de désillusion pour Eysselinck.

Le siège postal est le seul bâtiment public qu'Eysselinck ait créé. C'est précisément cette fonction publique qui lui permet d'exprimer sa vision sociopolitique et architecturale à travers ce projet. Il s'investit corps et âme dans l'hôtel des postes. Le lien inextricable entre la forme architecturale et l'engagement artistique traduit sa personnalité. Eysselinck refuse le compromis, dans son travail aussi bien que dans sa vie – si tant est que ces deux-là se laissent encore séparer. Cette obstination cause des difficultés à répétition dans les relations entre architecte, maîtres d'œuvre, maîtres d'ouvrage, la direction des R.T.T. (Régie du télégraphe et du téléphone) et l'administration communale d'Ostende. Les journaux font état d'« âpres discussions ». Il est certain que le financement est remis en question à différents stades du projet. La principale pierre d'achoppement se révèle être la sculpture de Jozef Cantré : pour Eysselinck, elle est un élément indispensable de sa création, aux yeux des commanditaires elle constitue une dépense disproportionnée. Les divergences à ce sujet connaissent une telle escalade qu'Eysselinck menace d'engager une procédure judiciaire si jamais la sculpture ne devait pas être installée. Les tensions se prolongent dans une dispute qui l'oppose à son ami Cantré. Eysselinck serait entré dans une colère noire lors du vernissage de l'exposition de Cantré à Bruxelles, parce que le sculpteur y avait présenté une version antérieure de sa déesse ailée sur un piédestal : trop élitiste selon Eysselinck.

Ses menaces, son caractère peu conciliant, sa suffisance : tout cela contribue à ce qu'en juin 1953, après plusieurs incidents, l'on notifie à Eysselinck l'interdiction permanente d'accéder au chantier. Six mois après cette débâcle, Eysselinck met fin à ses jours dans l'appartement de la Kemmelbergstraat. Quelques années plus tard, Cantré décède à son tour. Ni l'un ni l'autre n'assisteront à l'installation de la sculpture en 1963.

Les Koen et moi-même grimpons l'escalier du bâtiment postal pour rejoindre le toit-terrasse depuis le restaurant du personnel au premier étage. De là-haut, nous avons une vue plongeante sur la déesse de Cantré. Le changement de perspective n'apporte pas grand-chose, mais il nous semble pertinent d'observer la sculpture sous cet angle. Pour souligner l'importance de notre démarche, nous contemplons un moment le dos de la déesse, jusqu'à ce que Koen rompe le silence.

« Nous sommes le 8 décembre.

– Cela fait deux jours et soixante-quatre ans », réponds-je.

Le 6 décembre 1953, il soufflait un vent d'est soutenu. La bourrasque la plus forte mesurée atteignit les treize mètres par seconde. C'était une journée froide, avec une température moyenne de quatre degrés Celsius. Température ressentie : moins deux – un poil moins qu'aujourd'hui. Le soleil ne se montra point. Il n'y eut pas de précipitations, mais le ciel resta couvert toute la journée. Eysselinck ne sera pas sorti par un tel temps, qu'il détestait ; la furie du vent tyrannisant la plage déserte, il ne le supportait pas. Sa lettre à Roger De Kinder était prête, il l'avait écrite la veille au soir et cela n'aurait pas beaucoup de sens de relire une décision déjà prise. Il demeura néanmoins agité toute la journée. Jusqu'à ce que la corne de brume retentît à la tombée de la nuit, donnant à l'architecte le signal dont il était convenu avec lui-même qu'il le délivrerait à jamais de l'existence.

Le suicide d'Eysselinck est explicitement relié à son projet pour le siège postal, qui rencontra des résistances dès les premières ébauches. Ses confrères ne lui accordèrent d'abord que peu d'intérêt. Trop industriel, trop fonctionnel. Il fallut attendre le dixième anniversaire de sa mort, en 1963, pour qu'apparût un succès d'estime. Aujourd'hui, l'hôtel des postes est un monument classé. Il est considéré comme l'un des sommets de l'architecture moderniste d'après-guerre en Belgique. Son unique bâtiment public a apporté la gloire posthume à Eysselinck.

Mais dans sa vie privée, il a causé sa perte. L'architecte s'est si étroitement identifié à son œuvre que chaque signe d'incompréhension, chaque marque de désapprobation ont dû s'accumuler jusqu'à former un rejet existentiel. Toute concession aurait été un acte de déni de lui-même. À la fin, son sentiment d'échec a dû être total, destructeur et sans compromis.

« Que penses-tu qu'il soit arrivé, Charlotte ? » demande Koen.

Je ne sais pas si je dois donner voix à mes pensées.

« À ce qu'il paraît, il subissait aussi de sévères brimades. Vers la fin, on lui mettait carrément des bâtons dans les roues, raconte Koen. Il ne pouvait même plus accéder au chantier. Son ingénieur Mallebrancke non plus.

– Sans compter qu'il avait de gros problèmes financiers, énonce Koen.

– C'est un homme que la vie n'a pas épargné, reconnaît Koen.

– Une vie d'architecte typique : un enchaînement de malheurs, affirme Koen, qui parle d'expérience.

– Attention, Koen, ce ne sont là que des circonstances. Il s'agissait d'une forte tête aussi.

– Bien sûr, il est difficile de faire des compromis, en particulier quand on est architecte.

– Et il a donc fait le choix d'une mort volontaire, après que nombre de ses projets avaient fait naufrage, médite Koen.

– Comment cela s'est-il passé précisément, Charlotte, s'est-il pendu dans son logement de la Kemmelbergstraat ? s'enquiert Koen.

– Non, réponds-je, il a fermé la porte de la cuisine et calé une serviette roulée contre la fenêtre avant d'ouvrir tous les brûleurs de gaz. »

Koen est visiblement remué.

« La manière importe peu, s'ôter la vie est toujours un geste d'une extrême violence », dit-il.

Je hoche la tête, parce que je ne veux pas éveiller la suspicion des Koen. Je ne veux pas non plus qu'ils croient que je suis trop jeune pour être vraiment capable de m'intéresser à la mort. Deux Koen se rendent à l'autre extrémité de la terrasse, à celui qui reste, je dis : « Parmi ceux qui, par essence, appartiennent aux suicidés, beaucoup, la plupart même, ne se suppriment pas en réalité. » Comme si je cherchais à le rassurer, après tout, il est architecte lui aussi, je ne voudrais pas qu'il se sente offensé par le sujet de mon livre.

« *Le Loup des steppes* d'Hermann Hesse, répond Koen.

– Exact.

– Parfois, j'aimerais avoir choisi un autre matériau, la langue par exemple, comme toi. L'époque où l'architecture reflétait nos idéaux ou apprivoisait nos peurs est révolue. Et c'est une bonne chose, que nous ne la sollicitions plus pour satisfaire ce genre de broutilles humaines. Connais-tu le poète Bashō ? Je rêve de faire un voyage à pied à travers le Japon, sur les traces de ses vers, une quête à la mesure de l'homme.

– Les vers et les phrases sont souvent apprivoisés aussi. L'architecture a un effet plus net sur le monde. Et puis les bâtiments, au moins, se mesurent à l'éternité. Je ne me fais pas d'illusions quant à mes poèmes, dis-je.

– Est-ce cela qui t'intéresse, l'éternité ? » demande Koen avec méfiance.

L'éternité me laisse de marbre – pour être honnête, le présent, qui peut être triomphant et impitoyable aussi, de plus en plus – mais plutôt que de l'avouer, je réponds : « Peut-être l'enjeu est-il plus important en architecture ? J'entends par là que l'échelle est plus grande.

– Dans tous les cas, il ne faut pas se mettre en péril. Tes architectes auraient pu s'y prendre autrement. »

En guise d'exemple, Koen me parle de l'architecte américain Richard Buckminster Fuller, qui se débattait également avec des pensées suicidaires. Ses revenus irréguliers ainsi qu'une mise à pied le décidèrent un jour de 1927 à se noyer dans le lac Michigan. Au moins, s'il mourait, sa femme et sa fille toucheraient l'argent de son assurance-vie. Déjà presque immergé dans le lac, l'eau au niveau des lèvres et les membres las, Buckminster Fuller prit conscience qu'il n'avait pas le droit de se noyer, qu'il ne lui appartenait pas de donner du sens à son existence ou de l'en priver, que ce n'était pas à lui de décider de la vie et de la mort. Sa tentative de suicide se révéla une expérience transformative essentielle, qu'il présenterait comme une épiphanie durant toute sa carrière. Après cet incident, il se consacra à de nombreuses choses, dont la poésie.

« Le voilà guère mieux loti », dis-je. Mes paroles sonnent plus graves que prévu.

Les autres Koen nous rejoignent. Comme s'ils s'étaient concertés, Koen me demande : « Et cette corne de brume dont tu parlais ? Le son rendait Eysselinck malade intérieurement, disais-tu ?

– Il n'y avait pas que le siège postal. Il était aussi question d'amour », admets-je. Et je raconte aux Koen l'histoire de Georgette Troy, une femme que j'ai découverte à travers la correspondance entre sa cousine, Loulou De Geyter, et Roger De Kinder, alors échevin des Travaux publics à Ostende. Georgette elle-même n'a pas de voix. Je sais seulement qu'elle était aimée et qu'elle mourut, rien de plus. D'ailleurs, peut-être sont-ce là les choses les plus importantes à savoir de quelqu'un.

Janvier, 1954

M. l'échevin De Kinder consentirait-il à se rendre sur la tombe avec elle ? La lettre a été tapée à la machine. Encre grasse : un ruban neuf. Dans son état, Loulou De Geyter est incapable d'écrire à la main, elle tremble trop. Le train d'Anvers arrivera voie une à onze heures et quart. Veut-il bien l'y attendre pour aller ensemble au cimetière en voiture ? Une blessure légère datant de la guerre lui rend la marche difficile. M. De Kinder honore le rendez-vous. Sur le quai, il reconnaît Mme De Geyter au pot de chrysanthèmes fripés qu'elle porte dans un sac en plastique et à sa claudication presque imperceptible. Bien que ce soit la première fois qu'ils se voient, les salutations échangées n'ont rien d'une première rencontre. L'événement qui les réunit s'est déjà chargé des présentations.

Un court trajet de la gare à la Stuiverstraat. Le cimetière se trouve juste en dehors du centre-ville le long de la grand-route, mais il est vaste et, depuis le portail d'entrée, semble déboucher sur une étendue lointaine. Les ossements des chênes rouges dépassent du mur d'enceinte. Un quart de la surface du terrain est recouvert de simples croix blanches. M. De Kinder sort un papier de sa poche. Division 16, rangée 18, concession 15.

Devant la tombe de Gaston, Mme De Geyter ne parvient plus à contrôler ses tremblements. M. De Kinder s'inquiète des chrysanthèmes, mais elle lui interdit de poser le pot. Gaston ne voulait pas de fleurs, celles-ci sont pour Get.

« Qui l'a découvert ? » demande Mme De Geyter. L'échevin explique que c'est son fils, et qu'il n'y avait plus rien à faire. La peau présentait déjà les marbrures rouges caractéristiques. Il offre le bras à Mme De Geyter, qui est visiblement à bout de nerfs. Bras dessus, bras dessous, ils se rendent à présent sur la tombe de sa cousine, Georgette Troy. Cette dernière est enterrée près de la guérite au côté ouest de la division 22, morte de la maladie qui ne pardonne pas, deux mois avant le suicide de son amoureux, Gaston Eysselinck.

Le parti socialiste a perdu deux militants actifs, dévoués à la cause avec une conviction profonde. Des amis très chers. Mme De Geyter l'avait espéré du fond du cœur, mais Georgette et Gaston ne reposent pas l'un près de l'autre.

Novembre, 1953

Loulou De Geyter écrit une lettre à Roger De Kinder. Elle lui confie un incident préoccupant concernant un ami commun, Gaston Eysselinck. Quelques semaines auparavant, un mardi, il s'était présenté de manière impromptue à son travail, à Anvers. Il avait l'air confus, absent, et, malgré le froid, ne portait qu'un pardessus léger. Il était passé sans s'arrêter à l'accueil de l'office, ce qui avait grandement étonné l'hôtesse, qui n'avait jamais vu cet homme. C'est ainsi qu'il surgit de nulle part devant le bureau de Loulou. Dans la main droite, il tenait un porte-plume, comme s'il avait été en train de rédiger une lettre et que, dans un moment de méditation, il s'était levé de sa rédaction un instant pour terminer une pensée. Il n'avait pas d'autres objets sur lui. Il posa le porte-plume sur le bureau, précisant seulement que Get avait voulu qu'elle ait ce stylo. Loulou fut perplexe : il n'était tout de même pas venu d'Ostende exprès pour cela ? Pourquoi n'avait-il pas annoncé son passage ?

À cet instant, Gaston se décomposa et éclata d'une colère qui secoua tout son corps. Il était furieux de chagrin. Elle dut faire intervenir des collègues pour le tranquilliser. Alors qu'il paraissait se remettre, il se jeta à son cou : « Ne m'abandonne pas, ne me laisse pas, je n'en peux plus. »

Il répéta ces paroles encore et encore. Loulou proposa à Gaston de l'accueillir pendant quelque temps chez elle, à Anvers. Il ne devait en aucun cas continuer d'habiter dans l'appartement de la Kemmelbergstraat, saturé de souvenirs. Voulait-il de reprendre son travail ? En pareil moment, ce serait bien qu'il s'occupe. Gaston eut l'air d'écouter, mais n'en fit rien et reprit le train pour Ostende. Peu après ces événements, Gaston informa Loulou qu'il allait se retirer dans les Ardennes. Au cours de ces semaines, elle lui adressa régulièrement des petits mots pour lui demander comment il allait. La réponse de Gaston fut toujours la même, brève et polie : « Merci. »

Loulou est inquiète, notamment en raison de ce qui s'est passé ce mardi-là à son travail. M. De Kinder aurait-il des nouvelles ? Gaston est-il entretemps rentré à Ostende ? Accepterait-il de lui répondre ? Elle est la cousine de feue Georgette et une amie de Gaston, il peut lui faire confiance.

Gaston Eysselinck et Georgette Troy se sont sans doute connus au cercle artistique socialiste d'Émile Langui, à Gand. Dès la fin de la guerre, au moment des premiers pourparlers autour de la reconstruction de l'hôtel des postes, ils décident de partir à Ostende ensemble et d'y recommencer leur vie. Gaston laisse derrière lui deux fils issus d'un premier mariage laborieux. Georgette quitte son mari. Ce devait être l'une de ces relations amoureuses entraînant beaucoup de dommages collatéraux. Ils s'installent d'abord dans un appartement au septième étage, avenue Léopold II. Après une grosse dispute avec le bailleur, ils déménagent dans l'appartement de la Kemmelbergstraat, tout près de la digue. Le logement est petit, mais il y a de la place pour la table à dessin de Gaston. Seul le son répétitif de la corne de brume – quand la fenêtre est ouverte, on l'entend tout près – lui tape sur les nerfs. Georgette en rit. Il la taquine en la surnommant « Pietje ». Eysselinck a alors trente-huit ans, il est amoureux, obstiné et talentueux. Autant de choses qui habituellement vous rendent sot, mais lui semble s'être trouvé.

Même les plus infimes bactéries possèdent une paroi cellulaire. Un bouclier autour de la membrane qui protège à son tour le noyau de la cellule. Ce bouclier peut se composer de toutes sortes de matières : subérine, lignine, glucides… pourvu que ce soit résistant. Nous devrions nous intéresser plus souvent à nos parois cellulaires, à l'épiderme aussi, composé à son tour d'innombrables cellules avec leur paroi, et qui forme notre bouclier extérieur. La paroi cellulaire nous protège des envahisseurs, des pressions extérieures. Elle rencontre des résistances, mais oppose elle-même une résistance en générant une contre-pression. Toute la journée, puis encore la journée d'après et chaque jour qui suit, les parois cellulaires protègent sans relâche l'intégrité de nos plus petites particules microscopiques, de sorte que nous puissions, en tant que somme de toutes nos cellules, former le tout que nous croyons être. Vers mes quinze ans, j'ai commencé à me méfier du fonctionnement de mon corps, parce que ce dernier se gère la plupart du temps tout seul, à mon insu. La suspicion surgissait dans des situations particulières, notamment en cours de biologie, où j'étais sommée d'acquérir des connaissances sur le fonctionnement du corps humain et, par là-même, contrainte de réfléchir au possible dysfonctionnement du mien. Elle me surprenait également dans des situations sans cadre précis, par exemple dans le train, assise à regarder par la fenêtre. Dans un tel moment d'inattention, je pouvais tout à coup prendre conscience de mon souffle. Cette prise de conscience s'accompagnait de la peur qu'il me fallait continuer de penser à inspirer et à expirer, car si j'oubliais, si mon attention se portait ailleurs l'espace d'un instant, mes poumons pourraient aussi bien cesser d'exécuter leur tâche. Comment compter sur mes poumons pour respirer ? En principe, je pourrais m'étouffer à n'importe quel moment.

La méfiance se manifestait aussi à l'égard d'autres corps. Lorsque je posais la tête sur la poitrine de mon amoureux de l'époque, je collais mon oreille à l'endroit exact où le pavillon captait tout le battement de son cœur. Non pour des raisons sentimentales, plutôt comme un stéthoscope. Il avait un grand cœur, un cœur d'athlète qui pompait une quantité importante de sang. Au moment de l'orgasme, le cœur pompait si fort, si fort, que je craignais qu'il s'arrête. Parfois, il fallait toute la nuit pour que j'ose lâcher le battement, pour que je lui fasse confiance pour perdurer sans qu'il n'y ait personne pour l'écouter à l'intérieur du corps.

Les cours de biologie ont étendu le spectre de ma méfiance au domaine des parois cellulaires. Puis-je raisonnablement présumer qu'elles continueront à remplir leur fonction mécanique hors de mon champ de conscience ? Les parois sont certes solides, mais lorsqu'elles rencontrent une résistance prolongée, ou trop importante, ou contre laquelle la cellule n'est pas armée, alors elles peuvent se rompre. Une fois la paroi cellulaire rompue, la membrane se fragilise. Quand enfin la membrane, qui est bien moins robuste que la paroi, se déchire, cela signe l'arrêt de mort de la cellule.

Les parois cellulaires, et par conséquent les cellules, ne se cassent d'ailleurs pas seulement lorsqu'elles rencontrent une résistance : elles peuvent aussi mourir faute de substances vitales. Ou que se passerait-il si mes cellules cessaient tout simplement de se défendre ?

Pendant l'été 1953, huit mois après le diagnostic, Gaston et Get passent encore quelques jours de plus chez Loulou De Geyser à Anvers. Loulou craint le pire, mais Get semble gaie, optimiste même, curieusement, communiquant à sa cousine la foi en une issue heureuse. Le couple a apporté un dépliant de la Fondation Wilhelmina d'Amsterdam. En couverture figure un crabe rouge embroché sur un sabre. Si l'on en croit la brochure, la découverte d'une cure est en bonne voie.

Lorsque Gaston appelle deux mois plus tard pour dire qu'il a amené Georgette à l'Institut Bordet à Bruxelles, Loulou sait que tout a été en vain. Le cancer s'est installé au plus profond de ses cellules. Jour et nuit, Gaston est resté à son chevet, et bien que lui aussi, à la perspective de leurs adieux prématurés, subît les affres d'une douleur intérieure, il ne laisse rien paraître. Loulou se rappelle Gaston durant cette période comme un homme qui s'est réduit à une fonction unique : soutenir la femme qu'il aime en ces rares, derniers jours. Il ne bat pas en retraite.

Le 4 octobre 1953, aux termes de longues souffrances, sa Pietje succombe à la maladie qui ne pardonne pas. Même l'obstination de Gaston n'aura pu convaincre la mort de s'annuler.

En route pour le cimetière de la Stuiverstraat, Koen s'arrête dans l'Acacialaan. Au numéro six se trouve la maison De Wispelaere, dessinée par Eysselinck et datant de 1953. L'existence de cette maison mitoyenne vient infirmer la légende qui fait du siège postal son dernier projet. De Wispelaere se démarque dans cette rue banale à l'habitat linéaire. Elle donne une légère impression d'inconfort parce que la cage d'escalier au milieu de la façade forjette au niveau du second étage. Ce plan anguleux en saillie suggère que l'on a fait rentrer le bâtiment de force entre les deux maisons mitoyennes. On la surnomme parfois « le Bunker ». Les Koen m'envoient gravir les marches de guingois qui mènent à la porte d'entrée ; eux restent dans la voiture, dont ils laissent tourner le moteur au cas où je rencontrerais un obstacle et aurais subitement besoin d'un véhicule de fuite – ils ont déjà été confrontés à tous les cas de figure.

Le bruit de la sonnette est relié au diaphragme de deux petits chiens, qui se mettent à japper de manière incoercible dès que j'appuie sur le bouton. Une femme ouvre la porte. Elle porte un pull-over blanc dont le tissu ressemble au pelage d'un bichon maltais. Elle ne m'attendait pas, mais ne me chasse pas. Gaston Eysselinck a en effet dessiné les plans de la maison. Les parents de la dame la louaient dans les années 1970, puis les propriétaires durent s'en séparer précipitamment, leur fils ayant contracté de grosses dettes de jeu. Cela permit finalement à sa famille de l'acquérir à un prix bien en dessous de celui initialement demandé. À la mort de ses parents, il lui apparut comme une évidence qu'elle se réinstallerait dans la maison de son enfance, même si c'était alors un réduit sombre… Un lambris brun foncé jusqu'à mi-hauteur du mur, l'autre moitié peinte en noir, tous ces coins et recoins, très déprimant tout ça, et puis tellement difficile à aménager. Bien qu'elle ait tenu à conserver la structure intérieure du logement, elle est bien contente que ses parents l'aient débarrassé de son intérieur d'origine après l'avoir acheté. Tous ces meubles intégrés, c'était trop calculé, pas vraiment vivable, et puis sombre, si sombre, terriblement oppressant.

Hormis cette divergence de goût, la propriétaire a pris sur elle de restaurer la maison dans l'esprit de l'architecte. Si je le souhaite, je peux entrer jeter un œil, la cuisine vient d'être rénovée. Refaite à neuf avec un îlot de cuisine. Du blanc brillant immaculé.

« J'aime ce qui est moderne », dit-elle. Devant la baie vitrée coulissante qui mène à la terrasse et au jardin en contrebas trône un arbre de Noël en plastique blanc. L'aspect peu accueillant de la façade trouve son antithèse dans les grandes vitres côté jardin. Elle se demande parfois ce qu'Eysselinck penserait de ses aménagements, elle croit bien qu'il apprécierait de voir la maison un peu plus lumineuse. Elle a quelques livres sur lui au grenier. De son suicide, elle ignore presque tout, si ce n'est qu'il était sans doute dépressif. La cuisine d'origine sert aujourd'hui de garde-manger. Elle ouvre tous ses tiroirs et placards pour montrer qu'elle est bien pourvue. Il lui est difficile de toujours devoir monter ces fichues marches bancales vers la porte d'entrée avec ses courses, et elle n'a pas le droit de les redresser, la maison est classée patrimoine architectural depuis 2009. C'est pourquoi elle fait de temps en temps ses commissions avec un ami plus ingambe qu'elle. Je compte dix-sept boîtes de coulis de tomates dans le placard à provisions, et me réjouis qu'Eysselinck ne soit plus là pour assister à ces travaux de rénovation.

Un an après la mort d'Eysselinck, en 1954, le siège postal est officiellement inauguré. L'entrée se trouve en haut de l'escalier d'accès aux rampes de bronze. La façade monolithique en pierre bleue est rythmée par trois portes à tambour en bronze. Celle de gauche donne accès jour et nuit au service de la Régie des télégraphes et téléphones, les deux autres à la salle des guichets aux seules heures d'ouverture de la Poste. Le bronze est le métal le plus résistant au sel contenu dans l'air marin.

À partir de 1985, la porte rotative de gauche fermera elle aussi la nuit. Des cabines téléphoniques sont installées à l'extérieur pour la réception des messages nocturnes.

En 1995, les services postaux quittent le bâtiment pour s'installer sur un nouveau site non loin de la gare, au Slachthuiskaai.

À l'orée de l'année 1999, le siège est en grande partie abandonné. Certains locaux servent encore d'entrepôt de stockage pour du matériel technique. Quelques services de Belgacom sont toujours implantés dans l'antenne de la Hendrik Serruyslaan.

Il fait noir comme dans un four. L'étendue du vaste cimetière donne cependant l'impression que l'obscurité se désagrège en une nuit moins épaisse, et les Koen et moi croyons initialement pouvoir nous distinguer les uns les autres, mais nous avançons à tâtons. Nous suivons l'axe principal du cimetière jusqu'au pavillon de verdure situé en son centre. Ici, quatre embranchements partent du croisement. Sans tactique définie, nous partons chacun dans une direction de l'obscurité. Nous cherchons la sépulture de Georgette Troy, mais j'abandonne rapidement ma quête pour guetter les silhouettes des autres. La recherche du tombeau prend une importance secondaire par rapport au bruit d'un pas ou au froissement d'un manteau, à la peur d'être engloutie par le noir. La voix de Koen me délivre. Il nous appelle tous à le rejoindre à la guérite côté ouest, division 22.

13 heures, le 5 décembre 1953

Indications :
– La stèle pour Get est prête chez H.
– V. sait ce qu'il faut en faire
– B. assurera le transport de la stèle jusqu'au cimetière
À régler :
– 10 000 fr à W.
– 22 000 fr à Van M.
– À Mir : connais pas la somme exacte, mais j'avais l'intention de lui offrir chaque année une boîte de bons cigares en dédommagement – ceux du magasin d'angle près de la Poste.

La première boîte a déjà été commandée. Le reçu est dans mon portefeuille.
– 0 fr aux impôts.
– À H. : à M.B. d'en décider.
– La facture pour G. se trouve dans le carnet de bordereaux de virement.
– À mon ami M.B. : un voyage dans les Vosges et un voyage à Marseille.
– À mon fils W. je donne ma table de dessin. Je ne lègue rien à ma première épouse.
Ne me soucierai pas des jugements qu'entraînera ce geste.
D'abord, ne l'ai jamais fait, et ne vais pas commencer maintenant. Suis devenu trop froid.
Veux qu'on m'enterre dans une friche. Pas de fleurs – parce qu'elles ne viendront pas de Get.
Avec Get, j'ai grandi – avec elle, je serais devenu très grand.
Il n'a pas pu en être ainsi.
Get, Pietje, tu me manques trop.
Il n'est plus possible qu'elle me donne du courage et c'est pour cette raison…, parce que je vois l'impossibilité totale qu'il y aurait à la remplacer, que je capitule…
Salutations à mes amis, mon cœur à ma mère,
je rejette la culpabilité sur ceux qui se savent coupables,
et je sais qui ils sont.

Gaston Eysselinck

Dans les soixante-trois jours qui séparent le décès de Georgette Troy de son suicide, Gaston Eysselinck achève sa dernière œuvre. Elle n'appartient pas à l'espace public. Ce n'est pas une maison individuelle. Sa dernière réalisation appartient au silence dans son cœur : il dessine la stèle de sa bien-aimée Georgette, morte trop tôt. Un socle conique surmonté d'une sobre dalle en pierre bleue, la même qu'il avait utilisée pour l'entrée de l'hôtel des postes. Un mastaba pour divinité égyptienne. Le nom de Georgette émerge du relief de la dalle. En raison des conditions de leur vie commune, ils ne pouvaient être enterrés côte à côte. En dessinant sa tombe, Gaston peut ajouter son nom à celui de Georgette et à l'éternité. Il signe d'un « G. Eysselinck architecte » la pierre qui s'est formée des millions d'années durant à partir de la lente, lente sédimentation de différentes couches qui au fil du temps ont fusionné avec les coquillages et squelettes d'animaux marins mille fois millénaires dans les profondeurs d'une mer chaude, préhistorique qui inondait nos régions il y a des millions d'années, et qui renferme à présent cette vie pullulante pétrifiée.

| IV |

Opéra national de Vienne
1861-1869
Vienne
Eduard van der Nüll (1812-1868) et August Sicard von Sicardsburg (1813-1868)

En septembre 2015, peu après l'historique « *Wir schaffen das* » d'Angela Merkel, je passe quelques jours à Vienne pour y faire une lecture publique, ma première invitation à l'étranger. Mon billet d'avion a été payé avec des fonds européens. Je serre la main des ambassadeurs de Belgique et des Pays-Bas et reçois des cartes de visite, en quantité, dont celle d'un homme qui avait bavardé la veille avec Tom Cruise sur le premier balcon de l'Opéra national de Vienne. Le programme, en allemand, me présente comme *flämische Schriftstellerin*, écrivaine flamande. Je lis très exactement quatre poèmes, accompagnée par des musiciens de jazz, sous les lustres en cristal du Café Westend, où l'on a encore le droit de fumer à l'intérieur, de sorte que je me crois à l'époque des salons. L'Albertina présente une exposition sur Edvard Munch. Amour, mort et solitude en gravure sur bois et lithographie. Le genre de pénombre attirante contre laquelle semblent devoir vous prémunir les murs d'accrochage peints en bleu roi et vert gazon : des couleurs électrochoc. En dehors du petit déjeuner au champagne servi à l'hôtel, je ne mange rien durant tout le séjour, parce que je ne sais pas encore prendre un repas seule. Lorsque je me retrouve dans ma chambre d'hôtel, je fixe longuement mon reflet dans le miroir, inquiète, guettant l'indice qui permettrait aux gens de me démasquer comme usurpatrice. Quelqu'un a fait une erreur d'appréciation qui m'a conduite ici sous de faux prétextes, sous des conditions que je suis incapable de remplir. Je suis une imposture. Pendant ce temps dans les journaux, l'Europe se désintègre en droite et gauche. Le mot « frontières » règne en maître dans les bulletins d'informations. La Hongrie ferme ses frontières. L'Autriche mobilise ses troupes aux passages de frontière avec la Hongrie. La Slovaquie intensifie le contrôle aux frontières pour endiguer les flux migratoires. À moi, ce vocable ne paraît pas s'appliquer. Les mots sont conditionnels.

Après la lecture au Café Westend, les musiciens m'embarquent pour une soirée karaoké au bénéfice des migrants. Je participe à la levée de fonds en buvant des shots de White Russian et chante « Dancing in the Dark » de Bruce Springsteen. Pas besoin de regarder le prompteur, je connais la chanson par cœur : « *I get up in the evening and I ain't got nothing to say, I come home in the morning, I go to bed feeling the same way.* »

Derrière le micro, sur la scène baignée d'un halo vert, j'ai l'impression que les spectateurs me croient. Plutôt faux, mais avec conviction, je chante le pont : « *I'm dying for some action, I'm sick of sitting around here trying to write this book, I need a love reaction, come on now, baby give me just one look.* »

J'ajoute les déhanchements de Bruce dans le clip vidéo, ça plaît aussi, alors je me laisse entraîner : « *You can't start a fire, you can't start a fire without a spark.* »

Applaudissements. Quelqu'un crie. Ma performance rapporte douze euros et quatre-vingt-trois centimes à la bonne cause. Je commande un autre shot ; après tout, les revenus du bar vont également aux organisateurs. Au zinc, je rejoins Hausensteiner, le guitariste qui m'accompagnait pendant ma lecture.

« Je suis en train de devenir simultanément soûle et charitable, dis-je.

– Tant de cynisme, ce n'est pas bon pour un écrivain. Les gens aiment le karaoké. Cet argent nous permettra d'acheter des couvertures et de la nourriture. Tu es une chanteuse épouvantable, mais ta performance n'était pas mal.

– Tu sais, moi aussi je voulais devenir guitariste classique autrefois, mais je n'y suis pas arrivée. J'ai joué pendant huit ans, et puis il y a eu ce morceau, raconté-je en essayant de fredonner la mélodie.

– Leo Brouwer, dit Hausensteiner, "Un día de noviembre". »

Dès que je l'entends nommer le compositeur et le morceau, je regrette d'en avoir parlé. Je me sens prise en faute, comme si Hausensteiner avait été présent quand ce coup de mélancolie m'assomma, des années plus tôt, dans ce local non chauffé de l'école de musique de Turnhout.

Mon professeur de guitare avait choisi cet air de Brouwer pour mon examen de niveau intermédiaire et me le faisait découvrir avec toute sa virtuosité sous-estimée. *Andante cantabile.* Mesure à trois temps. Un grand et impossible bonheur méridional exploré puis déploré. Quelque chose était perdu dans l'histoire racontée par ce morceau, quelque chose qui avait dû être d'une beauté infaillible, irréfutable, et lorsque, quelques mesures plus loin, cela s'est avéré, j'ai pris l'eau. Quand mon prof a fini par reprendre le motif initial, il était trop tard pour y remédier, la musique était déjà devenue la partition de mon bonheur et de ma tristesse, de mon impossibilité. Si je tentais de décrire ce qui se passait en moi, je dirais que, le temps de ces notes, j'étais plus grande que mon corps empêché d'adolescente de seize ans, une sensation physique, comme si mon corps était soudain trop étroit pour ce mouvement grandiose qui s'accomplissait en moi. Je me souviens très nettement de ce moment comme de la première fois où j'ai éprouvé de la mélancolie, un tiraillement et un écartèlement intimes. Lorsque mon professeur a laissé lentement mourir la dernière note, un mi aigu en point d'orgue, j'ai voulu que ça recommence. Pendant des semaines, je me suis entraînée à la mélancolie, passant outre les callosités sur le bout de mes doigts. La nuit, la mélodie continuait de résonner dans mon sommeil. Plus je m'exerçais, moins le morceau ressemblait à cette première écoute intense. Tant pis dans ce cas. Pour finir, je n'ai pas passé l'examen, et je n'ai plus jamais joué depuis.

Hausensteiner juge mon histoire mélodramatique et me dit de me remettre à la guitare.

« Ou bien t'ai-je vexée ? demande-t-il. Tu viens d'où en Belgique ?

– De la Campine, mais je m'en suis tirée. »

La plaisanterie tombe à plat.

« C'est une sorte de marais, une terre marécageuse, y compris au sens métaphorique, tout s'y enlise, tu vois, notre piscine s'est littéralement enfoncée dans le sol.

– Comme l'Opéra national ici à Vienne, dit Hausensteiner, *die versunkene Kiste*, la boîte engloutie. L'architecte s'est pendu, j'ignore pourquoi, le bâtiment est absolument incroyable. »

La boîte engloutie, la Sadowa de l'architecture, un méli-mélo de styles. Avant même d'être achevé, l'Opéra national de Vienne était déjà affublé de dizaines de noms d'oiseaux. On jugeait qu'il ne remplissait pas ses prétentions à la monumentalité, parce que le socle sur lequel il était construit ne dépassait pas suffisamment le niveau de la rue – « On dirait un navire échoué », jasaient tout bas les passants. Un rapprochement sardonique fut établi entre l'Opéra et la bataille de Sadowa, l'une des plus sanglantes défaites dans l'histoire de l'Autriche. L'assemblage éclectique d'éléments de styles différents passait pour un bric-à-brac.

Sicardsburg et Van der Nüll, ils n'ont pas de style
Grec, gothique, Renaissance, c'est du pareil au même
pour eux !

L'épigramme fait le tour des bistrots viennois. Les architectes de l'Opéra, August Sicard von Sicardsburg et Eduard van der Nüll, se font massacrer dans la presse et les cancans.

Sans style et de mauvais goût : dans la Vienne bourgeoise du XIXe siècle, ces qualificatifs suffisent à sceller votre sort. Quotidiens, revues et magazines viennent de faire leur apparition et jouissent d'une popularité sans bornes. Un large lectorat consulte la presse écrite pour savoir ce qui est de bon ton et se laisse guider par les diktats en matière de goût. À l'instar de l'argent et du standing, la presse, et avec elle l'opinion publique, devient également un instrument de pouvoir social. Sicard et Van der Nüll se heurtent d'emblée aux critiques. Outre la pression grandissante que leur mettent les journaux, on attend d'eux un bâtiment qui assume sa fonction représentative : l'Opéra sera en effet la première construction réalisée dans le cadre de l'ambitieux projet de la Ringstraße.

Dix ans plus tôt, en 1857, l'empereur Franz Joseph I signe un décret entérinant la démolition de la vieille enceinte de la ville. Dans le cadre de sa politique de *Stadterweiterung*, expansion urbaine, Vienne entame sa transformation de ville fortifiée en métropole. Trente-quatre communes voisines sont rattachées au territoire de la capitale. La démolition du mur d'enceinte et l'annexion des banlieues permettent de libérer des surfaces de terrain importantes, cédées par l'État à des particuliers. L'empereur utilise ces revenus fonciers pour financer plusieurs constructions monumentales le long de la nouvelle Ringstraße, qui deviendra la principale artère reliant le centre historique aux nouveaux quartiers.

La classe moyenne aisée et libérale a connu une croissance rapide et exige une participation politique de plus en plus grande. Cette catégorie de la population voit l'investissement dans le projet de la Ringstraße comme un moyen d'asseoir sa position sociale. Le choix de commencer par l'Opéra est symbolique : les foyers de la culture sont devenus les hubs de la nouvelle bourgeoisie. L'ancien Opéra a une capacité d'accueil trop faible pour le nombre croissant de personnes qui ont les moyens de s'offrir une place. En outre, il est dépassé du point de vue technique. Un nouvel Opéra qui reflétera la grandeur des nouveaux riches, voilà de quoi séduire les bailleurs de fonds.

La construction démarre dans la précipitation. La pression est considérable, le socle sur lequel trônera l'Opéra doit être achevé avant même que le niveau du boulevard de ceinture soit décidé. La Ringstraße est finalement plus élevée que prévu et, par conséquent, l'Opéra domine moins nettement la rue qu'escompté. Pour les goûts pathétiques des bourgeois de Vienne, la différence de hauteur entre le pavé et l'Opéra est une expression d'impuissance. Comme si, au lieu de se dresser, le bâtiment s'enfonçait dans le sol.

Quand on se tient aujourd'hui au milieu de l'agitation du carrefour Kärtner Ring – Opernring, on ne peut que s'abandonner à la beauté monumentale. Les spectacles affichent complet des mois à l'avance. Des centaines de touristes se massent sur les escaliers majestueux pour prendre une photo. Être vu dans un siège bien placé apporte des points de standing. Le Wiener Staatsoper compte aujourd'hui parmi les opéras les plus prestigieux du monde.

Je me souviens encore très nettement du premier mensonge qui est sorti de ma bouche. Ayant été élevée avec pour seul précepte « Tu as le droit de tout faire, sauf mentir », ce fut en somme un épisode déterminant. Je me souviens de la facilité avec laquelle je déformai la réalité, et puis de la sensation de puissance suscitée par l'infraction à la règle. J'avais sept ans, et je crus avoir cerné la vie : dans les situations difficiles, le mensonge offrait désormais une porte de sortie.

La sonnerie annonce le début de la pause-déjeuner. Nous nous mettons en rang, deux par deux. Stephanie habite en face de l'école et rentre déjeuner chez elle. Sa mère la ramène toujours à l'heure. Je crois qu'il existe une sorte d'inimitié silencieuse entre nos mères, qui ne repose pas sur grand-chose sinon une incompatibilité de caractères. Une divergence de goûts. Il en découle automatiquement que Stephanie et moi ne pouvons être amies. Avec son nombril à l'air et ses boots Buffalo, Stephanie ressemble plus à ma cousine précoce de quatorze ans qu'à une fillette de sept ans. Sa mère s'habille de la même façon, elle a l'air d'une ado de quatorze ans elle aussi.

Cet après-midi-là, la mère de Stephanie porte des bottines en peau de serpent. Je donne une bourrade à ma voisine dans le rang et lui montre les chaussures : hideuses. La mère de Stephanie aperçoit mon doigt pointé vers elle et s'approche d'un air menaçant.

« Ce n'est pas bien de montrer du doigt », me siffle-t-elle entre ses dents.

Sans une seconde d'hésitation, comme si je répétais simplement ce que je viens de dire, je lui réponds : « Je montre vos chaussures parce que je les trouve très belles. »

Et je m'en tire aussi facilement que ça. La mère de Stephanie m'adresse un sourire plus chaleureux que jamais, me donne une caresse rapide sur la tête et disparaît par le portail de l'école. La griserie du mensonge réussi provoque un délicieux picotement. Si l'on me demandait quand j'ai su que je voulais devenir écrivaine, je répondrais que je ne me souviens pas au juste, alors que je sais depuis cet après-midi-là dans la cour de récré que, plus tard, je serai « menteuse ». À ce jour, l'écriture est le mensonge le plus crédible dont je me sois convaincue moi-même. Si d'autres y croient, c'est à peine un mensonge.

Rétrospectivement, et vu mon attirance pour le mensonge, il m'était facile de tomber amoureuse d'autres menteurs. Le rapprochement brutal qui peut s'opérer entre deux esprits partageant une obsession ressemble de prime abord au destin. Un destin trompeur. Bien évidemment, il n'y a pas de place pour une totale dévotion à la fois au métier et à une autre personne à part entière. Pourtant, par moments, cela paraissait tout à fait plausible et impérieux : deux auteurs, habitués à élever une rencontre au-dessus du hasard en quelques phrases inspirées, à donner à un baiser la tension dramatique de l'inévitabilité, à développer la fatalité de la force de l'attirance dans un paragraphe d'un érotisme sacré. L'idéalisation de l'objet amoureux fait partie de notre déformation professionnelle.

Bien qu'il ne m'ait jamais appelée ainsi, j'ai été la Sylvia Plath d'un écrivain. Moi-même, je l'avais institué comte Vronski. Un autre fut Heathcliff – il a joué le jeu, nous nous sommes même brièvement laissé aller à nous croire Beyoncé et Jay-Z. (L'argent en moins.)

Après coup, l'amour peut heureusement servir à la fabrication de romans et de poèmes. Souvent, il devient littérature avant même d'avoir été consigné sur le papier. Intenable. Mortellement épuisant aussi. La rupture apporte une délivrance et donne lieu en définitive aux meilleurs récits.

Sauf quand la communauté d'âme n'est pas un mensonge. Quand deux personnes brûlant d'un même feu existent réellement, au-delà du récit, dans la réalité, dans un amour qui parachève : dans ce cas, l'auteur est hors-jeu.

Eduard van der Nüll et August Sicard von Sicardsburg font leurs études d'architecture à l'Institut polytechnique de Vienne. Les deux étudiants hantent les mêmes couloirs et suivent les mêmes cours, mais leurs rapports ne vont pas au-delà de quelques échanges de politesses. Van der Nüll est un original, sérieux et renfermé. Ses camarades l'évitent, parce qu'il n'est pas « marrant ». On le trouve toujours quelque part replié sur lui-même, en train de dessiner dans un silence absolu. Sicard est son opposé : gai, enthousiaste, sympathique, il possède ce charme qui transforme l'atmosphère d'une pièce dès qu'il y entre. Il lui faudrait trois vies pour réaliser tous ses projets, mais il sait parler avec un tel engouement des concepts les plus impossibles et les plus mégalomanes qu'il éveille la même ferveur chez les autres. Ses talents finissent par le faire connaître en dehors des couloirs de l'école. En 1833, un professeur de l'Académie des Beaux-Arts, l'architecte auprès de la Cour Peter von Nobile, lui offre un poste d'assistant à temps partiel. Cela permet à Sicard de financer des études d'architecture approfondies à l'Académie.

Deux ans plus tard, après un stage à la Direction régionale des travaux publics, Van der Nüll s'inscrit lui aussi en architecture à l'Académie. Leurs chemins se croisent de nouveau, et progressivement leur talent rapproche les jeunes architectes. Tous deux remportent plusieurs prix de l'Académie. Sans le vouloir, chacun attire l'attention de l'autre. Sicard s'intéresse au mystérieux Van der Nüll, qui parle peu mais se révèle un dessinateur de génie. L'aura qui entoure Sicard pousse de plus en plus souvent le discipliné Eduard à lever les yeux de ses papiers.

En 1838, Sicard et Van der Nüll soumettent chacun leur projet pour le Goldener Hofpreis. Ils remportent à égalité la médaille d'or, ainsi qu'une bourse pour un voyage d'études de trois ans à travers l'Europe.

De 1839 à 1843, ils voyagent. Italie, Allemagne, Espagne, France. Les bâtiments qu'ils côtoyaient dans leurs livres d'études se dressent en trois dimensions devant leurs yeux affamés. Ils observent, esquissent, dessinent, redessinent, discutent, déconstruisent et rebâtissent avec leurs crayons. Il apparaît bientôt que les compagnons de hasard condamnés à voyager ensemble partagent une même quête au sein de leur idiome visuel. Ils rêvent d'un style libéré de tout cadre temporel, d'une architecture alternative.

Venise. Leur entente artistique entraîne inévitablement un rapprochement personnel. Leur amour partagé pour l'architecture de Palladio offre à Van der Nüll l'opportunité de dévoiler son caractère complexe en toute sécurité. Son mutisme, sa nature sombre : il n'y peut rien. Il raconte à Sicard l'ombre qui plana sur son enfance. Ses parents divorcèrent quand il avait trois ans. Les racontars ne l'ont jamais touché : il n'a qu'un père – la lignée est pure et sans fin. La douleur vient de ce que ce dernier se mit à prêter foi aux rumeurs d'un autre géniteur, et s'y empêtra. Quand Van der Nüll avait treize ans, à l'issue d'une succession de graves crises dépressives, son père se suicida. Il fut contraint de passer le reste de sa jeunesse avec sa mère et le Maréchal, qu'il persista à appeler « Herr Feld-Franz » jusqu'au jour où il quitta le foyer parental. Sicard fait sonner son rire enjoué.

Grenade. Dans les jardins de l'Alhambra, Sicard raconte son enfance à Budapest : les chevaux, les bastonnades. Aîné de trois fils d'une famille appartenant à la noblesse d'épée, sa volonté de devenir architecte ne fut pas très bien accueillie. Cela marquait l'interruption d'une lignée. À sa sortie de l'Institut polytechnique, sous la pression de son père, il s'engagea dans les uhlans, la cavalerie impériale. Au bout d'un an, dans un accès de rébellion, il arracha les plumes à son chapeau et entra à l'Académie des Beaux-Arts, contre la volonté familiale. Van der Nüll déclare prudemment qu'il se réjouit que son ami n'ait pas abandonné la lutte.

Paris, Notre-Dame. Leurs esprits s'entrelacent pour de bon. Dans la capitale française, ils savourent leur liberté anonyme. Ils se livrent tout entiers l'un à l'autre, se mettent à porter des moustaches identiques, passent nuit après nuit à discuter dans les cafés de Saint-Germain. Ils vivent continuellement ensemble dans une étroite communauté de travail et une profonde amitié.

Malgré cette fusion, leurs caractères demeurent deux extrêmes absolus, mais cette opposition semble servir un but : l'interaction entre leurs tempéraments nourrit leur art et leur âme. Ce qui, chez d'autres, serait cause de séparation les a indissociablement liés.

Mais presque sitôt rentrés de leurs années de voyage, Sicard met fin à la symbiose. Il introduit une demande de dispense et épouse sa cousine au quatrième degré : Aloysia Janschky. Ils ont un fils, mort au berceau, et une fille, Valentine. Dans cette période, Van der Nüll se plonge dans un nouveau projet : l'intérieur de l'église d'Altlerchenfeld.

Bien que, au cours de mon séjour viennois, j'emprunte quotidiennement l'Altlerchenfelderstraße pour me rendre à la salle de lecture du Centre d'architecture, je n'avais encore jamais remarqué l'église. Ce n'est qu'après avoir lu qu'Eduard van der Nüll en avait dessiné l'intérieur que, soudain, elle se dressait là, tout en pierre rose pâle, au milieu de la rue, en pleine réalité.

C'est la première fois que je suis seule dans une église. La lumière n'entre que par les fenêtres de la nef latérale de gauche pour saupoudrer, telle une fine couche de poussière, les bancs, les murs, les colonnes et le sol. Une même tristesse me gagne que devant *Woldgate Woods* de David Hockney, que j'ai vu au Centre Pompidou, il y a plusieurs mois. Je sens de nouveau la neige se dissiper en moi, mais cette fois-ci, un cercle de pierre est mis à nu sous la neige. Un glissement de terrain. La chute n'en est que plus dure. Sur la voûte en berceau au-dessus des nefs latérales a été peint un ciel étoilé d'un bleu désolé. Lever les yeux, c'est être désespérément seule avec la profondeur de cette couleur. En regardant autour de moi, je me retrouve au milieu d'une foule de dessins brutalement juxtaposés sur les murs, les colonnes, les tapis, partout. Des fleurs. Des fioritures. Des feuillages. De l'or. Des arabesques. Chaque coin, chaque niche, l'intégralité de la surface de l'intérieur en est ornée. En même temps, la profusion est si engageante que j'ai l'impression de m'y dissoudre.

La rage et le ravissement : aucune autre conjonction n'a pu pousser Van der Nüll à cette création extatique. Peu après les voyages d'études et la rupture avec Sicard, il commence à travailler sur l'intérieur de l'église d'Altlerchenfeld. Maniaque, génial, enfiévré et avec une suprême maîtrise, il y intègre les impressions recueillies à l'étranger dans un idiome visuel qui lui est propre. Il fait dialoguer plusieurs styles existants dans un ensemble nouveau. À Vienne, ville classiciste, cette esthétique est révolutionnaire. Aujourd'hui, l'intérieur de l'église d'Altlerchenfeld est considéré comme le sommet excentrique de l'historisme romantique.

Une exorcisation de vieux démons. Un débordement de l'âme. Le deuil de ce qui ne saurait être détruit, une fois de retour à Vienne, et en raison du mariage de Sicard. La pression du travail, peut-être.

L'argent. Peu importe sous quelle emprise Van der Nüll était pendant qu'il travaillait ici, l'église en est animée encore aujourd'hui, j'en suis chamboulée en plein jour.

Pour Frau Janschky-Von Sicardsburg, le mariage dut être une cage solitaire. Après une visite à l'église d'Altlerchenfeld – il ne pouvait pas ne pas s'y rendre –, Sicard ne parvient plus à garder Van der Nüll à distance. Les deux architectes se montrent ouvertement ensemble et aménagent leur vie en accord avec leur relation complémentaire, équilibrée. En tant qu'ingénieur et charmeur, Sicard se charge des volets technique et commercial des projets, tandis que Van der Nüll dessine les ornements dans l'intimité et la solitude. S'il leur arrive de tomber en désaccord, ils ne tardent jamais à trouver un compromis. Leurs divergences ne portent d'ailleurs jamais sur des choses fondamentales, car tous deux restent fidèles à la base de leur vision commune de l'architecture : ils ne travaillent que pour représenter cette dernière sous sa forme la plus pure. Cette communauté d'esprit rend impossible de les considérer séparément. Chacun conditionne l'existence de l'autre, en tant qu'architecte, en tant qu'artiste, en tant qu'homme.

La dynamique particulière entre Sicard et Van der Nüll apparaît presque comme un fusionnement de la persona de l'architecte, qui combine dans son métier deux qualités : artiste et artisan. Pour qu'une œuvre prenne vie, elle a besoin du génie créatif aussi bien que de l'élaboration technique. Ces deux approches supposent des orientations différentes, que traduit la distribution naturelle des rôles entre les deux membres du duo. L'artiste Van der Nüll est introverti et puise en lui-même pour son travail. L'artisan Sicard est tourné vers le public et l'espace urbain. On aurait tendance à penser que cet équilibre leur épargne bien des luttes.

En 1843, Sicard et Van der Nüll se voient tous deux attribuer une chaire à l'Académie. Cela apporte une certaine sécurité de l'emploi, mais le mandat de professeur est à l'époque une fonction peu rémunératrice. En parallèle, la quête de commandes continue. Les partenaires fondent un atelier, où ils passent le plus clair de leur temps en dehors de l'Académie, toujours ensemble. Initialement, ils ne décrochent que des commandes de particuliers : des logements, une école privée, un établissement de bains exclusif. Avec le temps, ils obtiennent aussi des contrats pour des bâtiments publics importants. Leur percée viendra en 1848, quand on leur attribue la mission de dessiner le grand ensemble de l'Arsenal viennois. Il se raconte que la commande est tombée toute cuite dans le bec de Van der Nüll grâce à son supposé père, le maréchal, « Herr Feld-Franz ». Les racontars replongent Van der Nüll dans son silence morose, déclenchant une nouvelle dépression. Sicard continue de se manifester en public et s'occupe des affaires avec sa jovialité coutumière.

En 1860, dans le cadre de l'extension urbaine et du projet concomitant pour la Ringstraße, un concours international est lancé pour la création d'un nouvel opéra, appelé à être le cœur rayonnant de Vienne redessinée et de la nouvelle culture bourgeoise. Le concours mise sur la créativité. Le style est libre. La seule condition posée est que les plans prévoient suffisamment de places pour le cher public. Parmi trente-cinq propositions, l'empereur en personne retient l'œuvre de Sicard et Van der Nüll. Cela fait alors six ans qu'ils n'ont pas dégoté de commande, et la situation financière des deux architectes est précaire. L'attribution du prestigieux contrat de l'Opéra non seulement leur assure subsistance et liberté artistique, mais leur garantit aussi – et dans la bonne société viennoise de l'époque, c'est sans doute le plus important – un capital symbolique. Sicard et van der Nüll jouent le tout pour le tout.

Le 24 août 1867, la palissade de bois qui masquait le chantier de l'opéra viennois est démontée. Les premières réactions paraissent dans les journaux le lendemain ; les critiques sont un chapelet de défauts.

« L'OPÉRA SERA-T-IL PRÊT À TEMPS ? » Des défis techniques très complexes sont en jeu. En outre, la maîtrise d'œuvre doit être extrêmement précise, les deux architectes en sont-ils capables ? Pour l'instant, on doute que le projet soit achevé dans les temps. Les éléments de décor devront apprendre à onduler comme des serpents si l'on veut qu'ils puissent passer telle ou telle porte et rejoindre la scène. L'espace réservé au public est trompeur : aussi grand qu'il puisse paraître de l'extérieur, vu de l'intérieur il est loin de l'être. Seule la moitié de la scène est visible, et suivant le siège occupé, on peut seulement espérer profiter d'une bonne acoustique. Celui qui s'attendait à un opéra de stature internationale, compte tenu les nombreux voyages d'études effectués par les deux architectes, Eduard van der Nüll et August Sicard von Sicardsburg, sera déçu. Leur prétendue expérience ne se reflète pas du tout dans leurs dessins pour l'Opéra national de Vienne. Ils ont oublié les cheminées et commis de surcroît la bêtise d'équiper le bâtiment d'une seule chaudière. On attrapera une pneumonie avant même le début du deuxième acte. Quand il pleut, l'eau se déverse à l'intérieur depuis la rue. Il ne faut pas grand-chose pour inonder le parterre. L'entrée est tellement minable que Sicard et Van der Nüll eux-mêmes préfèrent la porte de derrière. D'un point de vue esthétique, l'opéra n'est franchement pas réussi. Le bâtiment ne présente pas d'unité formelle. L'ornementation détaillée de Van der Nüll n'est qu'un simple cache-misère de la conception faiblarde.

Une corde raide, c'est ainsi que je la décrirais. Je ne peux pas voir le point de fixation en haut, mais la corde elle-même est solide, bien tendue, elle peut supporter mon poids, je peux y monter, et cela en vaut la peine, car plus je grimpe haut, mieux je vois. Il y a des jours où la corde s'effiloche, s'use sous l'effet de la crasse, de l'humidité et de la lumière. Il y a des jours où je suis fatiguée, trop lasse pour grimper et, ces jours-là, la corde est quand même là. Il y a des jours où je grimpe parce que je pense qu'il faut grimper, mais c'est dur et je ne cesse de glisser, de sorte que la corde brûle mes mains, l'intérieur de mes cuisses. Il y a des jours où la corde monte et monte, jusqu'au ciel comme dans le conte du haricot magique, et où je l'emporte sans peine sur la hauteur. Il y a des jours où la corde retombe d'un air moqueur comme un nœud coulant. Il y a des jours où elle se tord comme un tentacule. Mais jamais mon poids n'excède la charge que peut supporter la corde, la corde est constante, la corde établit une liaison solide. Elle se tend entre moi et l'écriture. La corde est irriguée de sang, il y bat un pouls. D'autres appelleraient peut-être cette corde du nom d'« intuition », mais ce terme implique trop de docilité – si on se met à se fier à cela, il n'y a plus qu'à suivre, tandis que la corde, au contraire, oppose une résistance, appelle une réaction ; je m'applique davantage. Lorsque je ne parviens pas à monter plus haut, la méfiance et l'abattement finissent par me gagner, car la corde ne laisse jamais voir ce à quoi elle est accrochée : quel est en définitive le but de mon ascension ? J'en viens à me demander si la corde a seulement une fin.

Je pense à Cyril Connolly, écrivain et critique anglais du XXe siècle, qui ne publia qu'un seul roman, ouvrage qui fut rejeté par de nombreux éditeurs. Après cela, il publia un essai explorant les raisons pour lesquelles il n'était pas parvenu à écrire le chef-d'œuvre littéraire qu'il aurait dû écrire. Pour son troisième livre, *Le Tombeau de Palinure*, une collection d'aphorismes et de citations d'auteurs qu'il admire, il prit le pseudonyme de Palinurus. En voici le premier paragraphe :

Plus nous lisons de livres, plus vite nous nous rendons compte que la véritable fonction d'un écrivain est de produire un chef-d'œuvre et qu'aucune autre tâche n'a d'importance. Aussi évident que cela puisse paraître, combien peu d'écrivains l'admettront ou, en ayant tiré la conclusion, seront prêts à laisser de côté l'ouvrage de médiocrité dans lequel ils se sont embarqués.

Prétendre écrire un chef-d'œuvre relève de l'orgueil pur, mais le contraire semble plus inconcevable encore, si possible. Quand est-on prêt à reconnaître sa propre médiocrité? La médiocrité est plus cruelle que le simple échec. Il y a une certaine grandeur dans ce dernier, qui s'accompagne souvent d'un supplice que l'on peut pousser jusqu'à y aspirer. La médiocrité en revanche est un état insurmontable, elle produit des œuvres mort-nées. L'inaccessibilité du chef-d'œuvre et la menace de la médiocrité font que, la plupart des jours, il m'est totalement impossible de coucher quoi que ce soit sur le papier; le plus souvent je ne peux que constater que je n'en suis pas capable, que j'ai désappris, et si j'ai su à un moment donné, c'était un coup du hasard. Certains jours, je parviens à me mettre en péril, et j'écris quand même, car plus dure que le commencement est l'idée de devoir admettre que ça ne mènera à rien. Si ce moment devait arriver, j'espère que j'aurai alors le courage d'arrêter.

Quand ce n'étaient pas des railleries, c'était le silence. Certains journaux optaient pour la dérision, d'autres pratiquaient la pire forme de critique: la négation. Dans les premiers articles dressant le bilan de l'architecture de la nouvelle Ringstraße, l'Opéra – en somme la construction la plus importante – était passé sous silence. On y parlait en revanche en long et en large de l'architecte concurrent

Theophil Hansen, le grand favori qui aurait dû décrocher la commande aux yeux de nombre de gens. Hansen était l'emblème du néoclassicisme viennois, il avait sagement appris son métier à Athènes et n'avait pas d'idées trop audacieuses en matière d'architecture ; conformément aux goûts de la culture bourgeoise ostentatoire, il imitait le paradigme classique.

Sicard et Van der Nüll étaient à l'opposé de ces valeurs, ils jugeaient l'*imitatio* tout à fait stupide. Il fallait partir à la recherche d'une nouvelle architecture, d'un idiome visuel inédit, et ce, sans rompre la continuité avec le passé. Pour eux, chaque construction était une anthropogenèse : l'édifice se développait en deux dimensions à partir d'un point unique, puis s'élevait, à l'instar du développement humain.

Les prétendus ratés dont rendaient compte les critiques étaient introuvables dans le bâtiment. Il semblait plutôt que les mauvaises langues murmuraient au service du dépité Theophil Hansen.

En 1866, Eduard Van der Nüll, âgé de cinquante-cinq ans, épousa Maria Killer, de trente ans sa cadette. Jusqu'alors, il avait refusé de s'unir par le mariage. Ce fut Sicard qui proposa à Van der Nüll de prendre femme, à présent que lui-même était cloué au lit par une dépression nerveuse. Les critiques négatives à l'encontre de l'Opéra, la presse à sensation, les inventions, les mensonges, la pression professionnelle avaient eu raison de Sicard, aussi persévérant et optimiste fût-il. Il ne se fiait plus à son propre jugement et se laissait rabaisser par ceux du monde extérieur, qui tentaient de le démasquer comme imposteur. Peut-être avaient-ils raison. Peut-être n'a-t-il fait que de l'esbroufe pendant tout ce temps. Peut-être que faire semblant avait toujours été son unique talent. Il suffit que les choses soient répétées assez souvent pour qu'elles deviennent vraies. En outre, il y avait des problèmes financiers. Avec ces histoires de boycott, il était plus difficile d'obtenir des résultats. L'autorisation d'utiliser de la pierre d'Istrie sauvage en provenance d'une carrière croate avait été accordée. Pourtant, les autorités décidèrent à la dernière minute de construire l'Opéra en pierre de Kelheimer d'Autriche. La Kelheimer coûtait moins cher et était plus facile à transporter par le Danube. Toutefois, la carrière fut épuisée avant que les façades aient pu en être entièrement recouvertes, de sorte que les finitions des cours intérieures durent être faites au gypse. Van der Nüll avait fait bonne figure, mais Sicard savait que cela brisait le cœur de son ami esthète. Ce fut alors que lui-même s'écroula. *Nervenspannung*. Si on mentionnait l'Opéra en sa présence, il tombait en proie à une fièvre psychosomatique. La maladie de Sicard dérangea le délicat équilibre. Van der Nüll, l'introverti, l'insociable, s'occupait désormais des affaires et les défendait contre la presse. Seul dans le ring. Pour un tel homme, le fardeau psychologique dut peser lourd.

Au plus profond de son désespoir, Van der Nüll rencontra l'angélique Maria Killer. Attirée par son caractère doux et ses dons taciturnes, la jeune fille accepta de l'épouser malgré la pauvreté. À cette époque, Van der Nüll était dans le plus grand embarras, ruiné par le projet de l'Opéra qui traînait en longueur. Cela faisait des mois qu'il dormait par terre dans l'atelier. Ou qu'il ne dormait pas, veillant des nuits entières au chevet de Sicard. Ce mariage pouvait n'être qu'une farce, mais l'admiration naïve que lui portait Maria Killer lui faisait au moins entrevoir la consécration. Le couple, pauvre comme Job, s'installa chez un architecte ami, Le Vigne. Quelques mois plus tard, Sicard viendrait s'installer avec sa famille dans la même maison.

Eduard Van der Nüll se pendit avec un mouchoir bleu au porte-manteau de sa chambre. Le 3 avril 1868, la femme de chambre découvrit le corps à six heures trente du matin, bleu et vitreux.

Son cri perçant réveilla le reste de la maisonnée La Vigne. Dans la chambre voisine, Maria Killer avait le sommeil léger en raison de son état – sa grossesse avancée –, et elle fut la première à atteindre la source du cri. Elle vit comment la bonne hystérique enlaça le corps de son mari et tenta de l'arracher au porte-manteau. Elle n'était pas assez forte pour le soulever et faire glisser le nœud du crochet, et ses gesticulations impuissantes paraissaient avoir pour seul effet de resserrer encore le mouchoir autour de la gorge de l'architecte. La main droite de Maria Killer se porta vers son enfant à naître, tandis que, de la gauche, elle cherchait du soutien sur le cadre de la porte. Sicard monta l'escalier depuis l'étage inférieur. Avant même d'avoir pu évaluer la situation, il lança à sa femme Aloysia qu'elle devait aller chercher les médecins. Il entoura le corps de son compagnon de ses bras, repoussant la bonne, et le décrocha, secoua, tira, secoua plus fort et cria, cria pour raviver le corps sans vie, qui ne voulait plus rien entendre.

Les médecins arrivèrent trop tard, mais à temps pour entourer Maria Killer qui défaillit. On la porta dans sa chambre tandis qu'elle gémissait : « L'enfant, l'enfant. »

Les pleurs de Sicard couvraient sa voix depuis la pièce d'à côté.

Ce mouchoir bleu m'achève. Jusque-là, je parvenais à me laisser entraîner par l'histoire de Sicard et Van der Nüll, par l'inéluctable pathos de leur relation – un romancier n'aurait pas pu inventer intrigue plus complète – et puis survient ce mouchoir bleu. Il place l'histoire dans la réalité crue du geste, d'autant plus que le mouchoir paraît un complice tellement improbable.

En lisant les nouvelles qui suivent le suicide de Van der Nüll, je perçois une certaine excitation dans la traque d'une cause exacte. La pression croissante autour de la progression de la construction est une explication populaire dans la presse. Çà et là, on pointe prudemment la campagne de raillerie dans les journaux et quotidiens. Les incessantes critiques moqueuses auraient poussé l'architecte à « se sous-estimer », jusqu'à sombrer dans la folie. Ses adversaires les plus cyniques voyaient en son geste la confirmation de sa faiblesse de caractère. Presque dès le lendemain de sa mort, la mythification commença : « Un démon sombre, qui tue le cœur et l'esprit, plane sur cette construction de l'Opéra. » (*Neues Wiener Tagblatt*, 5 avril 1868)

Dix semaines plus tard, le 11 juin 1868, très affaibli par la mort de son ami, August Sicard von Sicardsburg succomba à son tour.

Sans vouloir les accuser de sentimentalité, il semble qu'ils fussent incapables de vivre l'un sans l'autre. C'est une constatation physique. Leur lien était définitif. Ils meurent de la mort de l'autre. Aucun des deux architectes n'a vécu suffisamment pour voir l'inauguration officielle de l'Opéra, le 25 mai 1869.

Peu après sa mort, ou peut-être pour cette raison, la perception qu'on avait eue de Van der Nüll évolua. Les journaux se mirent à le dépeindre comme un génie tragique. Le décès de Sicard ne servit qu'à multiplier les propos malveillants à son égard. On disait de lui qu'il aimait se rendre aux bals, où il buvait plus que de raison et importunait les femmes. Aux hommes, paraît-il, il adressait des propos d'une grossièreté inouïe.

Il fallut moins d'un demi-siècle à la versatilité du bon goût pour se manifester. En 1907, les mêmes journaux qui menaient autrefois le peloton d'exécution ne décrivaient plus qu'en superlatifs l'Opéra national de Vienne, son escalier tellement génial, tellement merveilleux qui conduit aux loges, ces loges grandes comme des appartements cosy et intimes, les balcons qui accueillent chaleureusement tout un chacun venu voir et écouter, la salle spacieuse qui permet de percevoir les notes avec encore plus de douceur et de tendresse, car telle est sa tâche sainte et grave. Et dire que ses deux architectes en ont été réduits à mettre fin à leurs jours de peur d'avoir créé une œuvre imparfaite ! Mais elle était parfaite, parfaite.

| V |

San Carlo alle Quattro Fontane
1634-1677
Rome
Francesco Borromini (1599-1667)

À travers la fenêtre, j'étudie le bleu du ciel afin de choisir avec la plus grande précision le crayon de couleur correspondant. Peut-être est-ce ici que tout commence. J'ai six ans, et devant moi sur la table de la cuisine se trouve mon premier devoir d'école, qui consiste à colorier une bande dessinée biblique. Un A4 avec des planches représentant de petits bergers dans un champ vallonné, une version pour enfants du récit d'Abraham, dont le sacrifice humain a été omis. Je prends la tâche à laquelle je m'engagerai à l'instant où la pointe bleue du crayon touchera le papier très au sérieux. À partir de ce premier trait bleu, je serai quelqu'un qui a des devoirs à faire, quelqu'un qui a des obligations, ou plutôt : qui s'acquitte d'obligations. J'appuie fort sur mes crayons pour remplir le mieux possible les surfaces de couleur, car il est comme ça, le ciel, épais et d'un bleu dru, il ne dépasse pas des lignes et encore moins des cadres. Ce n'est que lorsque ma mère allume la lumière et m'arrache au transport de mon application que je sens la crampe dans ma main droite, le sang étranglé dans les bouts de mes doigts. Entretemps, dehors, le bleu a foncé de trois crayons. À la télé défile le générique de fin des *Simpsons*. Ma mère juge le résultat magnifique, mais elle ajoute que je n'avais pas à m'appliquer autant, ce n'est qu'un dessin. Nous accrochons la bande dessinée d'Abraham sur le frigo à l'aide des magnets en forme de lettres, en attendant que je l'apporte à l'école demain. Avant de me coucher, je jette un dernier regard au dessin. Je doute, même si je ne sais pas encore de quoi.

Deux ans plus tard, je me lance dans une brève carrière d'artiste plasticienne à l'académie d'Arendonk, un petit village à la frontière belgo-néerlandaise. Une exposition rétrospective de mes œuvres de cette période révélerait que, à l'âge de huit ans, je nourrissais un vague désir cosmopolite. En cours de modelage, en guise de sujets libres, je façonne : un Arabe enturbanné, le dieu hindou Vishnu, un soldat de l'armée de terre cuite, un sage oriental, un tipi indien, une amphore grecque, et une famille occidentale rassemblée devant la télévision – dont la fille a le droit exclusif sur le sachet de chips.

A posteriori, ma dernière œuvre en argile peut être considérée comme visionnaire : un an avant la sortie du film, j'ai fait une statuette représentant une poule anthropomorphe qui ressemble comme deux gouttes d'eau à la poule Ginger du film d'animation *Chicken Run* – à ceci près que mon volatile porte une écharpe rouge à la place de celle à fleurs de Ginger. Après cette poule, on me retira de l'académie de dessin. Les historiens de l'art diraient que je me suis arrêtée au sommet de ma carrière, juste avant le début de ma période commerciale, mais j'ignorais tout de l'histoire de l'art et du commerce, moi, on m'obligeait à arrêter. Après l'incident de la poule, mes parents jugeaient que cela valait mieux. En effet, la poule fut cause de dissensions familiales. Bien qu'habituellement je dédiasse toutes mes sculptures à mes deux parents, j'avais fait la poule rien que pour mon père. Comme c'était lui qui prenait soin de nos vraies poules dans le jardin, cela me paraissait approprié.

Mon père veut donner une place d'honneur à la poule en céramique : sur son bureau au travail, mais l'idée que des yeux étrangers puissent la regarder me fait douter de l'ensemble de ma création, au point qu'après le façonnage, la cuisson, la peinture et la finition au vernis, je ne veux plus rien avoir à faire avec cette poule. Je ne la trouve pas assez bien. Mon père tente de me rassurer, il n'a de cesse de me répéter combien elle est belle, mais je pleure, refuse, supplie, ordonne, et repleure, encore plus fort. Tu veux bien casser la statuette, papa. Ou la jeter à la poubelle. Au pire, il n'a qu'à mettre la poule en glaise dans le poulailler, pour que les vraies puissent la détruire, ou au moins la défigurer à coups de fiente jusqu'à la rendre méconnaissable. J'ai continué de lui rebattre les oreilles jusqu'à ce qu'un jour la statuette d'argile disparaisse. Par la suite, je n'eus plus le droit d'aller à l'école de dessin le samedi matin, ce que j'ai accepté avec sérénité. Je préférais supporter les conséquences de mon gain de cause plutôt que mon échec.

Peu après, le changement de millénaire arriva. À la lumière de toutes les histoires apocalyptiques qui l'accompagnèrent, il devient possible d'interpréter l'incident avec la poule. Si l'an 2000 devait vraiment marquer la fin du monde, je ne voulais pas qu'on se souvienne de moi à travers cette insignifiante et idiote figurine en terre cuite. Il me fallait mieux comme dernière trace de mon existence.

Cette année-là, le soir du réveillon, mes parents, mon frère et moi regardions une émission musicale à la maison, avec du Champomy et des chips. Quelques minutes avant minuit, les D-Devils montèrent sur scène. Deux hommes déguisés en diables, la voix déformée, prêchaient sur un fond de techno répétitif que les six portes de l'enfer étaient ouvertes et qu'il fallait danser avec le diable. Mon frère entra en délire – c'était son morceau préféré du moment.

« *And dance with the devil!* » chantait-il en se trémoussant.

Je gardai les yeux fermés pendant toute la durée de la chanson. Quand ce fut terminé et que l'horloge sonna minuit, les deux canons placés sur scène lancèrent de fortes détonations qui s'atomisèrent en confettis argentés. Nous n'avions pas explosé. Il n'y avait pas eu le moindre changement.

L'apocalypse annoncée ne s'étant pas produite, mon frère brisa en deux son quarante-cinq tours des D-Devils. Moi, je dressai une liste de choses qui pouvaient faire en sorte qu'on se souvienne de moi éternellement :

– battre des records du *Guinness Book des records*

– savoir très très bien chanter

– inventer la paix universelle

– devenir Jane Goodall et consacrer ma vie à la recherche sur les primates

Comme vous pouvez le constater, je n'étais pas l'enfant à la pulsion de mort, j'avais des projets.

Il n'y a pas de nuance. Il y a l'accomplissement et l'échec. Il en a toujours été ainsi, telle est ma loi intérieure : une barre à hauteur de mon diaphragme, inébranlable, au-dessus ou en dessous. En même temps, cette barre est capable d'une forte oscillation en avant et en arrière, elle se balance vigoureusement, trapèze sur lequel on se prépare au saut.

Les perfectionnistes seraient mus par un manque d'amour-propre dans leur quête de perfection, ils cherchent à prouver leur valeur à travers l'admiration d'autrui, mais ce désir ne connaît pas la satisfaction. Lorsque l'on me témoigne de l'admiration, cela ne me touche guère. N'est-ce pas là au contraire un excès d'amour-propre ? Un nombril en saillie. Narcisse enchaîné à son reflet. En outre, je pense que, malgré mon aspiration à la perfection, il y a peu de choses que je crains autant que l'accomplissement. Jamais je ne pourrais prendre la responsabilité de la perfection. Il est bien plus rassurant d'affirmer d'une chose qu'elle aspire à l'accomplissement, car l'aspiration laisse la place à l'amélioration. On peut toujours mieux faire.

Quand j'ai vu une image de l'église San Carlo alle Quattro Fontane à Rome, j'en ai eu la quasi-certitude : cette façade d'une sensualité insolente, avec ses courbes convexes et concaves, devait être l'invention d'une âme en peine. Une simple recherche confirma mon soupçon. Son architecte, le maître baroque Francesco Borromini, souffrait probablement d'un trouble maniaco-dépressif. L'association avec son caractère perfectionniste produisit une œuvre conséquente composée de projets surhumains. Mais le côté sombre de son génie créatif exalté lui fit traverser de noires périodes d'abattement absolu.

En un sens, toute la carrière de Borromini fut placée sous le signe de cette église, la San Carlo, dont la petite surface lui vaut parfois le nom de San Carlino. Avec son dortoir et son couvent associés, elle fut la première commande de Borromini en tant qu'architecte indépendant, et elle ne se déroula pas sans encombre. La surface sur laquelle il fallait construire l'église était petite et difficile, une parcelle d'angle asymétrique à l'intersection de la Via del Quirinale et de la Via delle Quattro Fontane, au sommet de la colline du Quirinal à

Rome. De plus, il y avait sur ce croisement quatre fontaines commanditées par le pape, avec lesquelles le projet de l'église devait être en harmonie. On a l'impression que Borromini a inséré San Carlino avec maestria entre tous les éléments préexistants, comme si la rue, les fontaines et la colline s'étaient accordées avec l'église après coup, et non le contraire.

Le plan au sol est complexe, et invite à différentes lectures. L'interprétation la plus évidente est sans doute celle d'un losange aux angles elliptiques, ou plus précisément celle du télescopage de deux triangles équilatéraux autour desquels peut être tracé un ovale – une déformation du corps central traditionnel, qui peut se représenter comme une croix grecque étirée.

Tutto il tuo sapere. Tout le savoir et tout le talent de Borromini devaient s'exprimer dans cette église. Le brillant projet lui apporta célébrité et désespoir. À cause d'un déficit financier, il ne put commencer la façade qu'à la fin de sa vie.

L'œuvre est toujours contaminée à un certain degré par son concepteur, il ne saurait en être autrement. Celui qui crée donne forme et expression à une chose qu'il porte en lui. Un mouvement de l'intérieur vers l'extérieur, de l'insondable monde psychique vers le concret, le physique – je sais, c'est une vision dix-neuvièmiste et dépassée : l'artiste en tant que génie créateur autonome. Je me rapprocherai certainement de l'essentiel en considérant le processus comme dialectique : le mouvement va de l'extérieur vers l'intérieur vers l'extérieur. Le monde laisse des impressions sur le monde intérieur du créateur avant de reprendre une nouvelle forme dans le monde extérieur, à travers la paroi perméable de la translation artistique. Quelle que soit la description que j'en fais, c'est un échange qui noue un lien solide entre l'artiste et son œuvre. Transposé à mon propre travail, cela signifie que mon écriture n'appartient qu'à moi.

Ou du moins, j'ai le sentiment que quelque chose est à moi seule, qu'il n'y a que l'écriture. Elle est toujours là. Elle m'appartient, comme le sentiment d'appartenance que l'on peut éprouver envers un partenaire amoureux, un enfant, ou une mère, et tout aussi bien des chats. Elle définit ma personnalité, ce qui est rassurant. Elle m'épargne une réflexion trop poussée sur moi-même. Pour les questions d'identité, je peux me raccrocher à certaines idées préconçues qui entourent le métier d'écrivain, ou à la nature énigmatique de ma pratique professionnelle aux yeux du profane. Dans la plupart des cas, je n'ai pas besoin de développer. Un autre avantage est que la plupart des gens ne s'y intéressent guère. Sous le couvert de cette indifférence, je n'ai presque jamais à me justifier. Si je veux, je peux me replier entièrement sur moi-même. Un collègue-écrivain suggéra un jour que les choses ne sont pas si définitives, il me dit : « Peut-être que tu n'écriras que deux livres, et puis ce sera fini, tu te mettras à faire autre chose.

– Oui, on ne peut pas savoir, répondis-je, parce que je cherchais une réponse évasive. Mais quand je m'imagine arrêter, je ne vois qu'un vide. »

Le prince et sculpteur chypriote Pygmalion des *Métamorphoses* d'Ovide confond le pacte étroit, la contamination entre l'artiste et sa création, avec l'amour-propre. Il a tout l'air d'un perfectionniste à la recherche de l'absolu : une mesure qu'il impose également à autrui. Peut-être est-ce pour cela qu'il ne parvient pas à se trouver une épouse. En effet, d'après Pygmalion, toutes les femmes vivent dans le péché. C'est une déception, mais cela lui donne toute latitude pour se consacrer entièrement à son art. Comme celles faites de chair et d'os ont trop de tares à ses yeux, il s'applique à créer la femme parfaite.

Ses efforts sont récompensés. Un jour, Pygmalion sculpte dans l'ivoire le simulacre d'une femme à la beauté parfaite, Galatée. Il en tombe amoureux fou – c'est inévitable, il l'a créée si vivante qu'elle paraît désireuse d'être aimée. Aussi s'abandonne-t-il à sa passion. Pygmalion couvre sa femme en ivoire de tissus délicats et de bijoux, il la flatte et la caresse telle une amante. Mais la statue reste froide, Galatée est inanimée et incapable de lui rendre son affection. L'amour de Pygmalion pour la statue reste non seulement sans réponse, mais il est aussi narcissique : l'objet de son adoration n'est que l'expression de son idéal intime, de ses propres désirs. En somme, à travers la sculpture, c'est lui-même qu'il aime. Et cette forme d'amour-propre, cette forme parfaite, achevée, n'est pas satisfaisante. Ce n'est que lorsque Pygmalion acceptera d'admettre le défauts que son désir pourra être comblé. Il supplie Aphrodite, déesse de l'amour, de le délivrer de sa peine, de lui donner une femme qui ressemble à celle en ivoire, trop honteux pour demander la femme d'ivoire elle-même. Aphrodite, heureusement, a l'habitude des hommes qui ont honte du jugement que l'on pourrait porter sur leurs véritables désirs et décrypte son vœu.

Quand Pygmalion rentre chez lui et dépose pour la énième fois un vain baiser sur la bouche de sa Galatée en pierre, la statue se transforme en une femme de chair et d'os. La perfection se révèle frigide, l'imperfection se transforme en amour.

Dans le documentaire de la BBC *Guys and Dolls*, quelques hommes, des pygmalions modernes, parlent avec franchise de « l'amour synthétique » qui les lie à leur « *real doll* » : un mannequin qui ressemble comme deux gouttes d'eau à une vraie femme, jusqu'à la peau douce et la langue. À l'origine, ces poupées étaient commercialisées pour servir de jouet sexuel, mais les néo-pygmalions du documentaire ont noué une relation émotionnelle profonde avec elles, et les considèrent comme des compagnes de vie à part entière.

Le cas le plus intéressant est celui du trentenaire Davecat, qui a fait une autre apparition dans un épisode de l'émission américaine *My Strange Addiction*. Depuis dix ans, Davecat entretient une relation monogame avec Sidore, une poupée faite sur mesure pour correspondre à ses désirs. Il s'est plus ou moins érigé en avocat de l'amour synthétique et fait régulièrement des apparitions télévisées. Comme il est sensible à la surcharge sensorielle et qu'il aime vivre dans sa bulle, il estime qu'une partenaire synthétique lui convient tout simplement bien mieux qu'une partenaire humaine – ou, pour utiliser le terme qu'il emploie, « organique ».

« Les *human females*, soutient Davecat, sont inconsistantes. C'est exceptionnel d'en trouver une qui ne mente, ne trompe et ne critique pas, et qui n'ait pas de conduite inconvenante par ailleurs. »

Dans la vie de Davecat, il n'y a pas de place pour les défauts de caractère ou les imperfections. Il se réjouit de ce que Sidore n'ait pas de volonté propre, elle n'est que la somme de ses préférences à lui : Davecat l'habille avec des petites robes en latex, car elle est sexy. Il lui met des lunettes, car il se sent attiré par son intellect. Il choisit sa perruque selon son humeur du moment. Sidore est son œuvre, Davecat parle d'une forme de « créativité ».

Tout comme le bloc d'ivoire de Pygmalion, Sidore, qui est en silicone, ne possède pas de caractéristiques intrinsèques autres que celles que lui attribue son créateur. Mais contrairement à Pygmalion, Davecat n'est pas exaucé.

Un soir survient un étrange accident. La police locale reçoit un appel, un signalement de violence domestique, et se rend sur place. Quand les policiers entrent dans le logement, ils constatent les ravages : tout le mobilier a été réduit en morceaux. Dans un angle de la pièce, un homme, recroquevillé, tient sur ses genoux ce qui paraît être une poupée. Il étouffe ses sanglots dans une perruque violette.

« Je suis désolé, je suis désolé », les policiers parviennent-ils à distinguer parmi les hoquets.

La poupée est nue et humide. Son visage en silicone présente plusieurs déchirures.

« J'ai pété les plombs, monsieur l'agent, je suis désolé, mais elle peut être si jalouse, je n'en pouvais plus… », déclare Davecat pour les besoins du rapport de police, en serrant la perruque trempée de larmes entre ses mains.

Peu après les faits, Davecat donne un entretien pour présenter sa nouvelle poupée, la Russe Lenka, au public. Lenka est sa maîtresse, Sidore est au courant et tolère sa présence.

Quelques jours avant son suicide, vers la fin juillet 1677, Francesco Borromini balaie d'un grand geste furieux et déterminé les maquettes exposées sur sa table de travail. L'argile s'écrase par terre dans un bruit de cassure sourd, très différent de celui que fait ensuite le verre des vitrines en éclatant, il décoche encore des coups de pied aux armatures, les délicates boiseries craquent, plient comme des os d'oiseaux sous ses assauts répétés, il ne faut pas longtemps pour que le sol de l'atelier soit entièrement jonché de bois cassé, d'argile fendu et de verre ; parmi les éclats et les échardes brillent des miettes de cire rouge, gouttes de sang, il renverse les nombreuses caisses et boîtes, les lance à travers la pièce, faisant voler à la ronde des dizaines de médailles antiques, douze boussoles, des coquillages par centaines, dont des spécimens rares, toute une quincaillerie cliquetante, des lampes, cuillers et autres ; le violent ferraillement des objets ne fait qu'attiser sa furie : il arrache la tête de cheval accrochée au mur et s'en sert comme projectile sur la grande autruche empaillée qui se renverse, entraînant dans sa chute la tête d'aigle. La tête d'oiseau roule dans un coin ; sa soif de destruction, atteignant son paroxysme, le conduit à fouiller parmi les éclats de verre de la vitrine pour y saisir les peaux de serpents exposées, il les déchire, de ses mains d'abord, puis un coup de dents vient augmenter sa force de traction, et avec les lambeaux de peau encore dans la bouche – son délire est à présent à son comble –, il renverse le buste en plâtre de Sénèque (laissant debout celui de Michel-Ange), avant de redoubler de fureur et de se jeter sur sa collection de livres ; dos après dos, il les arrache à leur rayonnage, le fracas avec lequel ils heurtent le plancher leur démet l'échine, sans défense face à sa furie, le papier se froisse et se déchire quand tel un taureau enragé il se fraie un chemin à travers le ravage, jusqu'à l'autre bout de la pièce où, debout devant sa table de dessin, sa folie le quitte pendant quelques secondes de recueillement, puis il déchire tout de même ses dessins ; les projets, esquisses, études, des centaines de papiers, en milliers et milliers de morceaux, les rognures volent dans l'atelier comme des flocons de neige, elles pleurent le carnage. Au milieu de ce tourbillon de papier, un domestique trouve Borromini, presque calme, contemplatif.

Quelques jours avant la destruction de son atelier, Borromini perd son ami et admirateur, l'antiquaire Martinelli, dont le décès semble avoir fourni un motif concret à son propre geste désespéré. Martinelli devait écrire une vaste monographie sur l'église Sant'Ivo alla Sapienza, pour laquelle Borromini mettait à sa disposition ses dessins originaux. Peut-être Borromini n'avait-il plus besoin des dessins maintenant que Martinelli était mort, et savait-il déjà au fond de lui-même qu'il serait bientôt incapable de tenir ses démons à distance.

Mais le saccage de l'ensemble de ses archives et de l'œuvre de sa vie était-il nécessaire ? Et s'il l'était, n'était-il pas suffisant ? Les pierres aussi auraient-elles dû s'écrouler ? En eût-il été capable, dans cette dernière phase sombre de sa vie d'architecte, Borromini aurait probablement démoli ses constructions de ses propres mains. Le créateur a tout autant le droit de détruire.

Plusieurs sources font mention de son caractère difficile, prompt à l'emportement. Plus d'une fois, il se mit ses commanditaires à dos. Borromini, à ce qu'on raconte, ne supportait pas les ingérences. À ses yeux, la volonté artistique de l'architecte était sacrée, et il refusait les compromis. Son insatiable soif de perfection, qui semblait si accessible précisément dans sa vision architecturale avec ses formes pures et complexes, finit par le désespérer. En effet, comment à lui seul aurait-il pu faire bouger une époque inébranlable ?

Entre la fin du XVIe et la moitié du XVIIe siècle, Rome n'est qu'un immense chantier. Armée de son baroque ronflant, l'Église catholique mène campagne contre la Réforme qui divise l'Europe. Formes dynamiques et effets dramatiques sont à l'œuvre pour prendre les gens par le sentiment. On veut de nouveau rapprocher l'Église du peuple par l'art et l'architecture. Beaucoup de bâtiments de cette période possèdent une structure empruntée à l'idiome formel classique, leur construction ayant commencé pendant la Renaissance. Leurs finitions en revanche sont baroques.

Prenons par exemple l'iconique basilique Saint-Pierre de Rome. Le plan au sol, dessiné par Michel-Ange, s'inspire d'une croix grecque avec une large galerie. Lorsqu'en 1603 l'architecte Carlo Maderno est chargé d'achever l'église Saint-Pierre, il ajoute une nef et un narthex au côté ouest, transformant ainsi le plan pour en faire une basilique. Il modifie également la façade, qu'il rend plus expressive. Dans l'esprit de l'idée que la perfection baroque se reflète dans les formes rondes, Gian Lorenzo Bernini élèvera un demi-siècle plus tard l'impressionnante colonnade en ellipse qui s'avance depuis la basilique, comme si cette dernière enlaçait d'un geste maternel les fidèles sur l'esplanade Saint-Pierre. La colonnade incarne à cet égard un point programmatique de l'agenda baroque.

La nouvelle campagne de construction suscite un déluge d'investissements, offrant de nombreuses opportunités de travail et de création aux architectes et aux artistes. En cette période où les moyens sont considérables, rien d'étonnant à ce que des personnalités fortes s'épanouissent. Gian Lorenzo Bernini et Francesco Borromini, qui ont presque le même âge, sont tous deux employés sur le chantier de la basilique Saint-Pierre. Protégé du pape Urbain VIII, le Bernin connaît une ascension fulgurante.

À la mort de Carlo Maderno en 1629, le Bernin, qui vient d'avoir trente ans, est nommé architecte de la Fabrique de Saint-Pierre. Il s'attribue la coordination de l'ornementation et des sculptures intérieures. Mû par son ambition et par son génie autodidacte, le Bernin parvient, grâce à ses interventions, à préserver une échelle humaine à l'intérieur de la gigantesque église. Il accomplit un travail magistral, dont un des sommets est le célèbre *Baldacchino*: le baldaquin surmontant le tombeau de l'apôtre Pierre.

Dans l'ombre des succès du Bernin, Borromini s'acquitte de missions plus modestes. Il construit notamment le socle pour la Piéta de Michel-Ange et réalise un chérubin solitaire mais vivant au-dessus du bas-relief dans l'angle sud-ouest de l'église. Borromini est habile et insuffle à son travail une sorte de vigilance qui attire l'attention de l'architecte en chef Maderno. Ce dernier s'intéresse au jeune Borromini et, durant les dernières années de sa vie, le prend sous son aile avec une sollicitude presque paternelle.

Si pour le Bernin la mort de Maderno fut un tremplin, elle infligea à Borromini une blessure à vie. Jusque sur son lit de mort, il chérira le souvenir de son maître. En outre, il estimait que, en tant que protégé de Maderno, il était son légitime successeur pour réaliser sa vision de la basilique Saint-Pierre.

C'est là que se noua l'incessante rivalité entre les deux futurs maîtres du baroque. L'inimitié entre le Bernin et Borromini allait devenir la plus célèbre de l'histoire de l'architecture en Occident. À partir de cet événement, leurs visions n'auraient de cesse de diverger. Là où le Bernin plaisait au grand public en raison de la simplicité dramatique de ses compositions, Borromini ne craignait pas l'expérimentation et recherchait une complexité extravagante qui se heurtait à des résistances.

Le Bernin, dans une approche prudente encore mâtinée de classicisme, associait dans son travail architectural des formes conventionnelles et des éléments connus. Ses intérieurs expressifs et somptueux confèrent une unité artistique à l'ensemble de ses œuvres. Borromini, au contraire, privilégiait les intérieurs sobres. Il employait le plus souvent des matériaux peu coûteux comme le stuc blanc, et très peu d'or ou de marbre, afin de mettre l'accent sur la géométrie spatiale de ses projets. Ainsi, la façon dont il associait des formes complexes pouvait s'exprimer pleinement.

Évidemment, le Bernin ne manquait pas de se joindre aux détracteurs quand Borromini était accusé de violer la tradition classique, puisque lui-même appartenait à l'école qui pensait que l'architecture devait refléter les proportions du corps humain. L'œuvre de Borromini est une déformation de ce corps qui donne libre cours à des rondeurs voluptueuses. Pourtant, ses créations intriguaient. Malgré la réticence de Rome face aux expérimentations de Borromini, on admettait qu'il était « impossible de rien trouver de semblable dans le monde entier ».

Le regard est sollicité sans relâche. Je me tiens juste devant ce déferlement frivole qu'est l'église San Carlino, seule la rue nous sépare, et je suis noyée. Un inlassable jeu de mouvements tout en creux et en saillies parcourt la façade rongée par les gaz d'échappement. Pression et contre-pression s'affrontent à puissance maximale. La façade du San Carlino est à la fois solidement ancrée et tremblotante comme un flan. Le médaillon, dont la partie supérieure fait office de fronton, est basculé en avant de sorte qu'il semble se pencher pour mieux voir les passants. Même les statues d'angle du péristyle sont animées, un pied placé devant l'autre, comme si elles s'apprêtaient à descendre de la façade à tout moment. La circulation qui dévale en klaxonnant la rue pentue qui me sépare de l'église souligne le dynamisme de l'édifice. Pourtant, l'effet puissant de ce dernier n'est pas écrasant, plutôt excitant. Il me stimule, comme si les pierres impétueuses représentaient l'aspiration elle-même, sortant de leurs joints pour tendre vers une plus grande cohésion avec tout ce qui est en mouvement.

Pour Borromini, cette façade marquait un achèvement. Il fallut attendre trente ans après la construction de l'église, en 1665, pour que de nouveaux fonds soient débloqués et qu'il puisse se remettre à l'ouvrage. Il y engagea la moitié d'une vie, ainsi que tout son être, dirait-on. Cet inachèvement le rongeait, une plaie qui demeura béante tout au long de sa carrière, même plus tard, lorsqu'il rencontra le succès. Les deux dernières années de sa vie furent consacrées à cette façade, avec un dévouement inconditionnel. Son perfectionnisme revint, plus obsessionnel que jamais, et l'entravait. Au cours de cette période, il fut frappé par une série de lourdes dépressions. Peut-être pressentait-il l'impact de sa création, et cela le rendait-il neurasthénique. Il voyait l'inégalable prendre vie sous ses mains. Son San Carlino ferait date comme le parangon du baroque à Rome, impossible à égaler, y compris pour lui-même. On ne peut battre son ombre. La pensée de ce qui viendra après tombe dans le vide.

À l'intérieur de l'église, le jeu continue. Au-dessus de la niche de l'autel principal naît la section d'une coupole, interrompue à sa base par un triangle aux faces courbes – et alors que je trébuche sur cette description, la complexité des formes à détailler s'évanouit sous le regard. L'ensemble est purement mathématique, et tellement juste qu'il en devient harmonieux, léger et limpide. Les colonnes attirent les yeux des visiteurs vers le haut, vers la lumière. À quel point l'église paraît-elle plus haute qu'elle ne l'est vraiment, grâce à ce mouvement ascensionnel ? Je me trouve dans un espace en apesanteur. Comme la pierre peut être sobre, légère.

Éblouie, je sors de l'église. Dehors, je ne retrouve pas la rue, mais la rue de mon souvenir. Je suis de nouveau à Rome pour la première fois, quelques années plus tôt, en juillet 2013. Je ne suis pas seule comme aujourd'hui, mais accompagnée par mon premier amour et notre meilleur ami. Dans la constellation de notre triangle, nous parcourons l'Italie en train pendant trois semaines ; Rome est notre terminus. Nous sommes inséparables depuis des années, fraîchement diplômés de la fac, et fauchés. Tout est trop cher. Nous n'avons évidemment pas de billets coupe-file. La queue pour entrer au Vatican serpente à travers l'ensemble de la colonnade. Ces derniers jours à Rome, nous passons désœuvrés devant tout ce que nous voulions voir. L'expérience du voyage s'achève avant le voyage lui-même. Certes, nous nous mouvons dans le décor de notre destination, mais en même temps, nous ne sommes déjà plus là, et il fait chaud, non, torride. Une canicule s'abat sur l'Europe cet été-là, et Rome en est le foyer, avec des températures excédant les quarante degrés. Je ressens son étreinte avec la même intensité qu'alors, parmi la foule des touristes ; une chaleur suffocante qui nous chasse du centre. Tels des bannis, nous nous traînons sur la colline du Quirinal, et notre soif d'ombre nous fait passer aveuglément devant San Carlo alle Quattro Fontane. Nous n'avons tout simplement pas vu l'église, tant il faisait chaud. *A relaxing escape from heat*, dit le guide TripAdvisor au sujet du Giardino di Sant'Andrea, une centaine de mètres plus loin. Nous y passons tout l'après-midi.

Comment est-il possible que nous ayons raté le San Carlo et son aspect impérieux ? Qu'ai-je vu, dans ce cas ? Les arbres du jardin avec leurs larges troncs, oui, et depuis le sommet de la colline, un panorama de la ville, tremblant sous la lumière écrasante de la mi-journée. La couverture du livre que lisait notre ami – *Petite philosophie de l'ennui*, l'essai du philosophe norvégien Lars Svendsen. Et le livre que lisait mon amoureux de l'époque ? Non, mais je peux le deviner, c'était un livre de García Márquez. À présent, je revois ce que je voyais alors : le pigeon, chiffonné et à moitié mort, qui se tient sous l'arbre qui nous ombrage. Sa queue a été dévorée et une aile paralysée pend le long de son flanc, un paquet purulent déborde de son œil, ça me crève le cœur, les garçons lisent, se repaissent à l'ombre de l'arbre, se laissent aller à la langueur bucolique de l'après-midi tels Tityre et Mélibée, comme si Virgile en personne les avait inventés, rêvassant là avec leurs livres dans la fraîcheur de l'ombre, et puisqu'ils séjournent dans l'autre monde, le monde de la lecture, je suis la seule qui reste pour s'apitoyer sur le pigeon agonisant. Comment puis-je le guérir, trouver des moyens de le remettre sur pied ? Je verse de l'eau dans le bouchon de ma bouteille, j'émiette des chips salées à proximité de son bec, ne touche pas, disent les garçons, il doit avoir des maladies. Ça fait pitié, oui, mais je ne pourrai rien y changer. Pourtant je fais quand même quelque chose, j'agis sans faire un geste, je ne le touche pas, je le regarde. Pendant près de deux heures, je contemple la souffrance du pigeon : où est sa queue ? Comment a-t-il eu l'aile paralysée ? Le pigeon comprend-il la douleur qu'il ressent ? Comprend-il qu'il va mourir ? Serait-il déjà mort ? Reste-t-il de l'eau ? Et maintenant ? Est-il mort maintenant ? Est-ce à moi de mettre fin à ses souffrances ?

À la fin de l'après-midi, nous quittons le Giardino di Sant'Andrea pour aller prendre l'*aperitivo*. Je laisse derrière moi le pigeon et sa souffrance. En silence, je bois à sa mort certaine. Difficile de dire combien d'heures il a encore dû l'attendre.

Cette nuit-là, dans la mansarde où nous logeons, je ne parviens pas à m'endormir. Comme la chambre est juste sous le toit, il y fait toujours une chaleur à crever. Nous dormons à trois dans un lit double. Suivant le système de rotation que nous avons instauré pour passer chacun une nuit au plus près du ventilateur, c'est à moi d'occuper la place du milieu. Il y a une paire de jambes au toucher familier sous les draps, l'autre paire reste sagement de son côté du lit divisé. Au centre du triangle, il y a moi, dans une harmonie presque mathématique, dans l'équilibre le plus important de ma vie, entre mon amour et notre meilleur ami, blottie dans les six années de proximité précédant cette soirée. Mon Dieu, cela semble être toute ma vie. J'ai tout juste vingt-deux ans et pas la moindre idée de la direction à prendre, c'est à peine si j'ai l'ambition d'écrire, l'ambition de faire quoi que ce soit de moi-même, et peut-être est-ce pour cela que je n'arrive pas à dormir, et que je pense au pigeon, puis inévitablement aux haruspices étrusques qui lisaient la fortune dans les entrailles des animaux. Quel présage me cache le pigeon amoché ? Que liraient les augures romains dans son vol estropié ? Est-ce ici la fin inimaginable de notre camaraderie ? Faut-il qu'elle se brise ?

Je sors du lit, sors de mon souvenir et avance de nouveau dans le présent, le long du San Carlo en direction du Giardino di Sant'Andrea. Il n'est pas difficile de retrouver aujourd'hui, des années plus tard, cet arbre particulier au sein du jardin clos, mais il ne sert à rien de s'y rasseoir, c'était il y a longtemps.

Le Giardino di Sant'Andrea appartient à l'église Sant'Andrea al Quirinale, une œuvre du Bernin construite en même temps que le San Carlino. Les sites sont à moins de deux cents mètres l'un de l'autre. Les concurrents devaient se supporter en permanence.

Sur la Piazza Navona, Borromini érigeait l'église Sant'Agnese alors que, juste en face, le Bernin réalisait la fontaine des

Quatre-Fleuves en travertin. À l'origine, la commande de la fontaine était destinée à Borromini, mais le Bernin charma la belle-sœur du pape avec un modèle en argent de son dessin. Lorsque le pape posa les yeux sur la fontaine miniature, il en fut ravi et attribua aussitôt le projet au Bernin, qui fut assez mesquin pour se vanter de sa victoire devant Borromini et dissimuler une pique dans la composition de la fontaine des Quatre-Fleuves. La pièce centrale comporte quatre statues regardant chacune dans une autre direction. Le personnage qui fait face à l'église Sant'Agnese se voile les yeux, comme pour se protéger de la vision de l'église de Borromini.

Ce dernier, à son tour, fait un geste ironique en surmontant la coupole du Sant'Agnese de deux tours monumentales. Il se moque ainsi du plus grand échec de la carrière du Bernin : les deux clochers qu'il fit ajouter à la basilique Saint-Pierre et qui furent presque aussitôt démolis parce qu'ils présentaient des fissures.

Qui a la plus grosse ? Un obélisque égyptien de seize mètres de haut fut planté au centre de la fontaine du Bernin, qui pouvait rivaliser avec les tours de Borromini. Des gamineries. Sauf qu'ils étaient on ne peut plus sérieux.

Un perfectionniste mérite un bon ennemi. De préférence un qui soit systématiquement un chouïa meilleur que lui, de sorte qu'il puisse savourer ses victoires. Initialement, la rivalité entre les architectes devait agir comme un moteur, mais à la longue, elle rendit Borromini amer. Ne parvenant pas à faire concorder le succès rencontré par le Bernin auprès du grand public avec ses propres convictions artistiques, il considéra de plus en plus la réussite du Bernin comme une tache sur son propre travail.

Au cours de l'été 1667, Borromini sombra dans une grave maladie nerveuse. Les exigences élevées qu'il se fixait pour les finitions du San Carlino, la mort de son ami Martinelli, sa jalousie envers le

Bernin, son perfectionnisme de tous les instants… Autant d'indices qui, rétrospectivement, le poussaient dans cette direction fatale depuis déjà des années. Pourtant, ce ne fut que le 27 juillet, lorsque dans un accès de furie il réduisit en pièces son atelier et déchira tous ses dessins, que son entourage intervint. S'il était à même de détruire l'endroit qui concentrait toute sa vie, alors il était également capable du pire. Son cabinet de curiosités rempli d'objets étranges et ses importantes collections d'outils, d'artefacts et de bizarreries étaient son sanctuaire. Il n'affirmait pas son statut social par une maison d'architecte tapageuse comme nombre de ses confrères, mais s'entourait d'excentricités, que ce soient des œuvres d'art ou des brimborions, construisant ainsi son propre univers, un lieu où il pouvait donner libre cours à son imagination.

La destruction délibérée de l'atelier est un suicide spirituel. Quelques jours plus tard, il parvient à se dérober à l'attention de son surveillant et choisit parmi son arsenal d'armes, qui comprend quatre épées, une hallebarde et une petite arme de poing, un sabre de taille moyenne pour s'y empaler, son corps suivant le chemin de son esprit dans l'oubli.

Borromini ne meurt pas tout de suite des coups de sabre qu'il s'inflige. Les soins qui lui sont prodigués lui permettent de recevoir les derniers sacrements et de rédiger son testament. Puis Borromini expire, dans la solitude : il ne s'est jamais marié. Il lègue ses biens à un neveu, à condition que celui-ci épouse la nièce de son ancien maître Carlo Maderno. Après son décès, le corps de Borromini est inhumé dans le caveau de Maderno. À sa demande, on n'ajoute aucune inscription. C'est une dernière requête très douloureuse, celle de l'architecte qui supplie que son nom ne soit pas gravé dans la pierre. Ainsi, Borromini prend ses distances avec son matériau de prédilection et achève de disparaître totalement.

Le Bernin survivra quelques années à son concurrent. Il passe ses vieux jours dans une oisiveté béate. Son fils Domenico note que, dans les dernières années de sa vie, le Bernin se rend quotidiennement au Giardino di Sant'Andrea. Là, sous les ombrages du jardin, avec vue sur le San Carlino de Borromini d'un côté et sur sa propre église de Sant'Andrea de l'autre, une sérénité profonde descend alors sur le vieil architecte.

Et je le fais quand même. Le passé me rattrape, je m'assieds sous l'arbre où j'avais trouvé le pigeon de mauvais augure. J'y reste un moment. Des souvenirs remontent à la surface. Soudain, j'éprouve de nouveau de l'embarras que les choses aient pris une tournure si différente de celle que nous avions imaginée. Le triangle se révéla ne pas être une forme pure et pérenne. L'été suivant notre voyage de fin d'études, je m'aliénai, me retirai de plus en plus souvent de l'alliance à trois, sous prétexte que je voulais lire, ce que je faisais d'ailleurs, sans relâche, fiévreusement, en quête d'une direction qui, d'une façon fataliste, me faisait tout à coup défaut dans la vie. Plus je lisais, plus il me fallait constater que cela ne se passait presque jamais ainsi : aucun chef-d'œuvre ne traitait d'une vie vertueuse et sans prise de risque. Goethe surtout savait justifier avec maestria les choix infiniment mauvais de ses personnages. Faust concluait son pacte avec le diable Méphistophélès, ce dont il aurait mieux fait de s'abstenir avec le recul, mais il le faisait pour pouvoir vivre en assouvissant sans fin ses désirs, et comme cette vie passionnante est enviable jusqu'à ce qu'il doive en payer le prix ! Et certes, le jeune Werther aurait pu décider de ne plus retourner voir Lotte à Waldheim à présent qu'elle avait épousé Albert, il savait qu'il allait compromettre l'honnêteté de la jeune fille, mais elle à son tour eut l'indécence de lui rendre son amour sans que ses paroles fussent suivies d'actes. Une situation sans issue ; si Werther ne s'y était pas fourré, il n'en serait jamais arrivé à la conclusion qu'il fallait que l'un d'eux meure pour mettre fin à l'éternelle souffrance amoureuse au sein de leur trio, et encore moins lui-même. Mais il alla la retrouver, bien sûr, en dépit des conséquences fatales évidentes, car il est beau et profondément humain et inéluctable de suivre ses désirs, et contagieux de surcroît.

Malgré le master en littérature générale que je venais d'obtenir, je développai en lisant un engouement d'adolescente pour les faiblesses humaines et les individus qui s'obstinent à défier leur destin. En cette même période, je me mis à m'intéresser sans raison apparente aux romans réalistes de la fin du XIXe siècle dont le thème central est le mariage malheureux vécu du point de vue de la femme. La capricieuse Eline Vere de Couperus avec sa peur de l'engagement et ses pensées divergentes. Anna Karénine de Tolstoï, dont la personnalité amoureuse l'emporte sur les conventions, la fuyante madame Bovary de Flaubert, Effi Briest, l'enfant à problèmes de Fontane… Sans exception, ces femmes combattent l'ennui bourgeois en explorant et en assouvissant leur curiosité sexuelle. Toutes paient leurs instants de liberté de leur suicide – sauf Effi, qui meurt d'une névrose. Compte tenu de la critique sociale plus large sous-jacente dans ces livres, il n'est pas dit que le suicide soit à interpréter de manière univoque comme un châtiment moraliste. La société et son oppression institutionnalisée de la féminité ont également leur part de responsabilité. D'ailleurs, l'important n'était pas la fin tragique, l'intrigue aussi comptait. Je répudiai l'appareil critique que j'avais constitué au cours de mes quatre années d'études au profit d'une nouvelle méthode de vie, tournée vers l'expérience.

Il me faut préciser que, durant cette période, je ne cessais de voir des pigeons agonisants. Si j'étais sur le quai de la gare et qu'il m'arrivait de baisser le regard, il y en avait un à mes pieds. Plusieurs fois, je fus obligée de faire un écart sur la piste cyclable pour en éviter un écrasé. Le jour où un pigeon vint s'abattre contre la fenêtre de la cuisine de la maison où nous vivions tous les trois, le motif m'apparut : les pigeons morts annonçaient la fin de l'harmonie. Je quittai le triangle le jour même. Peu de temps après, je me mis à écrire des poèmes. Depuis, tout le reste doit céder le pas.

| VI |

Bibliothèque nationale de Malte
1786-1796
La Valette
Stefano Ittar (1724-1790)

Ghawdex : en maltais, le nom de l'île de Gozo sonne comme un Pokémon évolué. Nous y louons un gîte, hors saison. Une fois par an, nous prenons quelques jours de vacances ensemble, quatre vieux amis ayant essaimé depuis Turnhout, avec nos amoureux. Par la fenêtre ouverte de la chambre, j'entends leurs éclats de voix au bord de la piscine, en bas dans le jardin. De temps en temps, l'un d'entre eux plonge dans l'eau. Des rires communicatifs résonnent. Même le dauphin en mosaïque au fond du bassin s'esclaffe. Un après-midi sans fin. Je tire la couverture en molleton sur ma tête, je suis crevée, j'espère dormir une demi-heure avant le dîner. J'espère toujours grappiller des demi-heures de sommeil par-ci par-là. Jamais je ne suis reposée. Jamais je ne parviens à débrancher mon esprit trente minutes consécutives. Même ici, dans ce club de vacances clé en main, entourée d'amis proches et de conversations sans effort, je rumine. Faut encore chercher le sens de « *bizzilla* ». Envoyer un mail à l'archiviste au sujet de l'avis de décès. Mettre mes notes au propre tant qu'elles sont fraîches. La couverture sent le linge mal lavé, son odeur marécageuse s'insinue dans la tranchée qu'un mal de tête lancinant creuse à travers mes pensées. Ça ferraille dans ma cafetière.

La Valette, l'avant-veille. Je me tiens au pied de la statue de la reine Victoria. Visiblement rongées par les pluies acides, sa tête et ses épaules sont colonisées par une bande éhontée de pigeons de ville. Malgré son état dégradé, la sculpture de la reine domine d'un regard chaste et impérial la Piazza Regina, une placette ironiquement petite en comparaison de son empire d'autrefois, devant la Bibliothèque nationale. Les parasols blancs du Eddie's Café et du Café Cordina jouxtent son regard de pierre. Le café est à quatre euros vingt ici, un prix qui inclut la jouissance d'un des fauteuils d'osier depuis lesquels on peut voir flâner les défilés de touristes sur la scène de la rue Repubblika. Les Maltais surnomment la Piazza Regina leur « *salott* », leur salon public, plus connu aujourd'hui pour être un point de chute où regarder les passants que pour le remarquable édifice néo-classique qui se dresse derrière les terrasses : la Bibliothèque nationale de Malte, anciennement appelée St. John's Library.

St. John's Library est le dernier bâtiment construit pour le compte de l'Ordre de Malte avant que l'île ne soit occupée par les Britanniques en 1800. Trois siècles plus tôt, l'Ordre avait reçu Malte en cadeau du roi d'Espagne Charles Quint, afin d'y entreposer les abondantes richesses que les Chevaliers Saints avaient amassés au fil des croisades.

Le bâtiment reflète cette prospérité. Il est d'une composition presque académique, sobre et épurée, un modèle de proportions et de symétrie. La façade incarne la grandeur classique avec ses colonnes doriennes, ioniennes et en bas-relief, sa loggia, ses arcades, son fronton, le style contenu de ses ornements : je peux cocher toutes les cases dans mon manuel d'histoire de l'architecture. Une réalisation impeccable de la recherche d'harmonie propre à la Renaissance.

La grandeur de la façade trouve son pendant à l'intérieur, où l'escalier monumental prélude à l'imposante salle de bibliothèque au premier étage.

La bibliothèque St. John's est considérée comme un sommet de l'élégance de La Valette telle que la ville prit forme sous la gouvernance de l'Ordre de Malte. « Toutefois, lis-je dans un ouvrage de référence, il est regrettable que le dernier bâtiment commandité par les Chevaliers ait été dessiné par un non-Maltais, alors même qu'il existe tant d'édifices raffinés qui sont l'œuvre d'architectes maltais. »

Les aléas de la vie firent que Stefano Ittar, qui conçut St. John's, naquit à Ovroutch, une bourgade dans le nord de l'actuelle Ukraine. Son père était un membre de l'aristocratie italienne, mais un différend avec le grand-duc de Toscane le contraignit à quitter le pays avec sa famille. Ayant grandi en exil, privé des avantages qu'aurait pu lui valoir son nom de famille, Ittar garderait toute sa vie l'impression confuse qu'il avait quelque chose à « compenser ». Il s'appliqua jusqu'à exceller dans ses études. En tant que protégé du bibliothécaire du Vatican, le cardinal Albani, il fut autorisé à apprendre le métier d'architecte à Rome. Les richesses matérielles et spirituelles de la cité papale durent fortement impressionner le jeune Ittar. C'est probablement là que se ranima son désir de retrouver son statut de noble, en se servant de son talent pour réhabiliter son patronyme. Et c'est ainsi que cela allait se passer : par un chemin semé de gloire, qui le mènerait en Espagne, à Rome et en Sicile, Stefano Ittar finirait par arriver à Malte, où l'Ordre, qui appréciait ses œuvres au plus haut point, lui attribua la prestigieuse commande de la bibliothèque St. John's. Mais il n'est pas maltais, en effet.

Pour obtenir le passe qui porte en caractères d'imprimerie le mot « *Researcher* », il suffit d'avoir une pièce d'identité. Par conséquent, je remplis toutes les conditions pour pouvoir accéder à la bibliothèque de référence. Le bibliothécaire scrute, cligne et plisse les yeux, mais avec la meilleure volonté du monde, il ne parvient pas à déchiffrer le nom sur ma carte d'identité. Il la tient si près de son visage que les poils de ses sourcils la touchent.

« Je n'y arrive pas », finit-il par dire, sans même avoir l'air abattu.

Je lui épelle mon nom pour qu'il puisse rentrer les lettres une à une dans son ordinateur. Quand je les répète pour qu'il vérifie, il colle ses yeux à l'écran. L'homme n'y voit quasiment rien. « Bibliothécaire aveugle », noté-je sur mon calepin – un détail que je n'aurais pas pu inventer.

Il m'accompagne à tâtons depuis le bureau d'accueil, le long des meubles à fiches, jusqu'au centre de la salle, vers une des tables en bois équipées de pupitres de moine. Derrière moi, un jeune homme est assis devant un ordinateur grand comme une malle-cabine. Il n'y a pas d'autres visiteurs à la bibliothèque.

Le « *Researcher* » épinglé sur ma poitrine, le pupitre accueillant posé devant moi, cernée par une collection de livres et manuscrits anciens datant des chevaliers hospitaliers, je sens monter en moi une sorte d'excitation oppressante, comme si je me trouvais sur le seuil d'une prise de conscience irréversible. C'est ici, dans l'ombilic de la science, dans le tourbillon de l'histoire, dans cette brèche du temps qui ralentit et s'enlise dans les heures sacrales silencieuses du moine copiste, que commence tout le savoir, ici que ma quête des architectes tragiques va prendre forme, à cet endroit où se rencontrent la littérature et l'architecture.

En levant la tête, je suis prise d'étourdissement. Les rayonnages sont bourrés de livres sur plusieurs mètres de hauteur, jusqu'au plafond. En bas, les volumes lourds de grand format, dont le poids a tordu les planches. Vers le haut, la taille des rayonnages et les livres se réduit de manière régulière, du folio à l'in-quarto puis à l'in-octo. Cela produit un effet de rétrécissement optique, comme si le plafond se contractait.

Odeur âcre et vermoulue d'un siècle de vieux papiers. Les ouvrages sont en mauvais état. Ils semblent avoir été jetés sur les rayonnages comme s'il s'agissait d'un stock d'invendus et non d'exemplaires historiques et de manuscrits précieux. Certaines couvertures ne tiennent plus qu'à un fil. La plupart ont succombé aux assauts des vrillettes. Un trésor de pièces d'archives. Une documentation millénaire. Tout est dévoré. Des millions de vers minuscules. Dans mon éblouissement, ils rampent invisibles sur les livres, les bibliothèques, ça démange, les livres voudraient se gratter jusqu'au sang, se gratter jusqu'à ce que l'encre gicle des pages et que les pages se vident. Combien de temps depuis qu'une main a choisi un de ces dos rongés, a posé l'ouvrage sur le pupitre, l'a ouvert d'un plat à l'autre, effleurant une à une les pages comme un amant précautionneux pour ne pas en déchirer le papier, ou au contraire le dévorant avec un appétit de géant ? À défaut d'être consultés, les livres s'alignent sur les planches dans un silence vain. Quelque chose menace de se désagréger. Avant même que le bibliothécaire ait pu m'expliquer les trois systèmes de recherche et catalogues différents, je quitte la salle de lecture.

J'ai cherché : « *bizzilla* » est le terme qui désigne la dentelle traditionnelle maltaise, « *lace* » en anglais. Du temps de l'Empire britannique, la reine Victoria aurait fait fabriquer à Malte quatre-vingt-seize paires de gants longs et quatre-vingt-seize paires de gants courts. Elle souhaitait ainsi donner une impulsion à la dentellerie et à l'économie locales. Certains plaisantins emploient aussi les mots « *lace* » et « *bizzilla* » pour renvoyer aux livres de la bibliothèque St. John's.

Ce soir-là, nous attendons devant les tourniquets du ferry notre traversée vers Birgu. Le port est resté fermé à la circulation aujourd'hui à cause de la régate. Les derniers rameurs sont attendus vers sept heures, après quoi les transbordeurs reprendront leur service. Le bord de mer est bondé de supporters, de châteaux gonflables et d'étals. Les mères fument derrière leurs poussettes, les trophées brillent au soleil, des jeunes filles maquillées comme des camions volés disparaissent dans les anses des rochers accompagnées de rameurs aux épaules larges. Les pères ne s'aperçoivent de rien, la musique joue fort, ils mangent un mix de viandes (saucisse, lard, poulet, cuisse de lapin) dans des boîtes à burger. Dès qu'une embarcation avec son équipage atteint la ligne d'arrivée, des applaudissements admiratifs retentissent. Puis la fête s'étale sur le quai. La Valette oublie ses manières élégantes et déboucle sa ceinture de pantalon.

À Birgu, nous dînons dans un petit restaurant, Tal Petut. « *Prodotti lokali frisk* », une table pour huit. L'intérieur ressemble à un potager, les étagères au mur débordent d'herbes aromatiques, de corbeilles avec leur éventaire de légumes et leurs bouteilles d'huiles luisantes. Depuis la cuisine semi-ouverte, une palette d'arômes irrésistibles nous parvient. Le repas lui-même est une immersion, une accumulation bienfaisante de goûts simples et prononcés. L'entrée, l'assortiment d'antipasti maison, remplit la table. Ail écrasé au persil frais, servi avec le pain séché local, du sel marin et de l'huile d'olive. Des olives de leur propre production en saumure, servies dans du miel avec un trait de pâte de piment. Purée de fèves au cumin, zeste de citron et graines de fenouil. Tartinade de haricots, *bigilla* avec pâte de poivrons, persil, sel de mer et herbes fraîches. Saucisson sec local à la coriandre servi avec des figues d'été cuites. Un choix de légumes de saison et des fromages traditionnels. Nous mangeons, nous mangeons.

« Dire qu'autrefois nous voulions tous devenir artistes, dit Bart en passant les olives.

– Moi, je n'en voudrais plus à présent, c'est bien trop incertain. Je travaille pour mon bulletin de salaire, moi », affirme Nikki d'un ton décidé. Prenant un bout de saucisse, elle dépose soigneusement une pointe de confiture de figues sur la viande avant de goûter. Son compagnon Ben acquiesce. Tous deux travaillent pour un cabinet ministériel et sont éternellement fatigués. Bien que je les connaisse comme deux êtres ambitieux, à peine trois ans de vie professionnelle les ont laissés complètement désabusés par le fonctionnariat. Désormais, ils veulent simplement partir en vacances aussi souvent et aussi confortablement que possible. Le travail aspire leur énergie sans rien leur donner en retour.

« Le pire, c'est que jamais personne ne me caresse la tête et me dit : "Bon boulot, Nikki". »

Ben lui caresse les cheveux et, avec un mélange d'ironie et de tendresse, il la complimente : « Chérie, pour eux tu n'es en somme qu'une espèce d'ombre derrière un bureau. Pareil pour moi, j'ai fait une thèse, j'ai survécu à une procédure d'embauche féroce, et leur responsabilité s'arrête là. À nous, avec tous nos diplômes, de nous débrouiller pour faire le job. Tout repose sur nos épaules.

– À vous entendre, je serais presque heureux de travailler à mon compte, dit Bart, soulagé.

– C'est pire, toi, tu t'exploites toi-même, rétorque Anna. Quand nous vivions encore ensemble, Bart venait de s'installer comme orthophoniste indépendant. Il partait au cabinet à sept heures et demie et revenait le soir à vingt heures – en général, j'étais en train de préparer à manger. Aussitôt rentré, il se versait un verre de vin. Pendant le repas, il énumérait tout ce qu'il lui restait à faire pour le lendemain, puis après dîner, il s'y mettait, avant de s'endormir épuisé. Bart n'avait littéralement pas le temps de me demander ce qui m'occupait, comment avait été ma journée. »

Le petit ami d'Anna, Frank, prend un bout de fromage et rigole : « Eh oui, Bart, tu ne m'as pas vraiment aidé sur ce coup-là.

– Au début peut-être. Après, ça allait mieux, non ? Non ? » D'un geste théâtral, Bart se jette au cou d'Anna. « Et d'ailleurs, que pouvais-je faire d'autre ? Il n'y avait personne pour m'expliquer toute cette paperasse, à moi de boucler les choses à la fin du mois. »

Stan, le compagnon de Bart, saisit l'opportunité au vol : « Il n'en va pas autrement aujourd'hui. Il rentre le soir, et il ne supporte rien, il a les nerfs à fleur de peau parce qu'il a vu des patients toutes les demi-heures de huit heures trente à dix-neuf heures sans pause-déjeuner. Un verre de vin et il s'endort dans le canapé : super, l'ambiance.

– Stan, tu exagères.

– Quand faisons-nous l'amour en semaine ? Il n'y a que le dimanche, il me semble. »

Je concentre mon attention sur trois variétés de fromages pour ne pas être prise à partie dans la discussion. Une pâte dure salée. Une sorte de brie. Et un bleu, trop fort.

« Toi aussi tu es trop fatigué le soir, Stan. Le sexe, en ce moment, ça se planifie.

– Encore heureux que nous respections tous les deux nos agendas », l'asticote Stan. Avant que la conversation puisse dériver en reproches mutuels, les plats suivants sont posés sur la table. Raviolis à la *gbejna* (fromage de chèvre), tapenade d'olives locales, câpres frites, tomates fraîches, pistou de basilic et purée de tomates séchées au soleil.

Le serveur remplit les verres. Je fais tinter le mien contre celui de mon amoureux, Walter. Nous avions besoin de ces vacances. Nous avalons une gorgée bienfaisante et échangeons un regard lourd de sens.

Walter amène la discussion sur un terrain moins glissant.

« Comment se porte la revue, Stan ? J'ai vu que le prochain numéro était sur le point de paraître. »

Il y a six mois, Stan a sauté le pas, quittant un emploi confortable dans les assurances pour devenir rédacteur en chef d'une revue lgbtq+ de premier plan. Cinq cents euros de salaire en moins, deux fois plus de soucis. Il n'est pas rare que les horaires de travail virent au service de nuit. Stan énumère les tâches qui lui incombent : « Encadrer vingt-cinq volontaires, apporter du contenu, gérer l'ensemble de la rédaction finale et les médias sociaux, préparer et faire les interviews, et si possible trouver aussi le temps d'écrire mes propres articles. »

Une onde d'admiration se propage au sein de la tablée face à cette multitude de responsabilités. Stan est fatigué, mais aussi fier d'être à la hauteur.

« Comment était Rome, Charlotte ? » demande Nikki. Elle remplit mon verre et passe le plat de raviolis. Je leur raconte tout ce que j'ai découvert sur Francesco Borromini à Rome. L'érotisme de la façade, son rival Bernini, comment il s'est jeté sur son épée. Tout en racontant, je m'entends parler, bâtir une intrigue, prise du désir de plaire à mes amis, je veux qu'ils soient émerveillés par mon histoire, qu'ils attachent de l'importance à mon projet d'écriture, que cela leur apparaisse aussi nécessaire qu'à moi-même.

« C'est sympa de faire des petites excursions pour ton livre », juge Nikki.

Estocade. Elle ne pensait sûrement pas à mal en le disant.

« Oui, très sympa, dis-je.

– Tu ne vas tout de même pas en arriver là ? Moi, je ne peux pas imaginer me suicider un jour, affirme Bart d'un ton décidé, tout en mordant dans une tartine généreusement garnie.

– Moi non plus, adhère Anne.

– Vous n'y avez jamais réfléchi ? » je les interroge.

Cuisse de coq farcie à la viande hachée, sautée au vin blanc et aux herbes fraîches locales, servie avec des minicarottes roulées dans la coriandre séchée et le romarin frais, ainsi qu'une louchée de purée de pommes de terre au poireau et sel marin. Manger se mue en acte de résistance contre le sujet de conversation, nous sommes sur le point d'éclater, mais voilà qu'arrive le triple dessert : pomme pochée, nougat et sorbet à l'eau de rose. Anna abdique, elle ne peut plus avaler la moindre bouchée. Les autres aussi sont rassasiés, mais le sentiment de manquer une partie de cette expérience nous pousse à saisir nos cuillers avec combativité. Courageux, Bart propose de manger aussi la part d'Anna. Frank se sacrifie également.

Malgré le repas copieux, l'effet du vin se fait sentir. Plongés dans une indolente griserie, nous restons avachis autour de la table. Walter raconte son anecdote du gardien de musée, que j'ai déjà entendue : cela fait deux ans que nous sommes ensemble, les histoires commencent à se répéter. Cette fois-ci, il présente l'anecdote comme une énigme.

« Un gardien de musée en free-lance est engagé pour surveiller un espace inoccupé, se lance-t-il. L'espace ne fait pas partie d'un projet artistique consacré au vide. Les proportions de la salle ne présentent aucun intérêt mathématique. Il n'est pas prévu d'y accrocher des œuvres d'art dans un avenir proche. Les murs sont blancs, mais ils ne viennent pas d'être peints, le gardien n'est pas là pour prévenir les visiteurs qu'ils doivent se tenir à distance de la peinture encore fraîche. Pour autant que nous puissions en juger, l'espace est tout simplement vide. De dix heures du matin à six heures du soir, le gardien surveille la salle. Il prend une brève pause-déjeuner de trente minutes. Pendant ce laps de temps, le surveillant d'une zone de sécurité adjacente balaie l'espace du regard. La plupart des gens jettent un coup d'œil au surveillant, puis à l'espace vide, mais ne manifestent pas l'intention d'y entrer – à quoi bon ? La salle est vide ! À la fin de sa journée de travail, quand le gardien suit les instructions qu'on lui a données et ferme les doubles portes de la pièce, il constate qu'il y a une clé dans la serrure… »

Je lance un regard encourageant à Walter. Comme souvent ces derniers temps, je m'inquiète pour lui. Je sais qu'il se compare à ce gardien de musée. Il prépare un doctorat sur la distribution des accents toniques dans la poésie en moyen néerlandais. Il s'y consacre avec ardeur, mais parfois il peine à expliquer quelle est exactement la cause que sert ce dévouement. De plus en plus souvent, il ne sait plus lui-même. Ses yeux sont cernés.

« Et si je surveillais un espace vide, ma chérie ? » me demande-t-il la nuit au lit, quand il est tard et que l'écran de l'ordinateur l'éclaire d'une lueur bleue. Moi aussi, je suis fatiguée. Il est difficile de trouver une réponse diplomatique à cette question, il m'arrive de faire semblant de dormir.

Avant que Walter ne s'enlise dans le même découragement au restaurant, on nous apporte le digestif : une eau-de-vie de figues de Barbarie. L'envie de finir. Huit vingtenaires diplômés du supérieur, fatigués, qui lèvent le verre à leur santé, au repas, et à ces cinq maigres journées d'évasion. C'est tout juste si nous n'éclatons pas.

Quand nous reprenons le ferry à minuit, la célébration de l'équipe gagnante de la régate bat toujours son plein. On brandit fièrement le drapeau du club à bandes bleues et blanches sur la piste de danse. Les supporters, la famille et les rameurs, coiffés de couronnes de fleurs aux mêmes couleurs, dansent avec persévérance sur un remix de Bryan Adams avec un gros beat.

Les banquets donnés à la résidence de Don Ignazio, Principe de Biscari, devaient être d'une opulence à frapper l'imagination. Dans leurs récits de voyage respectifs en Italie, Goethe et Byron parlent tous deux de lui comme d'un bienfaiteur, un esprit éclairé et sympathique vouant un amour sincère aux arts et aux sciences. Le Principe consacra son existence à la reconstruction de la ville sicilienne de Catane, située à l'ombre de l'Etna, et qui était alors en ruines à la suite d'un tremblement de terre. Don Ignazio fit extraire des décombres tous les trésors de l'Antiquité : temples et thermes, autels et statuettes de divinités, amphores et mosaïques. Il ne laissa pas la moindre pierre, le moindre éclat du glorieux passé classique se perdre.

Un soir de 1765, le Principe invite l'architecte Stefano Ittar à dîner chez lui. Intrigué par les bonnes références d'Ittar et ses excellentes études au crayon de Francesco Borromini, il souhaite rencontrer la star montante du baroque venue de Rome. Ce n'est pas un hasard si les autres convives ce soir-là sont l'architecte et planificateur urbain Vaccarini, qui dirige le relèvement de Catane, et l'architecte Battaglia, accompagné de sa fille à marier, Rosario.

Est-ce le caractère noble du Principe, l'ambiance cordiale qui règne dans son Palazzo Biscari, ou encore l'inexplicable magnétisme qui attire certaines personnes les unes vers les autres ?

Quoi qu'il en soit, le dîner marque un tournant majeur dans la vie de Stefano Ittar. Une relation profonde se crée entre Ittar et le Principe, qui deviendra non seulement son fidèle ami, mais aussi son mécène. Avec Battaglia, il nouera un partenariat qui durera de longues années. La rencontre avec sa fille Rosario conduira à un mariage qui verra naître six fils et trois filles. Même le grand Vaccarini est favorablement impressionné par Ittar au cours de ce dîner. Quelques années plus tard, sur son lit de mort, c'est en toute confiance qu'il lui lèguera sa tâche de planificateur urbain et architecte à la cour.

Protégé par Battaglia, approuvé par Vaccarini, inspiré par l'œuvre de Borromini et soutenu financièrement par le Principe, Ittar ne tarde pas à se révéler en tant que maître architecte. À peine trois ans plus tard, en 1768, il achèvera à Catane son ouvrage le plus connu, la Basilique collégiale. L'église est la quintessence du baroque tardif sicilien.

Les courants d'air s'engouffrent de partout dans la salle de lecture, alors même que les fenêtres sont fermées. Dehors, il fait trente degrés, mes amis passent l'après-midi dans la baie près du pont Saint-Elme. Je suis de retour à la bibliothèque, et je frissonne dans ma robe d'été légère. Dès la construction, le placement des fenêtres aurait causé des problèmes d'hygrométrie. Ce sont essentiellement les cinq grandes baies vitrées dans la façade nord de la salle de lecture qui provoquent le refroidissement. Pourtant, l'architecte Ittar plaça volontairement ces grandes vitres de ce côté du bâtiment : ici, en effet, le verre est à l'abri du pernicieux sirocco, qui souffle du sud.

Deux fois par an, le sirocco visite Malte. Le vent transporte l'air brûlant et sec du Sahara et fait grimper les températures dans l'extrême sud de l'Europe jusqu'à quarante-cinq degrés. La nuit, la chaleur ne diminue pas. Les habitants de l'île sont dans leurs lits, fiévreux, incapables de dormir. La tête sèche et lourde, fendue par les coups d'une migraine lancinante que l'on attribue au vent, il faut attendre que ce dernier passe. Derrière les volets tirés, on prie pour que le sirocco ne cause pas trop de dommages matériels sur son passage. La poussière qu'il charrie est destructrice, elle abîme même la pierre, le métal et le fer, le verre n'en parlons pas. A fortiori, les livres fragiles n'auraient pas la moindre chance.

Ittar plaça les fenêtres côté nord, de sorte que le verre ne se trouve pas sur le chemin du sirocco tyrannique, mais que la lumière du jour puisse malgré tout filtrer en quantité suffisante. L'inconvénient de ce vitrage septentrional est que le froid reste piégé entre les murs. Avant même que la bibliothèque ait officiellement ouvert ses portes, des visiteurs qui avaient à peine mis pied dans la salle de lecture se plaignaient déjà de bronchites, de la goutte et de pneumonies. Ces exagérations ne tardèrent pas à jeter une malédiction sur le bâtiment. Celui qui était las de vivre n'avait qu'à entrer dans ce trou à courants d'air. Pour celui qui cherchait la délivrance, la bibliothèque était le lieu où aller au-devant de son dernier souffle.

Maintenant que je suis ici pour la seconde fois, mieux armée contre l'état mélancolique de la collection, je note une curieuse protubérance entre les cinquième et sixième casiers des bibliothèques. À ce niveau, un drôle de tuyau coiffé d'un robinet dépasse d'entre les livres. Lorsque je demande au bibliothécaire à quoi servent ces robinets, il pointe un doigt vers le plafond, où sont stockés des conteneurs à oxygène. En cas d'incendie, les robinets libèrent de l'oxygène. Si le feu se révèle impossible à éteindre, le système bascule pour passer à l'eau, mais seulement si les flammes prennent vraiment de l'ampleur, ce qui ne s'est encore jamais produit depuis qu'il travaille là.

Je songe aux pages fripées de mon exemplaire de *Malina* d'Ingeborg Bachmann, mon livre préféré, que j'ai si souvent lu dans mon bain. Sous l'effet de la vapeur montant de l'eau chaude, le papier s'est déformé. En regardant les livres chiffonnés sur les rayonnages, la question s'impose de savoir si un incendie serait pire que leur lente digestion par les vrillettes. Au moins, le feu les délivrerait d'une désintégration progressive.

Je suis saisie par le froid dans la salle de lecture. Je laisse un instant la pile de mes usuels pour aller me faire réchauffer au soleil sur la petite place. En sortant, je me fais gronder par le bibliothécaire pour avoir gardé mon badge de chercheur épinglé sur ma poitrine. En dehors de ces murs, je ne suis pas chercheuse. Je bois un café trop cher sur la terrasse du Café Cordina. Un guide allemand fait halte sur la Piazza Regina, un groupe de retraités dans son sillage. De mon fauteuil en osier, je l'entends qui commente longuement la statue de la reine Victoria, évoquant l'anecdote des quatre-vingt-seize paires de gants courts et quatre-vingt-seize paires de gants longs en dentelle. Il recommande une boutique plus loin dans la rue, qui vend les plus remarquables pièces de dentelle maltaise, les plus jolis napperons! Puis désigne rapidement le bâtiment: « *Dahinter sehen sie die Bibliothek* », Derrière vous, la bibliothèque.

Ce sont les seuls mots consacrés à l'œuvre finale d'Ittar, le groupe est déjà entraîné vers un nouveau centre d'intérêt. Mon regard se pose sur un personnage que le groupe de touristes dérobait à la vue. Il brandit une pancarte où l'on peut lire:

ELES IL-LIBRERIJA TAD-DEMONS LI JIEKLU L-INJAM!!
FREE THE LIBRARY OF WOOD-EATING DEMONS!!!

En costume trois-pièces, chapeau de pêcheur et sandales, l'homme est figé comme une sentinelle à son poste sous le soleil brûlant. La sueur lui inonde le visage, une goutte glisse de sous ses lunettes rondes le long de son cou jusque dans le col de sa chemise. Quand je l'aborde, il réagit d'un ton précipité et résolu, comme si ma question sur la cause qu'il défend le distrayait de la défense de sa cause.

« Êtes-vous déjà entrée? Vous avez vu les dégâts, mademoiselle? » demande-t-il avec un air de défi.

Je réponds que je consulte des livres à la bibliothèque, dans le cadre de mes recherches. Ce n'est pas une raison pour le militant de me ménager.

« Ceci est notre Bibliothèque nationale, et elle périclite, sa structure autant que ses collections. Les ouvrages dans ce bâtiment sont d'une valeur inestimable, et les planches qui doivent en supporter le poids sont tout simplement croulantes : aussi solides qu'un glacier en discussion avec le réchauffement climatique. Les reliures ont été mangées par les vers, se sont détachées ou ont été remplacées par du caoutchouc. Du caoutchouc ! N'importe quel conservateur de livres mourrait de honte en voyant ces reliures en caoutchouc, c'est un manque de respect, et les empotés qui travaillent ici ne font rien, ils ne lèvent pas le petit doigt pour améliorer le bien-être des livres. L'année dernière, le prince William a fait le tour de Malte et on lui a montré la bibliothèque – ils ne lui ont même pas fait mettre de casque. La dégradation des livres combinée à ces planches pourries, il aurait suffi qu'une armoire s'écroule et tout un tas de codex lui seraient tombés sur la tête ! C'eût été fatal. »

Comme toute personne qui n'a pas été écoutée depuis longtemps, l'homme se déchaîne au moment où se présente l'occasion de s'adresser à un public alerte. Ainsi donc, l'homme à la pancarte, qui se présente comme le relieur Mafalzon, se lance dans une diatribe : aujourd'hui, il n'accepte plus de se taire, aujourd'hui il se mobilise contre l'état de délabrement dans lequel se trouve la Bibliothèque nationale. Jusqu'à récemment, Mafalzon travaillait au département d'études de Bibliothéconomie de l'université de Malte. Il y a plusieurs années déjà, il adressa une lettre ouverte à la presse, pour appeler à l'action. Il y décrivait la négligence dans les moindres détails avant d'appeler à agir sans délai afin d'inverser le sort qui attendait les livres. Sinon, les conséquences seraient désastreuses. La lettre souleva quelques réactions. Mafalzon se prit à croire à une issue favorable. Cinq ans ont passé. Les vrillettes s'en donnent toujours à cœur joie dans la bibliothèque.

« Je comprends que cela puisse vous décourager, monsieur Mafalzon », dis-je.

Ma remarque lui reste en travers de la gorge, il laisse éclater sa colère : « Je ne suis pas découragé. N'importe qui peut gueuler, mais moi je gueule parce que j'ai des solutions. Pour commencer, ils pourraient embaucher des conservateurs diplômés. Deux relieurs travaillent à la bibliothèque, je les connais personnellement, ils ont des mains d'ouvriers du bâtiment. Et les conservateurs, la façon dont ils déplacent les ouvrages : ils les manipulent comme une excavatrice déblaie des gravats. Vous devriez voir comment ils ont restauré l'Encyclopédie de Diderot : à la va-comme-je-te-pousse ! Je ne dis pas qu'ils manquent de passion. C'est le savoir-faire qui leur fait défaut. Des bonnes intentions à la pelle, mais vous savez ce qui est pavé de bonnes intentions, n'est-ce pas ? Et ça commence dès l'accueil. Tout ce qu'on sait y faire, c'est vous dire de monter les escaliers pour obtenir votre badge, comme ça, sans vérification aucune. N'importe qui peut entrer et prendre ses aises avec les éditions les plus précieuses, vous trouvez cela normal, vous ?

– Scandaleux.

– Primo : cette situation n'est pas une fatalité. Secundo : mon but n'est pas de rabaisser les gens qui travaillent là-bas. Regardez les archives à Rabat, ou même les archives notariales ici à La Valette : elles se trouvent également dans des bâtiments moisis, elles n'ont pas davantage de moyens financiers, et pourtant elles progressent. Alors pourquoi pas la Bibliothèque nationale ? Voici ce que nous avons : les livres et la charpente autour, et rien n'est fait. C'est ça qui me peine. »

Les touristes qui passent prennent des photos de l'apparition excentrique qu'est Mafalzon sans se gêner. Des sourcils se froncent à la lecture de l'étrange inscription sur la pancarte, mais pas une seule tête ne se tourne vers l'autre côté de la place, en direction de la bibliothèque.

« Savez-vous quelque chose au sujet de Stefano Ittar ? lui demandé-je.

– Qui ?

– Stefano Ittar. Ittar, l'architecte de la bibliothèque ?

– Oui, je crois bien, Stefano Ittar… »

Et sur ce, le relieur Mafalzon se dirige vers un autre angle de la Piazza Regina.

En 1783, Stefano Ittar prend une décision radicale. Cela fait vingt ans qu'il officie en tant qu'architecte et planificateur urbain sous le patronage du Principe de Biscari. Sa maîtrise infaillible du style baroque lui a valu une vaste célébrité. De son vivant déjà, il se fait une place dans l'histoire de l'architecture sicilienne. Il travaille sur la coupole du couvent des Bénédictins à Catane quand se présente la prestigieuse invitation de l'Ordre de Malte : accepterait-il de dessiner une bibliothèque pour l'ordre de Saint-Jean ? Aussitôt, Ittar laisse tout en plan. Il quitte Catane, la ville à laquelle il doit son succès, et déménage avec sa famille à La Valette. À la poursuite d'une renommée plus grande encore, il brise les liens qui le rattachent au Principe et à son maître Battaglia.

On pourrait le soupçonner de nostalgie : à la fin de sa carrière, il revient à la bibliothèque, l'endroit où son amour de l'architecture est né. Il se souvient de ses études auprès du bibliothécaire du Vatican, du faste de l'architecture papale. Le sentiment qui l'a poussé pendant si longtemps, ce sentiment d'inadéquation dû à sa naissance en exil, il pourra à présent le vaincre. Son nom retentira de Rome à Malte !

Pour des raisons personnelles et esthétiques, la bibliothèque créée pour le puissant ordre de Saint-Jean est un chef-d'œuvre, où Ittar pousse son perfectionnisme au paroxysme : pureté exacerbée des formes, symétrie parfaite – un modèle de l'idiome formel classiciste.

Pourtant, Stefano Ittar figure à la marge dans les ouvrages traitant de l'architecture maltaise qui s'entassent devant moi sur la table de lecture. Sur l'île où il devait parachever son œuvre, il semble être tombé dans l'oubli. Certes, la création de la bibliothèque St. John's apparaît dans les ouvrages généraux, mais je ne trouve guère d'autres informations sur l'architecte que sa date de naissance et celle de sa mort. Et bien loin de faire la lumière sur cette dernière, les sources brouillent les pistes. Stefano Ittar semble être décédé d'au moins trois manières différentes.

Une fois, il meurt de vieillesse, une mort naturelle. Il est enterré le jour même après une grand-messe célébrée par un moine franciscain.

Une fois, il succombe à une pneumonie, attrapée en raison de mauvaises conditions de travail. Sur son lit de mort, il reçoit les derniers sacrements avant de décéder en communion avec l'Église.

Une fois, il met fin à ses jours après une accumulation de problèmes structurels surgis au cours de la construction de la bibliothèque. La rumeur prétend qu'ils seraient le fruit d'un manque de jugement architectural.

Si le temps a semé le trouble autour des circonstances exactes de son décès, la date en revanche a été consignée. Le 18 janvier 1790, six ans avant l'achèvement de la bibliothèque, Stefano Ittar meurt. C'est du moins à cette date que son nom figure dans le registre des décès de la paroisse Sancta Maria Portus Salulis. S'il avait mis fin à ses jours, un enterrement religieux aurait été impensable. Le suicide allait à l'encontre de l'ordre divin, qui gouvernait le monde et le rendait explicable – le suicidé commet un coup d'État à l'encontre du pouvoir de vie et de mort de Dieu. La famille Ittar avait de bonnes raisons de dissimuler la cause de sa mort car, outre la honte, la loi permettait de confisquer les biens du défunt en cas de suicide. Cela aurait impliqué de faire une croix sur son héritage. Deux des six fils d'Ittar, Enrico et Sebastiano, avaient marché sur ses traces et étaient devenus architectes. On suppose qu'ils reprirent l'atelier et les travaux en cours de la bibliothèque, bien qu'il existe aussi des preuves que tous deux fuirent Malte dès le lendemain de la mort de leur père : Enrico se rendit en Pologne, Sebastiano, à Rome. Que fuient les deux jeunes architectes Ittar ? Des problèmes d'argent ? L'ombre paternelle ? Le souffle brûlant de Napoléon Bonaparte qui veut s'emparer de l'île prospère de Malte ?

Le soir tombe déjà quand je quitte la bibliothèque. J'ai l'impression d'y avoir perdu mon temps. Les réverbères jettent une lueur chaude sur le grès blanc de la façade. Rien ne vient perturber le regard. Le dosage des formes produit un effet de sérénité, d'équilibre, par lequel je me laisse bercer un instant. Le monde, las, s'assoupit, et dans ses rêves, chacun tend vers lui-même. Chacun réussit. Chacun est constamment perméable à l'admiration. Nous minimisons l'échec et l'appelons une expérience instructive. Tout est tellement étriqué, tellement intéressé… Les architectes, au moins, faisaient de grandes choses, se lançaient dans des entreprises périlleuses, des travaux de grande échelle, *en plein public*, des masses et des surfaces qui imposent une proportionnalité et ont raison de l'indifférence. Un architecte qui échoue dans l'espace public échoue ouvertement aux yeux de tous, et ce, pour une durée prolongée. Celui qui se risque dans le domaine hasardeux de l'histoire défie la fugacité du temps. Une telle audace suscite forcément l'envie de certains.

Si je me résigne à croire l'un des rares témoignages consignés relatant la mort de Stefano Ittar, cela s'est passé ainsi. Antonio Cachia, architecte en chef de l'Ordre de Malte, rapporte un incident survenu sur le chantier peu avant le décès d'Ittar. Cachia prétendait que les arches plates de la voûte au-dessus de la colonnade s'étaient distendues. Pour qu'elles puissent supporter le poids de l'étage supérieur, il fallait les renforcer. Ces ajouts en certains points d'appui gâchaient le rythme strict qu'Ittar avait envisagé pour la façade. Il semblerait que l'accusation de Cachia lui ait fait perdre la raison.

À présent que je me trouve moi-même sous la colonnade, je ne vois nulle trace de ces allégations. Aucun renforcement n'est visible. Les arches reliant les colonnes à la voûte sont d'un seul tenant et aucune démarcation ne les sépare du plafond à caissons.

Sans doute Cachia avait-il ses raisons pour manipuler le souvenir d'Ittar. Lorsque ce dernier fut appelé à Malte pour construire la bibliothèque, cette décision fut prise sans consulter Cachia, alors même qu'en tant qu'architecte en chef il était le candidat le plus évident. Nul besoin d'être rancunier pour réclamer son dû. Cachia estimait-il que, en raison de son titre, et en tant que Maltais d'origine, cette mission lui revenait de droit ?

Quelques années avant la mort d'Ittar, un second incident se produisit. En 1787, l'assemblée de la Vénérable Langue de Provence commanda la construction d'un certain nombre de logements destinés à des Français vivant à Malte. Cachia et Ittar soumirent tous deux une proposition. Cachia reçut une petite rétribution pour son dessin, Ittar décrocha la mission.

Lorsque, peu de temps après, le pouvoir français commença à se fissurer, Cachia dut rire sous cape : les fonds furent coupés, et le projet de construction d'Ittar pour la Langue de Provence s'enlisa. Un nouvel emprunt aurait perdu aussi bien l'architecte que les ouvriers. Le projet restait inachevé au moment de la mort d'Ittar. Des difficultés financières qui constituent un motif pour son possible suicide.

Au moment où Ittar se lança dans la construction de la bibliothèque, il avait plus de soixante ans. Après tant de projets acclamés, lui demandait-on malgré tout de venir faire ses preuves, en tant qu'étranger, éternel proscrit ? S'imposait-il à lui-même des exigences aussi strictes qu'à son édifice ? Maîtrise, perfection et savoir-faire à l'extérieur, mais à l'intérieur ce cœur rongé, grouillant, décomposé une vie durant par l'inaccessibilité dévorante de son ambition. Les « *wood-eating demons* » ont-ils eu raison de Stefano Ittar ?

Les chaises des terrasses sur la Piazza Regina ont été rangées, les parasols, repliés. Je m'aperçois seulement maintenant qu'il y a foule dans les rues. De gigantesques fanions rouges sont accrochés entre les bâtiments, richement ornés de portraits de saints bordés d'or. Les façades des églises sont agrémentées de petites lumières colorées. Plus loin, une fanfare joue un air de marche.

Il-Festa I-Kbira défile depuis la rue de la Repubblika vers la porte Victoria. Fête populaire à La Valette. Quatre lourdes statues de saints paradent à travers le centre-ville sur des socles munis de palanquins en bois. Chaque statue est portée par douze jeunes hommes en habit blanc. Leurs cous sont rouge feu, leurs visages se tordent en une douloureuse grimace. Un des porteurs, regard sombre, barbe noire fournie, me fixe droit dans les yeux en ajustant le brancard sur son épaule.

« Des laïcs qui doivent se rédimer pour leur prospérité, les pauvres gars », s'amuse l'homme à côté de moi. Il a scellé sa propre prospérité par un tatouage de saint sur son biceps. Sous le portrait encré, une bannière arbore la légende « St. Paul ». À en croire la ressemblance, c'est également saint Paul qui se dresse sur les épaules des jeunes porteurs. Les statues seront réunies aux portes de la ville avant de regagner leurs églises respectives pour une messe tardive.

À la porte Victoria, parmi la foule, les confettis, les pétards et les verres en plastique, je retrouve mes amis. L'ambiance est à la liesse. Walter me colle un baiser prometteur sur la bouche. Nous buvons des bières en contemplant le spectacle chrétien qui se déroule devant nos yeux ébahis. Les églises-kermesses illuminées de couleurs vives en appellent à nos âmes de communiants que l'on croyait disparues. Dans le sillage des statues de saints qui entament leur retour, le cortège de la fanfare se met en marche. Deux fanfares rivales ont été réunies spécialement pour cette fête populaire : le La Valette Band Club et The King's Own Band Club. La fanfare semble être l'élément structurant du tissu social à Malte et Gozo. Des gens se joignent au cortège, brandissent allègrement des drapeaux et des fanions, chantent à pleins poumons l'air de marche dont ils connaissent les paroles. Au milieu de l'euphorie, je suis frappée par la tristesse de l'instrument d'accompagnement. Le cymbalier apporte son accent en frappant très exactement deux coups, baisse les bras et, pendant le reste des mesures, il laisse errer autour de lui un regard perdu. Il me fait penser aux mots de Richard Sennett dans *Les Tyrannies de l'intimité* : « Il y a un [...] sens plus brutal à l'isolement social dans les espaces publics – isolement qui résulte directement de la vision qu'une personne a des autres et de la façon dont elle est vue par ceux-ci.* »

Le regardé, celui que le regard d'un spectateur rend visible dans la masse anonyme, devient soudain une instance singulière, il est isolé, exposé au regard et au jugement inextricablement lié à ce dernier.

En comparaison, un bâtiment dont les dimensions et la fonction publique suffisent pour attirer une multitude de regards doit être assiégé de jugements d'autant plus brutaux. Au milieu de mes amis et de la foule déchaînée de la fête populaire, je suis accablée par une pesanteur. Je suis à la fois encerclée et à la marge. Les remous sont violents au centre de l'expérience. Il n'y a nulle part où se mettre à l'abri.

* Richard Sennett, *Les Tyrannies de l'intimité*, Points Essais 2021, p. 30.

Le lendemain, nous prenons la voiture pour aller de La Valette à Gozo, où nous passerons nos trois derniers jours de vacances. Je ne reverrai pas la bibliothèque. Mes amis m'exhortent à chasser de mon esprit la mystérieuse mort plurielle de Stefano Ittar. Je pense à lui le moins possible, et j'y arrive assez bien, car je ne sais même pas à quoi il ressemblait, n'ayant trouvé aucun portrait. J'ai l'impression qu'en contribuant si peu à son histoire, moi, qui justement le cherchais, je le reléguais plus loin encore dans les abîmes du temps où il s'était déjà évanoui.

En route pour notre gîte, nous nous arrêtons à Hondoq Bay. La plage est déserte. Nous courons vers l'eau en arrachant nos vêtements, plongeons en hurlant dans la Méditerranée encore froide. Stan prend une photo pour Instagram. Le filtre approprié nous donne l'air d'être tout droit sortis d'une œuvre de Hockney avec nos maillots colorés, portraiturés dans un moment de détente spontané. Personne n'a besoin de travailler.

Ce soir-là, une tempête déchaînée traverse l'île. Nous nous sommes enfermés dans la petite maison après avoir barricadé portes et fenêtres, mais les volets en bois claquent violemment dans leurs cadres. Le vent est coupant. Dehors, les lourdes chaises de jardin en bois volent dans les airs. La tempête jongle avec nous. Dans notre chambre, le store frappe à coups rythmés contre le rebord de la fenêtre. Les pots de fleurs éclatent sous l'effet du vent. Walter et moi faisons l'amour dans l'œil du déferlement, mais j'ai mal à la tête, une douleur sèche qui me fend le crâne, et je me dérobe à ses bras.

Le lendemain matin, la piscine déborde de meubles de jardin et de bouteilles de bière, des limaces grosses comme le poing en occupent le bord, le sachet de chips est resté accroché à un pied de chaise renversé. Le parasol est par terre, le barbecue, démantelé.

Scène apocalyptique avec accessoires estivaux à l'avant-plan. Au second plan, le paysage derrière le muret mi-haut qui délimite le jardin se perd dans une culture en terrasses. Au loin se dresse une colline au sommet aplati. Hagards, nous contemplons la matinée. Les jours restants, il fera un temps pourri.

|VII|

Villa Ebe
1922
Naples
Lamont Young (1851-1929)

Ebe prépare une salade légère dans la cuisine. Été indien à Naples: l'air forme une couche épaisse sur la peau dans la chaleur encore brûlante du soir. Hormis un en-cas salé, il n'a rien mangé aujourd'hui, mais un repas conséquent lui répugnerait. Lamont Young monte quelques instants dans la pièce en haut de la tour, en attendant que sa femme l'appelle pour le dîner. L'escalier en bois sombre, conçu pour être le cœur de la Villa Ebe, s'élève en larges spirales sur deux étages dans le flanc de la colline Pizzofalcone. Chaque marche exige un effort à ses jambes lasses. Pourtant, aujourd'hui, il n'interrompt pas son ascension au cabinet de travail à l'étage intermédiaire pour y regarder le jardin en terrasse par la fenêtre. Les oranges amères n'ont pas besoin qu'il les observe; lourdes et comme évidentes, elles sont accrochées au bigaradier.

Dans la tour, les fenêtres cintrées encadrent de trois côtés la vue la plus belle, trop connue: un triptyque du quartier portuaire de Santa Lucia. Depuis celles qui donnent au sud, le regard est accroché à l'avant-plan par la coupole de la Chiesa dell'Immacolatella. Ensuite, il rencontre la rangée d'immeubles de grande hauteur érigés quelques années plus tôt devant la route côtière. Derrière les bâtiments, la mer Tyrrhénienne vient doucement se briser contre les rochers de la baie. Par-delà la baie, on imagine l'étendue d'eau infinie. Du côté ouest, elle est interrompue par le cap de Posillipo où se situe Bagnoli, le quartier de la ville qui lui a brisé le cœur: Naples aurait pu y drainer ses artères bouchées, mais le fantasme d'une ville lagunaire florissante n'a jamais vu le jour.

Young détourne le regard, s'approche du côté ouest de la tour. Panorama urbain. Ici, des façades colorées montent par degrés sur la colline Vomero. Rose. Ocre. Blanc. Terracotta. Depuis quelques années, cette partie de Naples joue de la prunelle. Quelques *palazzi* chics d'abord, mais progressivement la classe moyenne y trouve aussi sa place. Avant longtemps, la colline débordera. Le funiculaire installé pour gagner le sommet prouve déjà son utilité.

À l'est, le Vésuve se dresse dans le lointain. Depuis vingt ans, le volcan se tait, d'un silence menaçant auquel aucun argument ne peut s'opposer. Derrière, la côte escarpée de Sorrente, et non loin de sa pointe la plus aiguë flotte l'île de Capri.

Ebe, ses traits doux ne pourront supporter le voile noir du deuil avant quelques années. La mer dégage son parfum salé une dernière fois. Les pins. Les cyprès. Les platanes. Quelle est la plus belle chose qu'il ait jamais vue?

En 1929, l'architecte écosso-napolitain Lamont Young se suicide à l'âge de soixante-dix-huit ans dans la tour de sa dernière résidence, cette Villa Ebe dont il a lui-même dessiné les plans, la maison de la jeunesse. Sa jeune femme Ebe Cazzani y habitera jusqu'à sa mort. Ensuite, plus personne ne s'en souciera. En 1991, la villa devient la propriété de la municipalité de Naples.

Naples se présente tout d'abord sous la forme d'une odeur dense : l'essence, les plats qui mijotent, les parfums excessifs et l'urine y dominent à tour de rôle. Dès que je me suis extirpée des ruelles sombres et étroites du centre historique, les larges cours qui descendent vers la baie dégagent des senteurs qui ne diffèrent guère de celles des autres villes européennes moyennes : gaz d'échappement et poubelles. Ce n'est qu'une fois arrivé au bord de l'eau que l'odeur s'ouvre et libère ses mélanges.

Quarante-cinq minutes à pied depuis l'appartement de la Via Atri jusqu'à la Via Chiatamone.

« *Scusi*, Villa Ebe ? E-B-E ? » m'enquiers-je en chemin, en me débattant avec le plan de la ville. Les quelques Napolitains qui s'arrêtent paraissent quelque peu vexés que je leur demande un endroit de leur ville dont eux-mêmes n'ont jamais entendu parler. Chacun en revanche a un top cinq des plus belles églises vers lesquelles ils pourraient me guider les yeux bandés.

Derrière les hôtels Grand, New, Royal et Excelsior sur la rue panoramique qui longe l'eau, je finis par dénicher le pied du Monte Echia. C'est au sommet de cette colline que doit se trouver la Villa Ebe. L'ascension commence près d'un garage à autos délabré et passe par la Rampa di Pizzofalcone ; le long d'habitations misérables incrustées dans la colline, la rue monte en zigzag en sept tronçons de taille égale. Là où les rampes se rejoignent dans les angles aigus, elles forment un bec d'oiseau. Cette constellation est presque une illustration du nom de « Pizzofalcone »: autrefois, on chassait ici le faucon.

Il n'y a personne sur la Rampa. La plupart des portes sont ouvertes, au cas où une brise voudrait y apporter un peu de fraîcheur dans la chaleur de midi. L'enchaînement des vestibules offre une *vista* de ce qui semble être des vies identiques avec congélateur et poussette. Sur des étendoirs branlants, mal accrochés au mur, le linge sèche à côté des portes d'entrée. Une lourde couverture en molleton tachée défie les vis et touche terre au ralenti. Aux endroits où le tuf jaune de la colline n'a pas été creusé pour y créer une habitation, les parois sont couvertes de graffitis.

« *Pericolo di morte capite* », lis-je en lettres bleues parmi les déclarations d'amour et les pénis cartoonesques. Un message sinistre que je me complais à rattacher à l'histoire que je viens chercher ici. Quelques mètres plus haut, Lamont Young s'est tiré une balle dans la tête. Les habitants actuels de la Rampa s'en souviennent-ils encore ?

En y regardant de plus près, je vois que le graffiti se compose en fait de deux parties. En réalité, il dit « Danger de décapitation pour qui se gare ici ».

À son sommet – la sueur ruisselle du creux de mes genoux sur mes mollets –, la Rampa livre enfin son plus beau joyau : la Villa Ebe avec sa romantique tour crénelée. Bien que la pierre de lave brune contraste majestueusement avec les maisons jaunes à l'entour, la villa, de la même façon qu'elles, s'apparente à une excroissance sur le flanc du Monte Echia, comme si le petit château ostentatoire émergeait de manière organique de la colline.

Un second regard trahit que l'édifice est blessé. Chambranles au bois nu. Vitres cassées des fenêtres. Des herbes folles brisent le dallage de la terrasse. Un cadenas chaîne ferme le portail d'accès. Seul le porche constitue une oasis trompeuse d'habitabilité. Derrière la grille, parmi les branches basses d'un ficus, la porte d'entrée verte, peinte il n'y a pas trop longtemps, s'accroche mollement à sa serrure. Une légère pression suffirait à l'ouvrir. Au-dessus de la porte se trouve une incrustation de pierres colorées : un soleil de tesselles dorées envoie ses rayons telle une échelle de corde sur une mer de perles bleues. Un des rayons est saisi à son extrémité par la demi-lune qui est descendue sur l'eau. Une inscription gravée dans la pierre indique :

Lamont Young
Napoli 1851 – 1929
Utopista
Inventore
Ingegnere
di una Napoli moderna

Il existe.

La Rampa parcourt une dernière longueur qui borde le jardin de la Villa Ebe. Contrairement à la maison délabrée, le jardin est bien entretenu. Cactus, plantes grasses, fleurs violettes et orange vif, même un oranger en fleurs. Organe palpitant prélevé sur un cadavre.

Sur l'autre versant du Monte Echia, la route en bec d'oiseau serpente le long d'une pelouse aride parsemée de matelas abandonnés et de sacs en plastique, passe devant la façade décrépite de l'Archivio di Stato, puis des baraques militaires, pour terminer son arrondi aux bureaux de la police d'État. D'ici, on devrait avoir un aperçu de l'autre côté de la Villa Ebe. Accès interdit aux personnes non autorisées.

Dans l'appartement de mon hôtesse Giulia, deux agrandissements de mauvaise qualité sont accrochés au mur, des photos encadrées comme un couple royal. Elle ne m'en veut pas de ne pas connaître le chanteur napolitain Pino Daniele ; en revanche, que je n'aie jamais entendu parler de Padre Pio constitue un problème plus fondamental.

« Tu es catholique ? » me demande-t-elle avec méfiance.

Ayant fait ma première communion, je ne mens pas en répondant « oui ».

« Padre Pio, m'explique Giulia, est le plus saint des hommes. Il a saigné du sang du Christ par ses propres plaies. Il lui arrivait d'entendre les confessions des heures, parfois des jours d'affilée ; la misère des autres ne lui était supportable que parce que son âme était d'une telle pureté. Il avait aussi le don de se trouver en deux endroits en même temps. »

En sa qualité de concierge, Giulia habite l'autre partie de l'appartement de la Via Atri qui a été transformé en logement double. L'occupant voyage beaucoup pour son travail, et Giulia sous-loue sa moitié quand il est à l'étranger. Hier, à mon arrivée, la table au plateau en marbre était recouverte de dépliants touristiques et de plans de la ville. Giulia déversa un flot ininterrompu de paroles sur toutes les attractions que Naples avait à offrir – sans mentionner la Villa Ebe. Elle m'indiqua aussi un classeur dans lequel elle avait dressé la liste de tous les restaurants, évalués par son propre système à cinq étoiles. Sorbillo ? Non, c'était pour les touristes américains, la vraie pizza c'était chez Del Grifo, et si je voulais goûter l'authentique cuisine napolitaine traditionnelle, elle cuisinerait pour moi le lendemain, chez elle.

Giulia me laisse avec les portraits et disparaît de nouveau en cuisine. Pino Daniele est à peu près du même âge que Giulia, la petite cinquantaine. Il a une barbe brune en collier et des cheveux courts peroxydés. Sous la bandoulière de sa guitare, il porte un tee-shirt criard.

J'entends monter une chanson sentimentale depuis la cuisine. La voix grave de Pino Daniele chante la ville chère au cœur de Giulia en dialecte napolitain :

> *Naples c'est mille couleurs, Naples c'est mille peurs, Naples c'est la voix des enfants qui se réveillent lentement, donc tu sais que tu n'es pas seul.*
> *Naples est un soleil amer, Naples c'est l'odeur de la mer, Naples est un bout de papier toilette sale et tout le monde s'en fout.*
> *Tous ne font qu'attendre le destin.*
> *Naples est une promenade dans les ruelles parmi la foule.*
> *Naples est un grand sommeil, connue dans le monde entier, mais tous ignorent la vérité.*
> *Naples c'est mille couleurs, Naples c'est mille peurs, Naples est un soleil amer, Naples c'est l'odeur de la mer, Naples est un bout de papier toilette sale et tout le monde s'en fout, Naples est une promenade dans les ruelles, parmi les autres, Naples est un grand sommeil, connue dans le monde entier, Naples c'est mille couleurs, Naples c'est mille peurs… [fondu final]*

Puparuoli mbuttunati ! Poivrons grillés farcis de *fior di latte*, jambon et pain. *Ragù alla napoletana !* Saucisse italienne, travers de porc et ragoût dans une sauce tomate, servis sur des pâtes fraîches. *Moscardini con pomodorini, olive e capperi !* Un petit poulpe accompagné de tomates cerises, d'olives et de câpres. *Espresso con Vesuvio di cioccolata con crema gianduia !* Café servi avec des chocolats fourrés à la crème de noisette en forme de Vésuve.

Giulia est en plein combat. À chaque plat qu'elle apporte, elle brille un peu plus, de transpiration et de chauvinisme. Après avoir énuméré les ingrédients, elle se retire aussitôt en cuisine. Je mange seule. Est-ce malpoli de ne pas aimer le petit poulpe ? En tout cas,

Giulia ne dit mot quand elle emporte mon plat principal intact, mais je soupçonne qu'elle a du mal à ne pas m'engueuler. Quand elle revient avec le café, je lui pose la question : « Giulia, connais-tu l'architecte napolitain Lamont Young ? Peux-tu m'apprendre quelque chose sur lui ?

– Je n'en ai jamais entendu parler, et d'ailleurs, je ne crois pas aux fantômes. Est-ce que tu peux me rembourser les courses ? La cuisine, c'est gratuit, je l'ai faite pour toi, mais je veux récupérer l'argent des courses. Soixante euros. *Nun se fa niente pe' ssenza niente.* »

Dans la vie, rien n'est gratuit et on n'a rien pour rien.

Dans les guides touristiques que m'a laissés Giulia, Lamont Young est brièvement mentionné en tant qu'architecte de deux habitations privées de style pseudo-victorien : Villa Ebe et Castello Aselmeyer. Il est rare qu'il soit également cité comme créateur du Parco Grifeo. De même que la Villa Ebe se blottit contre le flanc ouest de la colline, progressivement encerclée par les constructions ultérieures, son architecte paraît avoir été enseveli sous des couches de légendes. Giancarlo Alisio, professeur d'architecture à l'université de Naples, consacra une monographie à Young en 1978. L'architecte n'a pas fait l'objet d'autres ouvrages de référence. Les sources que l'on peut trouver sont succinctes, n'ont pas été traduites, et reposent plutôt sur des spéculations. Young y est soit loué, soit dénigré. On le qualifie systématiquement d'utopiste. La majeure partie de son œuvre semble se composer de projets jamais réalisés.

Le plus fascinant de ces projets est le Rione Venezia, grâce auquel Young voulait revaloriser le quartier Bagnoli près de Posillipo pour en faire le décor romantique d'une Venise miniature avec la beauté de la Campanie. Il proposa d'acheminer de l'eau dans la friche verte jusqu'à ce qu'elle ressemble à un archipel, qu'il relierait ensuite à la ville par un réseau de canaux orthogonaux. Les gens pourraient se déplacer en bateau d'excursion ou en gondole. Des étangs, des sources chaudes, un zoo, des jardins à l'italienne et à l'anglaise. Le long de la plage spacieuse avec le plus beau coucher de soleil du monde, il construirait des hôtels du meilleur goût, un musée d'art couronnerait l'extrémité de la jetée. Rione Venezia permettrait à Naples de réaliser son potentiel pluriséculaire en devenant le paradis sur terre pour les badauds et touristes.

Une autre idée, le Progetto Metropolitana, comprenait une étude, futuriste en 1872, pour le premier réseau de métro souterrain. Associé à des téléphériques dans les collines, il devait permettre de résoudre les problèmes de mobilité entre les quartiers périphériques de la ville basse et le centre-ville situé en altitude. La circulation souterraine apparaissait comme la solution parfaite pour que les habitants de Naples désengorgent les rues bondées. À cette époque, la ville comptait environ 450 000 habitants pour seulement 240 000 logements disponibles. Les téléphériques épargneraient aux piétons la rude montée des collines. En outre, Metropolitana était un projet durable : le matériau dégagé en creusant les tunnels du métro serait utilisé pour d'autres constructions.

Ces propositions furent toutes deux rejetées à plusieurs reprises et restèrent à l'état de dessins. Toutes sortes d'obstacles bureaucratiques, des difficultés économiques et des différends entre conseils municipaux empêchèrent Young de récolter le soutien financier nécessaire à ses projets durant de longues années. Rione Venezia ainsi que Metropolitana finirent par être écartés, car « inutiles et chers ».

Visionnaire en un temps aveugle. Un génie oublié. Un astronaute au Moyen Âge. Ces dernières années, l'œuvre de Young jouit d'un regain d'intérêt. Aujourd'hui, on s'accorde généralement pour dire qu'il est simplement né un siècle trop tôt.

Les dessins de Young projetaient Naples dans un avenir prospère, loin des problèmes auxquels la ville était confrontée à l'époque. Dans le dernier quart du XIXe siècle, le réseau d'égouts insuffisant et la surpopulation permirent à l'épidémie de choléra de s'étendre rapidement. En 1884, huit mille personnes succombèrent à cette maladie, sans doute introduite sur le continent par des matelots venus de Sardaigne.

La relation de cause à effet entre les mauvaises conditions de logement dans lesquelles vivaient la majorité des Napolitains et la propagation du choléra contraignit la gouvernance à prendre des mesures pour réorganiser la ville. Il fallait trouver des solutions réalistes et pratiques aux problèmes urbains. Dans ce climat, les idées de Young, considérées comme des exercices utopiques, essuyèrent des moqueries.

Le plan de réhabilitation urbaine ne tarda pas à se doubler d'un programme politique. Un organisme public, la Società pel Risanamento di Napoli, fut créé pour « restaurer la santé de la ville ». Des quartiers entiers furent rasés et reconstruits dans le cadre de cette politique de réadaptation. Au lieu de la bourgeoisie badaude visée par Young, ce furent les ouvriers que le Risanamento repoussa vers les quartiers limitrophes. La polarisation entre ville haute et ville basse s'accentua.

Qu'un autre candidat ait été choisi pour accomplir cette mission, c'est la loi du genre : il y a toujours un gagnant et un perdant. Mais le fait que, un an plus tard, le Risanamento installe des téléphériques qui parcouraient exactement le même trajet que dans le projet de Young, cela éveille l'amère suspicion du plagiat. Ce n'est qu'en 1993 que circulerait le premier métro souterrain à Naples, plus de cent ans après le projet Metropolitana de Young. Enfin, l'endroit précis où ce dernier avait prévu son district vénitien dans la région de Posillipo, avec la station balnéaire de Bagnoli comme pôle d'attraction, fait aujourd'hui l'objet d'une revalorisation visant à en faire une zone verte touristique qui doit contribuer au rétablissement économique de la ville. Il est question de créer de vastes parcs publics, des hôtels sur la plage, des restaurants, des centres de congrès, des spas… Bref: la nouvelle Riviera de Naples, qui présente des ressemblances frappantes avec la façon dont Lamont Young se représentait le district vénitien en cet exact même endroit.

Un fruit acide dans une bouche sucrée. Au lieu de la Petite-Venise de Young, Bagnoli fut tout au long du XXe siècle le cœur de l'industrie lourde de la région. Jusqu'en 1990 l'aciérie Ilva/Italsider était localisée ici. Les terres fertiles de l'ancien village agricole furent complètement empoisonnées par un siècle de production d'acier et d'amiante. Le coût du seul assainissement des sols fut estimé, dans un rapport de 1996, à cinq cents millions de lires italiennes. Depuis, le site a été entièrement démantelé. Le débarcadère de l'aciérie a été transformé en une jetée pour les promeneurs qui s'avance dans la mer sur neuf cents mètres. À gauche de la jetée, l'île Nisida, qui est presque entièrement occupée par une prison pour mineurs, un Alcatraz pour adolescents.

Quand j'arrive à Bagnoli, je me sens bête d'avoir mis mon maillot de bain sous mes vêtements. L'air sent le renfermé. Le mélange de polyester et de lycra m'entaille les fesses. La plage, couverte de déchets, avoisine l'ancien site industriel. Un congénère, entre vingt et trente ans et à la dérive comme moi, remarque ma présence. Qu'est-ce que je viens faire ici ?

J'ai vu sur Google Earth que l'hôtel en face de la Villa Ebe dispose d'une piscine de toit luxueuse. Depuis ce toit, l'autre versant du Monte Echia doit être visible. En réalité, depuis la rue, l'hôtel New Continental ressemble fortement à son voisin, le Royal Continental. Cette confusion me trouble, mais personne ne semble trouver suspect que je monte dans l'ascenseur tapissé de marbre. Neuvième étage. Le dernier étage est accessible par un escalier, qui débouche effectivement sur la terrasse de toit.

La piscine a une forme curieuse : un bassin pentagonal plus profond, relié par un passage étroit à un deuxième bassin en forme de haricot. Dans cette seconde partie de la piscine pataugent deux Allemandes au bronzage rougeâtre, elles aussi en forme de haricots. Personne d'autre ne profite de la piscine. Je traverse le toit vers l'arrière, où la Villa Ebe m'apparaît pour la première fois dans sa totalité. Je compte quatre étages adossés au versant. La façade ouest de la villa, invisible depuis Monte Echia, semble avoir perdu l'essentiel de son parement. Çà et là demeurent encore quelques portions de la pierre de lave qui la recouvrait, mais cette partie de la maison a l'air en plus mauvais état encore que celle que je pouvais apercevoir depuis Monte Echia. Au niveau de la tour, il y a une terrasse de ce côté, qui s'étend sur toute la largeur. La balustrade présente le même crénelage que la tour. Drôle de signe de vie dans ce logement délabré : une corde à linge sur laquelle un tee-shirt d'enfant Spiderman, six serviettes bariolées et un drap se balancent dans le vent. Derrière la corde à linge, une planche en bois semble faire office de porte. À travers le téléobjectif de mon appareil, je guette une entrée, mais le bâtiment n'a pas l'air d'être accessible de ce côté.

Un suicide à soixante-dix-huit ans, est-ce un rejet de la vie ou de la mort ?

Les bâtiments de Lamont Young ne comportent apparemment aucun défaut de conception ou de construction. La tour victorienne décorative du Parco Grifeo présente une fissure, certes, mais qui s'avère être une touche délibérée, ajoutée pour produire l'effet gothique d'une ruine, une intervention anachronique permettant de donner un passé à une création nouvelle.

Lamont Young ne semble pas tant avoir échoué qu'avoir tout simplement été oublié. Il le fut déjà en partie de son vivant. Young ne fut jamais vraiment admis à créer pour l'espace public. C'était une sentence suffisante pour un architecte de sa trempe, sur qui je ne découvre pas grand-chose si ce n'est qu'il a dû aimer passionnément sa ville.

Young était un Napolitain progressiste. Il voulait infléchir le rôle provincial dévolu à Naples après l'unification de l'Italie, pour en faire une métropole qui puisse rivaliser avec la Londres et la Vienne de son temps. Il rêvait de moins de béton, de jardins botaniques, de jeux d'eau comme éléments centraux, d'une circulation plus fluide…

Très certainement fut-il l'utopiste qu'on l'accusait d'être, un utopiste convaincu et pratiquant. La Villa Ebe et le Castello Aselmeyer viennent étayer cette hypothèse. Il est d'autant plus douloureux de constater que non seulement ses rêves n'étaient partagés par personne, mais qu'en outre il assista de son vivant à la transformation de son rêve en dystopie totale. La construction de l'aciérie ne pouvait être plus opposée à sa Petite Venise romantique. Chez Young, qui avait cherché pendant des années à récolter fonds et autorisations pour ses projets, elle a dû provoquer un immense abattement.

« Un monde qu'on peut expliquer même avec de mauvaises raisons est un monde familier. Mais au contraire, dans un univers soudain privé d'illusions et de lumières, l'homme se sent un étranger », écrit Albert Camus dans *Le Mythe de Sisyphe*.

Dans la Naples de son époque, la vision de Young resta sans écho. Manque de reconnaissance, boycott, conditions socio-économiques ou déficit de talent : quelle qu'en fût la raison, les rejets répétés durent mettre à rude épreuve son imagination créatrice et sa personnalité, que liait une réflexion rêveuse. Il en résulta une auto-aliénation totale, suivie de son suicide.

La description garde le silence. Le folklore se nourrit du motif de sa rancœur. Par les nuits froides d'hiver, on murmure que l'esprit de Lamont Young apparaîtrait sur la terrasse de la tour de la Villa Ebe ; par la fenêtre cintrée, il contemple sa Naples chérie, haïe, et se lamente.

Young naquit à Naples où il vécut et travailla sa vie entière. Pourtant, il ne cessa jamais de se sentir Anglais. Aux yeux des Napolitains aussi, il était cela, fils d'un père écossais et d'une mère anglo-indienne : un étranger – ce qui suffisait pour l'exclure des débats locaux.

Young refusa néanmoins de faire des compromis sur son identité. Fierté napolitaine contre obstination anglo-saxonne. Sur son contrat de mariage avec Ebe Cazzani, il voulut que soit fait mention de son ascendance britannique. Ses créations de styles pseudo-victorien et pseudo-élisabéthain respirent la nostalgie de la patrie qu'il n'a jamais connue. Elles représentent une forme d'exotisme étrange parmi l'architecture méditerranéenne du reste de la ville. En passant devant le Castello Aselmeyer ou la Villa Ebe, on pourrait songer à un assemblage de LEGO, un roman des sœurs Brontë, une pneumonie contractée entre des murs pleins de courants d'air, un amour contrarié qui connaîtrait malgré tout une fin romantique. Un vestige d'une époque révolue remisé sur un rayonnage.

« *Bracelet? Do you want a bracelet?* »

Je lève la tête de mon écran d'ordinateur portable, sous mon nez s'agite un bout de carton autour duquel ont été noués des centaines de fils colorés.

« *Come on, take a bracelet, it's beautiful!* »

Je ris de la plaisanterie, car la marchandise du vendeur de rue ressemble davantage à du fil à coudre qu'à de jolis bracelets. Il rit aussi.

« *Where are you from? Belgium?* Je connais la Belgique. J'ai visité Genk. Les Belges sont les plus gentils du monde !

– J'en doute », dis-je.

Il éclate d'un rire communicatif, indique mon verre d'Apérol.

« *Vacation ?*

– Quelque chose comme ça.

– Toute seule ?*

– *Hmmmm, I'm looking for someone. His name is Lamont Young. He was an architect. And rather disappointed, I guess. He shot himself in his own house. Villa Ebe? Castello Lamont? Castello Pizzofalcone? No?*

– Pizzofalcone, oui, oui, ce sont des clochards, des réfugiés et *banditi* qui vivent là. *Here, just take a bracelet. You can have it, for free, take some vacation*, voici, parce que j'aime les Belges*. »

Alors qu'il s'accroupit pour nouer la ficelle autour de ma cheville sans attendre ma réponse, je continue à l'interroger sur la Villa Ebe. En définitive, il sait seulement me dire que c'est un squat.

« *Please*, s'il vous plaît, un peu d'argent pour un café*, *l'arte d'arrangiarsi.* »

Après notre échange, il continue de pratiquer « l'art de la survie » avec toutes les tables de la terrasse du bar où je me suis installée pour travailler. Les Britanniques et les Allemands sont eux aussi les plus gentils du monde. Il énumère sans hésiter tous les joueurs de Manchester United et vante dans un allemand parfait la beauté de la cathédrale de Cologne. Admirative, je le regarde faire, il est passé maître en son art. Sa tournée finie, il m'adresse un salut de la main.

« Comment tu t'appelles ? demandé-je en lui rendant son salut.

– Dieudonné, naturellement ! » rigole-t-il de loin.

Je me penche de nouveau sur mon écran et rafraîchis la boîte de réception. Toujours pas de réponse de Pasquale della Monaco. Pour l'instant, il est ma dernière piste vers la Villa Ebe.

Pasquale della Monaco est né à Naples en 1948. Il a fréquenté l'Institut pour la production de porcelaine à Capodimonte et l'Académie des Beaux-Arts de Naples. Depuis 1970, il a selon ses propres dires « produit nombre de beaux tableaux. De nombreux prix m'ont été décernés. Je suis très apprécié. Même le journal télévisé a parlé de certains de mes succès personnels. »

Pasquale della Monaco, aujourd'hui âgé de soixante-dix ans, est actif sur Facebook. La plupart de ses photos le montrent dans des soirées de gala, à des expositions et à des remises de prix. Systématiquement vêtu d'un costume italien, que vient parachever un nœud papillon toujours différent. Depuis des décennies, della Monaco se mobilise pour la conservation et la revalorisation de la Villa Ebe et de la Rampa di Pizzofalcone. En collaboration avec des artistes et des habitants, il veut sauver le bâtiment des griffes négligentes de la municipalité. Il a organisé des concerts de musique de chambre, des expositions, des opéras et des monologues à la Villa Ebe. Il a orchestré des fêtes de rue exubérantes devant la porte d'entrée fermée. Il a fait gravir la colline par une parade de *bersaglieri* dans une reconstitution historique – des centaines de jeunes soldats se sont glissés dans la peau des tireurs d'élite d'autrefois, coiffés du chapeau blanc à plumes noires distinctif. La soprano anglaise Elisabeth Wellington a ému le public aux larmes. Les plus belles céramiques de Naples et de la région amalfitaine ont été exposées à la villa. Même le label de mode italien Canzanelle s'est laissé convaincre de faire un défilé sur le catwalk pentu de la Rampe.

Della Monaco est le martyr de l'héritage de Young, la source d'une histoire passée sous silence, et il ne répond pas à mes courriels.

Malgré les nombreuses victoires sur l'oubli qu'il étale dans sa galerie Facebook, la Villa Ebe se dresse aujourd'hui déchue et indéfinissable sur la colline, formant un triste contraste avec les rêves de Lamont Young, plus triste encore peut-être en comparaison avec ceux de Pasquale della Monaco.

Ce dernier craignait que le site de Pizzofalcone ne soit converti en énième parking à étages et voulait, en hommage ultime au génie utopique de Young, que la Villa Ebe soit réaffectée pour abriter un musée d'architecture incluant une résidence pour des artistes qui entendraient « l'appel de Naples ». Il consacra la majeure partie des années 1990 au lobbying. Grâce à sa persévérance et à la popularité que lui apporta l'organisation d'événements culturels, il parut réussir à rallier le conseil municipal à sa cause. Du moins parvint-il à faire inscrire ses projets à l'ordre du jour, et d'importants efforts népotiques lui valurent également la promesse d'une heureuse issue.

Début 2000, environ trois jours avant l'approbation des travaux de restauration, un incendie se déclare à minuit dans la Villa Ebe.

Les images d'archives du bulletin d'informations insistent sur l'ironie du timing. Le reportage est structuré comme une narration en trois parties. Dans la première, on voit della Monaco accompagné d'un cameraman, explorant l'intérieur de la villa d'avant l'incendie. Empli de fierté et de révérence, il guide le spectateur dans le gigantesque escalier à vis en bois. Les larges marches imposantes tournent dans le flanc du Monte Echia, montant vers l'étude de Young et son bow-window, d'où se laissent admirer les jardins en terrasse. Un étage plus haut, l'escalier conduit à la chambre dans la tour. La vue n'y est pas extraordinaire, c'est une journée brumeuse, mais della Monaco la décrit avec un tel entrain que le Vésuve, la mer et la colline du Vomero semblent réellement surgir du brouillard. C'est alors que la visite guidée est interrompue par une coupe brutale qui marque le début de la deuxième partie : la présentatrice annonce le

« spectacle dramatique ». Les images qui accompagnent ses paroles donnent une idée de ce à quoi devait ressembler une éruption du Vésuve : des flammes d'un orange violent s'élèvent haut dans la nuit, puis rien d'autre que d'épais paquets de fumée. Les pompiers observent d'une certaine distance le feu qui fait éclater les vitres de la tour, mais ils ne semblent pas disposés à intervenir : à cause de la situation de la villa, il est trop compliqué de faire monter les camions autopompe jusqu'au sommet. La troisième partie du reportage montre des images du désastre. Les débris, les trous, les lustres couverts de cendres... La structure de l'intérieur est difficilement reconnaissable. Della Monaco se tient dehors, devant la maison défigurée, et répond à un reporter. Il serre les dents, regrette la vandalisation, et souligne qu'il ne s'agit sans doute que d'une polissonnerie de gamin. Il n'y a rien de définitif. Malgré la destruction totale, il estime que suffisamment d'éléments sont restés intacts pour que la villa puisse être restaurée. Dans sa question suivante, le reporter emploie le mot « illusion ». Della Monaco le reprend.

« Espoir », dit-il.

Cinq ans après l'incendie, della Monaco réussit de nouveau à déposer une demande de financement pour la restauration et la transformation en musée. Cette fois-ci, il s'agit d'une subvention européenne. La demande a été approuvée en 2005, mais à ce jour, le projet n'a pas été réalisé. L'argent aurait dû être reversé à l'organisation culturelle de della Monaco par le maire de l'époque mais, en raison de l'incompétence administrative, la somme s'est évanouie dans la nature. Peu à peu, on finit par ne plus connaître la Villa Ebe que dans son état actuel, avec ses cicatrices de brûlures.

Il y a quelque chose de sentimental dans le personnage de Lamont Young. Sur la seule photo que je parviens à dénicher de lui, il joue avec sa chaîne de montre, l'autre main nonchalamment glissée dans la poche de son veston. Il a la taille lourde et la tête ronde, encadrée de cheveux mi-longs encore bien fournis, séparés sur le côté par une raie si droite qu'on a l'impression d'une perruque. Son regard porte loin au-delà des contours de la photo, il a un côté songeur – comme s'il rêvait éveillé. Young est habillé en gentleman, il affecte un air anglais. Ebe Cazzani en revanche, avec son regard dur et sa tenue de dentelle noire, est indéniablement méditerranéenne, pas spécialement belle, mais jeune. Sur cette photo, elle forme la moitié d'un portrait de couple. L'idée selon laquelle Young aurait baptisé la villa d'après son nom pourrait être une invention. Ebe Cazzani y aurait vécu jusqu'à sa mort en 1971. Cela voudrait dire qu'elle aurait survécu de quarante-deux ans à son mari. Je peine à vérifier le calcul, mais en regardant leur photo, je fais semblant que le compte est bon. Je n'ai que trop envie de croire que ces deux êtres improbables vont effectivement ensemble, que Young était également un utopiste de l'amour et qu'il a construit ce château sur la colline pour son épouse-enfant.

Ce genre de romantisme éclectique est précisément ce qui fait la spécificité de la Villa Ebe. Les influences pseudo-victoriennes ancrent ses dessins dans le passé. En même temps, son intégration osmotique dans la colline anticipe sur l'architecture organique du siècle suivant. À la fois original et désuet. Anachronique et anatopique. Un astronaute au Moyen Âge.

Le destin tragique de Young s'explique-t-il donc simplement par le fait qu'il serait né trop tôt ? Une simple poisse suffit-elle à justifier une vie ratée ?

Chez certaines femmes d'âge mûr, le bas des jambes semble emballé sous vide. La peau se colle sur les muscles devenus fins et filamenteux. La montée raide de la Rampa di Pizzofalcone tend les mollets de Giulia à les faire craquer, mais elle grimpe vaillamment, tout en pestant vivement contre la saleté du quartier. Elle a voulu voir cette maison Ebe de ses propres yeux. Sans doute pour s'assurer que je ne l'ai pas inventée. Ce que nous ne connaissons pas, par facilité nous le reléguons volontiers au domaine de l'imaginaire plutôt qu'à celui de l'ignorance. Giulia est le type de personne qui considère l'imagination comme une attaque contre la réalité, même si cette réalité est peuplée de Padre Pio magico-religieux et qu'elle ne s'étend guère au-delà des limites de sa Naples bien-aimée.

Le soir tombe déjà. Monte Echia et la Rampa ne sont pas éclairés. Le linge a été rentré, les portes, refermées.

« Ce taudis-là ? indique Giulia une fois arrivée en haut. C'est sur ça que tu vas écrire un livre ? Absolument personne ne le lira ! Et puis, ce n'est pas normal qu'une jeune femme soit à ce point obsédée par la mort. Tu ne devrais pas inventer des livres, tu devrais voir un psychiatre. »

Entretemps, la colline s'est enveloppée d'une obscurité épaisse, qui s'empare aussi de moi. Petit à petit, je suis contrainte d'admettre que la Villa Ebe me cache une partie de son histoire. L'esprit de Lamont Young n'apparaît pas dans la tour. Derrière la grille, la porte d'entrée verte reste solidement verrouillée. L'espace d'un instant, je crains que Giulia n'ait raison. Malgré cela, je me mets sur la défensive : « Ce n'est pas la mort qui m'intéresse, c'est l'attrait qu'elle excerce jusqu'au dernier moment. Je cherche à comprendre pourquoi Lamont Young a cédé à cet appel.

– Oui, il y a malheureusement de nombreux Napolitains illustres et oubliés, dit Giulia. Le temps les efface de la mémoire. Il n'appartient pas aux autres de se souvenir d'eux, et au fait, tu n'as pas encore réglé ta taxe de séjour. »

Alors que je rassemble la somme, ma déception a dû instiller en Giulia une certaine forme de remords. Elle me raconte que, autrefois, la Villa Ebe était certainement un bâtiment prestigieux. Une sorte de logement double, suppose-t-elle. Le nom de Lamont Young ne lui évoque toujours rien, mais elle affirme que côté est, dans la partie de la villa située derrière le flanc de la colline, les Astarita, une riche famille de banquiers napolitains, avaient leur résidence côtière. Si sa mémoire ne la trompe pas, leurs biens furent bombardés pendant la Seconde Guerre mondiale. Par la suite, ils sont progressivement tombés dans la misère. Giulia plisse un peu le nez quand elle confie qu'elle a entendu dire que ce sont aujourd'hui des « habitants hors UE » qui se sont approprié la maison des Astarita. Puis elle disparaît dans les jupons sombres de la colline.

« Je rêve de ne pas dormir, il reste tant de choses à faire », m'écrit Pasquale della Monaco des semaines plus tard, *ex nihilo.*

À ma demande répétée de lui parler de Lamont Young, il n'a jamais réagi. Je soupçonne que son anglais est trop mauvais, de même que mon italien est rudimentaire. Le passé reste prisonnier du gouffre entre deux langues.

Entre novembre 2017 et mai 2018, il m'envoie via Messenger des articles de journaux qui parlent de lui, à chaque fois à quelques jours d'intervalle. La plupart du temps, il est question de ses réalisations, ou de prix que ces dernières lui ont valus. Chevalier de la culture. Metteur en scène magistral. Fondateur de la compagnie Vulcano Metropolitana. Applaudi par huit cents paires de mains. Organisateur de spectacles historiques. Timonier de l'invasion touristique de Napoli. Pasquale della Monaco a accompli bien des choses. En même temps, il est quelque peu affligeant qu'en réponse à ma question sur Lamont Young il me parle de lui-même.

Le 2 mai 2018, après plusieurs mois de silence de ma part, della Monaco m'envoie un dernier lien. Il s'agit d'une énième vidéo de lui lors d'un entretien devant la porte de la Villa Ebe. Les images datent clairement d'après l'incendie, la maison a déjà capitulé, mais c'est le printemps et le jardin prend des couleurs. Della Monaco po rte une chemise estivale, au-dessus de laquelle son visage paraît fatigué. Le journaliste demande quand ce musée d'architecture verra enfin le jour.

« *Il giardino di Villa Ebe prende vita di nuovo. E sono felice di realizzare* », dit-il, et il a l'air tellement défait.

Le jardin de la Villa Ebe reprend vie. Il est heureux d'avoir au moins pu réaliser cela.

|VIII|

Caserne Rossauer

1864-1869

Vienne

Karl Pilhal (1822-1878)

Cher Walter,

De retour à Vienne. Je suis venue ici deux fois auparavant. La première fois au mois de septembre, il y a quelques années, pour une conférence. L'été dernier, je suis allée à l'Opéra. C'est alors que l'histoire d'Eduard et Sicard s'est écrite toute seule. Est-ce que je croyais pouvoir m'en tirer comme ça de nouveau ?

Cette fois-ci, il neige. Février, et les rues sont désertes. Je peux remonter toute la Kaiserstraße et ne croiser qu'une poignée de passants. La plupart des Viennois sont aux sports d'hiver, les touristes ne reviendront grosso modo qu'en avril. Une rare calèche part de la Stephansdom, que le froid glacial fait frissonner dans sa dentelle gothique. Pour l'exposition temporaire à l'Albertina, on a choisi un artiste relativement inconnu. Après l'affluence de la période de Noël, l'exposition Rubens continue son voyage.

Ce qui frappe dans cette ville en mode veille : le taekwondo. En face de mon logement dans la Kaiserstraße, à hauteur de la Neustiftgasse, se trouve une école de taekwondo. La salle d'entraînement a une paroi vitrée côté rue, comme une vitrine. Hier, j'ai suivi toute la séance de dix heures depuis ma fenêtre – le troisième en partant de la droite est de loin le meilleur défenseur. Aujourd'hui, en me promenant, j'ai vu pas moins de quatre autres écoles de taekwondo et un centre de sports martiaux mixtes. Je ne dirais pas que je les cherchais particulièrement.

Autre point marquant : l'architecture en tarte à la crème. Tous les pâtés de maison font la même hauteur, leurs toits écrémés à la spatule. Rebords des fenêtres en crème au beurre. Ornements en sucre battu. Moulures en fondant. Y a-t-il réellement des escaliers, des couloirs, des pièces et des interrupteurs derrière ces façades ? Je ne sais trop comment, les immeubles tape-à-l'œil semblent rendre les rues encore plus vides, au point que j'en arrive à douter qu'il y ait là des habitants. La neige est d'un blanc immaculé et impossible à fouler aux pieds, comme si je traversais un décor, une ville-maquette faite de carton, de bois et de peinture ; passer une des portes équivaudrait à faire un pas dans le vide. Une fois franchi le Burgring, face à l'architecture impériale – le Hofburg, la Schatzkammer, la Nationalbibliothek –, ce saisissement grandit de manière proportionnelle. Il peut aussi se manifester en présence de lieux trop familiers, comme ce trajet d'un kilomètre que j'ai à ce jour parcouru le plus souvent dans ma vie : la ligne droite entre la maison de mes parents et le marché de Turnhout. Le marché, la petite place, la Begijnenstraat, les maisons en enfilade, le carrefour, l'ophtalmo, encore des maisons en enfilade, notre porte d'entrée. Je connais le chemin par cœur, façade après façade, je connais le chemin et les rues au point qu'ils me deviennent étrangers, irréels. Je l'admets, cette perplexité me saisit généralement la nuit, quand je rentre du bistrot, dans la lassitude du corps et de la boisson, mais ici à Vienne, elle me tombe dessus en plein jour. J'aimerais me blottir contre toi et te dire : « J'ai encore eu cette sensation *maquette* en rentrant chez moi », mais tu n'es pas là et je suis moi-même partie.

Ce serait d'ailleurs une erreur de décrire le ressenti de la ville, de cette Vienne chérie, en termes de « maquette », de modèle réduit. D'autant plus que le mérite de l'architecture viennoise réside avant tout dans la démesure, le monumental. Selon le critique Friedrich Achleitner, Vienne ne fut d'ailleurs jamais le terrain de grandes trouvailles architecturales. Il faut plutôt voir la ville comme un entrepôt d'idées, un lieu de réception, d'adaptation, de contemplation. Un endroit où coexistent des systèmes qui se méconnaissent, ou même s'excluent mutuellement.

Je crois qu'Achleitner a raison. Ses observations se reflètent dans les nombreuses constructions éclectiques de style romantico-historique, à l'instar du bâtiment dont je voudrais te parler : la caserne Rossauer au bord du canal du Danube, à la hauteur du pont Augarten, où des murs couverts de street-art longent les rives.

Mais que puis-je te raconter sur la caserne Rossauer ? Autrefois, elle s'appelait caserne du prince héritier Rudolf. Avec ses briques rouges et ses tourelles pittoresques, elle évoque l'Angleterre tudorienne. Les éléments classiques lui donnent également des airs de *palazzo* méditerranéen. Avec les travaux de rénovation qu'elle a subis, ce qui s'en approche le plus à mes yeux flamands serait un manoir de banlieue de style campagnard au bord d'une chaussée rurale entre deux villes. Le mélange des influences confère au bâtiment l'âme d'un puzzle 3D en mousse.

Pourtant, je m'étais fait une grande joie de découvrir la caserne. Cela faisait une sacrée trotte depuis la Kaiserstraße. Lorsque, après une heure de marche frigorifiée, je vis enfin apparaître sa façade ouest entre les branches nues des platanes depuis l'intersection Türkenstraße-Schlickplatz, elle avait quelque chose de séduisant : une épaule dénudée se dégageant du corps de la ville à l'entour.

À mesure que j'approchais, je n'étais pas submergée par cette sensation d'anticipation secrète, cette rencontre amoureuse où la première vision du bâtiment court-circuite l'imagination, comme je l'avais été les fois précédentes. Nulle trace de l'excitation qui me fit tressauter en découvrant la sensuelle église San Carlo de Borromini, les allures phalliques de la tour penchée de Verchin, j'en ris encore, ou le balancement équilibré de la bibliothèque symétrique à La Valette, tu étais là : j'aurais pu m'y dissoudre sur place.

La caserne Rossauer est passablement ennuyeuse, vaguement romantique. Maçonneries en brique rouge récemment ravalées. Symétrique. Rectangulaire. Gigantesque. Sur chacune des quatre façades, deux tours tape-à-l'œil. Entre les tours, des embrasures accueillent les portails d'entrée en arc de cercle, décorés de fines bandes de crème et de beurre, et, ah oui, sous ces portails : une barrière, un agent de sécurité, l'accès autorisé... Clairement un bâtiment gouvernemental en usage. La caserne présente le même aspect rigoureusement identique des quatre côtés.

Le palpitement me manque. Je ne ressens rien.

Sans palpitement, je ne sais pas si ça sert à quelque chose : la neige, l'isolement, la distance, y compris celle entre nous. Un architecte mort de plus.

Le soir, les yeux grands ouverts, je fixe le haut plafond de la Kaiserstraße et je songe à mes bâtisseurs tragiques. Quand j'essaie de me les représenter – la plupart d'entre eux n'ont même pas de visage –, ils entourent mon lit comme les quatorze angelots de la berceuse que ma grand-mère me chantait autrefois. Ils me hantent, et en même temps ils chantent à qui mieux mieux pour me faire sombrer dans un sommeil qui m'échappe.

Il n'est pas vrai, par ailleurs, que l'ingénieur-colonel Karl Pilhal oublia tout bêtement les installations sanitaires. À l'étage supérieur des tours sur les façades longues se trouvaient bel et bien des toilettes. Chacune de ces tours accueillait une cuvette en porcelaine – soit quatre en tout. Dans les quartiers des officiers aussi, il y avait des toilettes, spécialement dissimulées dans une chaise décorative pour ces messieurs de rang supérieur. Tous ces cabinets étaient des *Plumpsklos*, des toilettes sèches sans chasse d'eau, reliées à un unique tuyau d'évacuation central à travers lequel la gravité était censée faire glisser la merde jusqu'au pied de la tour. Bien évidemment, les deux mille quatre cents soldats encasernés sur place n'avaient pas le droit d'utiliser les toilettes réservées aux officiers. Ils devaient se contenter de ces quatre cuvettes au sommet des tours. Tu imagines un peu la chose ?

Il fallut au plus vite ajouter des toilettes supplémentaires et installer des canalisations. Ce qui engendra des dépenses importantes et provoqua des problèmes considérables, et même en ajoutant ces toilettes… en raison du système d'évacuation sans eau, les conditions hygiéniques demeurèrent épouvantables.

Peu de temps après l'inauguration de la caserne, en 1870, l'ingénieur-colonel Karl Pilhal est mis à pied. On prétend que la honte le poussa à mettre fin à ses jours lorsque l'erreur commise fut dévoilée. Un suicide, pour avoir oublié les toilettes.

Alors que tant d'autres choses auraient pu aller de travers ! Ainsi, la parcelle de terrain se situe dans la zone alluvionnaire rocheuse du canal du Danube – j'ai dû faire des recherches pour le savoir : il s'agit de la zone où le fleuve dépose du limon, un sol riche et bourbeux, difficilement constructible. Il avait été prévu que la caserne offre de la place à quatre cents chevaux. Tu imagines déjà les écuries qui s'enfoncent dans la vase du Danube, les chevaux déchaînés qui tentent de remonter le courant avec leurs corps musclés pour rejoindre la rive, les cadavres noyés des traînards flottant dans le fleuve ? Quel scénario.

Mais rien de tout cela n'advint. On prit les mesures nécessaires. Les fondations furent solidement ancrées à une profondeur de quatre mètres. Les travaux durèrent deux années complètes. Lorsque le gouvernement procéda à la rénovation de la caserne, il y a une vingtaine d'années, les travaux d'excavation mirent au jour des restes de squelettes. Le sol d'assise des fondations se révéla être constitué de terre provenant de cimetières rasés spécialement pour l'occasion. La Rossauer fut bâtie sur des ossements ; c'est presque trop de symbolique pour une caserne de l'armée.

La neige est tombée toute la nuit sans relâche. Je l'ai vue, parce que les architectes m'empêchaient de dormir et que j'ai passé la nuit assise à la fenêtre. Un pâtissier, caché quelque part dans le ciel, apportait les finitions à la ville en la saupoudrant de sucre glace.

La page reste blanche depuis plusieurs jours. L'échec, c'est aussi l'absence. Le chapitre que je voudrais consacrer à l'ingénieur-colonel Karl Pilhal souffre du vide. Que puis-je raconter à son sujet ?

Sa vie se déroula conformément aux règles. Il naquit, fut baptisé et entreprit des études d'ingénieur, avant de rejoindre le comité technique militaire de l'armée. Il demeura en service, gravit petit à petit les échelons, obtint le grade de colonel pour couronner une vie sous les drapeaux, et finit par être nommé directeur du *Geniestab*.

Un être humain parfait est en premier lieu une créature tout à fait détestable. Sans doute mourut-il simplement comme il se doit de l'une ou l'autre pneumonie qui le laissa se débattre juste assez longtemps pour qu'il puisse recevoir les derniers sacrements. J'ai fini par être à peu près certaine que cela s'était déroulé exactement ainsi. Même pas vrai, son suicide.

Et pourtant : je peux m'imaginer que les toilettes oubliées de la caserne Rossauer constituaient en effet, dans la vie et la carrière maîtrisées de Pilhal, le type de débâcle qu'il ne parvenait pas à se pardonner. Pilhal m'apparaît comme une personne qui cherchait à mener une existence aussi irréprochable que possible. J'en viendrais presque à lui souhaiter son échec. J'ai envie que ce soit vrai. Au moins, son supposé suicide l'élèverait au-dessus de la position sans éclat qu'il a fini par occuper dans l'histoire.

Pilhal était compétent, certes. Il peut éventuellement être considéré comme une sorte de représentant des ingénieurs-architectes militaires du XIXe siècle qui, dans le cadre des projets impériaux d'expansion urbaine, procédaient à des interventions fonctionnelles, répressives souvent. Sa compétence se heurte au manque d'imagination de ses créations. Au moment de son inauguration en 1870, la caserne Rossauer était à vrai dire dépassée. À cette époque, l'historicisme romantique qui avait connu un bref essor dans les décennies précédentes avait perdu son attrait. Les éléments dans le style Windsor anglais étaient jugés franchement démodés. Alors qu'ailleurs on cherchait des façons plus dynamiques de réaliser ce type de construction, le bâtiment clos de la caserne avec ses tours sacrifiait encore à l'architecture des fortifications médiévales. En fidèle exécuteur, Pilhal bâtissait sur et suivant les ordres de l'empereur. Il bâtissait pour une Vienne qui appartenait déjà au passé. Pour d'anciens idéaux tenaces. La population n'avait plus d'inclination pour un tel emblème du pouvoir impérial. Vienne était à l'aube de la modernisation. La bourgeoisie montante transformait la ville en terrain de jeu. L'opinion publique conspua abondamment la Rossauer. Est-ce là que l'histoire des toilettes et du suicide prend vie ? Pilhal et sa caserne, en tant que symboles de l'ancien monde, durent-ils essuyer les railleries bourgeoises ?

Quoiqu'il en soit, mes tentatives d'élever l'échec de ce bâtiment en dramatique et passionnant *fatum* d'artiste butent contre la personnalité de Karl Pilhal.

Qu'est-ce que j'essaie de prouver, au juste ?

Ai-je été à la recherche de causes souterraines depuis le début ?

Suis-je en train de faire exactement ce que je crains ? En établissant une relation causale entre les suicides et l'échec, je présuppose que le suicide est justifiable. Est-ce cela que je cherche, la justification ? Soudain, ce mot me paraît dangereux, et à mille lieux de celui de « compréhension », ou de cet autre que je te sors quand tu me demandes une énième fois pourquoi je veux à tout prix écrire ce livre, « compassion ».

As-tu raison ? En m'intéressant aux suicides des architectes, suis-je en quête d'idoles, de prédécesseurs, d'alliés pour m'encourager à une issue comparable lorsque je serai frappée par l'échec total ? As-tu peur que je me laisse entraîner trop loin ?

Le groupe de taekwondo du matin s'encadre dans la fenêtre en face. Des flaques de pavés percent à travers la neige. La page blanche se déchire.

Je t'embrasse,

Charlotte

|IX|

Fort George
1747-1769
Ardersier
William Skinner (1700-1780)

À Ardersier, un village situé dans la baie Moray Firth en Écosse, à dix-huit kilomètres d'Inverness, l'église est à vendre. Ça pourrait rapporter quelque chose ; après tout, l'actrice Helen Mirren s'y est mariée dans le temps. En outre, c'est ici que se trouve le plus grand cimetière de chiens d'Europe. Le bureau de poste est fermé depuis quelques années, mais on peut expédier et recevoir courriers et colis au petit Spar. En dehors de la supérette, il y a l'épicerie McColl's, un hôtel, une pharmacie, un salon de coiffure et deux pubs. Ardersier compte plus de passants que d'habitants, la plupart dans des voitures familiales qui empruntent l'Old Military Road : juste après le village, la route côtière débouche sur le parking de l'attraction locale, le Fort George. Depuis l'enceinte extérieure de la forteresse, on peut observer les dauphins saisonniers dans la baie. Ce matin, il n'y a pas d'autres voitures, mais le gardien des lieux me guide vers une place libre comme s'il s'agissait d'un travail de précision. Il m'offre une brochure qui comporte quelques questions relatives à ma visite.

« Question 1 : En marchant du parking à la billetterie, regardez autour de vous. Comment vous sentiriez-vous si vous visitiez le fort il y a deux cent cinquante ans ? »

Il est onze heures et la lumière monte vers le midi. Ici, dans la baie, le paysage semble s'ouvrir encore davantage. Le vent a libre cours, pourtant il fait une chaleur agréable. Je ressens… l'ampleur de l'espace ?

Faux. D'après la réponse-modèle à la fin de la brochure, la pupille / le visiteur est censé(e) répondre : « Je me sentirais probablement très nerveux(se) et intimidé(e). »

Le fort parvient à se soustraire à la vue dans ce paysage dégagé. Le sentier qui mène du parking à la porte d'entrée s'enfonce entre deux retranchements de hauteur croissante, tous deux recouverts d'une pelouse soigneusement entretenue. Arrivée au bout du chemin, j'ai disparu entre de hauts murs de pierre, ou bien est-ce le fort qui s'est terré dans le sol autour de moi ? Au-dessus du portail, au bout d'une hampe flotte le drapeau écossais. Ballotté par le vent marin, l'emblème semble fragile. Pourtant, la construction du Fort George – *Dùn Deòrsa*, en gaélique écossais – fut lancée en 1747 dans le but d'impressionner l'ennemi. L'ingénieur-colonel William Skinner le conçut comme un magistral ouvrage défensif stratégique, capable de résister aux sièges.

Un an plus tôt, en 1746, le fort originel du même nom, le Fort George d'Inverness, avait sauté à la suite de la dernière révolte jacobite contre la maison de Hanovre. La minorité chrétienne des

Jacobites s'opposait depuis 1715 à l'installation du roi protestant George Ier de Hanovre, cousin éloigné de la reine Anne, dernière souveraine de la monarchie des Stuart, morte sans descendance. Les Jacobites contestèrent l'intronisation de George, c'était un étranger. Pire : un Allemand, et ce, alors qu'il y avait plein de successeurs potentiels avec un lien de parenté plus proche en Angleterre. Aucun de ces derniers n'était éligible au trône parce qu'ils adhéraient à la religion catholique. Or l'acte d'Établissement, une loi sur la succession de 1701, décrétait que seul un souverain de confession protestante ou anglicane était en droit de succéder à la couronne, aussi ténu que soit son lien de sang avec le monarque précédent. Tout ceci dans le but de prévenir l'arrivée d'un roi catholique sur le trône britannique.

Nombre de chrétiens, et plus particulièrement des chrétiens écossais, s'opposèrent d'emblée à cette loi, ainsi qu'au nouveau roi de sang allemand. Les Jacobites levèrent une armée et contestèrent l'acte d'Établissement au prix de plusieurs révoltes et batailles violentes. À aucun moment ils ne parvinrent à remporter une victoire décisive. En 1746, les Jacobites, menés par Charles Stuart, « Bonnie Prince Charlie », subirent une défaite définitive dans la bataille de Culloden. Ce fut la dernière revendication des Stuart contre la maison de Hanovre.

En guise de représailles, les Jacobites firent sauter le Fort George d'Inverness, afin d'éviter que la citadelle puisse servir à l'avenir de base militaire aux Hanovre. Rétrospectivement, ce fut un coup bien calculé, car le roi vainqueur George II avait en effet besoin d'une place forte pour maintenir l'ordre en Écosse du Nord. Presque immédiatement après l'explosion, il ordonna la construction d'un nouveau Fort George.

La mission fut confiée à l'ingénieur-colonel William Skinner, qui déplaça le fort vers la baie de Moray Firth, à hauteur d'Ardersier, en raison de sa situation stratégique intéressante. D'ici, Inverness pouvait être protégée contre les attaques venant de la mer, et le paysage présentait également des avantages tactiques. Non seulement l'isthme se rétrécit à cet endroit, mais il s'y trouve aussi un promontoire semblable à un cap, dont trois flancs descendent en pente raide vers la mer. Une corniche en roche dure, qui a su résister à l'érosion, confère au bastion sa forme imprenable.

À l'intérieur des contours naturels du cap, Skinner érige une double structure fortifiée qui prend la forme d'une étoile étirée en longueur. L'enceinte extérieure est un glacis : un talus incliné en zigzag qui entoure le cœur du fort. Derrière le glacis sont creusées des douves avec des palissades en bois. Une distance considérable sépare la première ligne de défense et le pont-levis blanc qui donne accès à la place intérieure, offrant des possibilités de repli et ralentissant l'avancée ennemie. Ce type de fortification permet de fournir l'espace nécessaire pour qu'une attaque puisse s'enliser dans les zones dégagées. C'est un ingénieux exemple d'architecture défensive.

Le fort étant baigné par les flots sur trois de ses flancs, la protection apportée par le mur extérieur mastodontique est suffisante côté mer – de nos jours, de lourdes mitrailleuses installées sur les bastions d'angle apportent du renfort. Côté terre, l'accès est également défendu par un rempart extérieur de pierre, épais de plusieurs mètres, puis par un pont-levis jeté sur les douves sèches profondes qu'il est possible d'inonder et de transformer en piège. Près du pont, au bord de ce ravin couvert de pelouse, un panneau jaune avertit : « *Caution, sudden drops* ».

Cependant, je n'ai pas le temps de caresser l'idée d'une chute soudaine dans les profondeurs : une flèche impérieuse et un volontaire corpulent m'éloignent du bord et me poussent vers la droite, en direction de la dépendance qui abrite la boutique cadeaux et un distributeur automatique et où je dois également acheter mon ticket.

Le volontaire m'encourage vivement à acheter aussi quelques charmants souvenirs.

À l'intérieur des murs, le fort couvre une surface équivalant à cinq terrains de foot. Dans l'étendue du site, deux mondes parallèles se révèlent à moi. D'une part, celui des mannequins grandeur nature en carton-pâte, exposés dans des scènes de reconstitution, d'autre part, celui des militaires s'affairant dans leur environnement de travail quotidien. Les soldats du 3e bataillon du Black Watch sont toujours cantonnés ici. Leurs uniformes me confrontent à mon mini-short, dont j'essaie en vain de tirer l'ourlet sur mes fesses. Je porte en outre des Birkenstock roses et un tee-shirt blanc sous lequel se dessine le bout de mes seins. Il fait chaud et peut-être, je m'en rends compte à présent, est-il plutôt inconvenant que je me promène ainsi, inconsciemment provocatrice, comme si je cherchais à parader sous les yeux de ces hommes encasernés ensemble.

Mais ils ne font pas particulièrement attention à moi. La discipline avec laquelle ils vaquent à leurs occupations journalières sépare le monde des touristes de celui des militaires.

Contrairement à la caserne Rossauer à Vienne, construite environ un siècle plus tard, les plans du Fort George comportent déjà des baraques séparées. Cependant, même si les soldats n'y étaient pas entassés en hauteur, ici aussi les conditions de vie laissaient à désirer. Le Fort George était surnommé « *Fort Misery* ». Dans une des baraques du fond, le point douze sur le plan inclus dans la brochure, on a reconstitué la réalité historique d'une chambrée de soldats pour les régiments inférieurs. Les hommes dormaient à huit dans une petite pièce, deux par lit. Le feu se situait au centre de la pièce. Dans un des lits, une femme en carton-pâte allaite son enfant. Un panonceau explicatif m'apprend qu'il n'était pas inhabituel que les épouses s'installent également dans la chambrée, ce qui les contraignait à partager le lit conjugal avec un camarade supplémentaire. Je croise les bras sur ma poitrine et tente d'imaginer sa vie avec huit hommes et un bébé dans cet espace exigu – son corps ne devait pas lui appartenir à bien des égards.

En face de la baraque avec la reconstitution historique se trouve un terrain au milieu duquel se dresse la chapelle de la garnison. La modeste église en brique rouge fut dessinée par Robert Adam, le membre le plus connu de la famille d'architectes écossais. Le frère aîné de Robert, John, était maître d'œuvre sur le chantier du Fort George, et l'avait impliqué dans les travaux pour donner plus de cachet au site. À cette époque, Robert faisait fureur grâce à ses intérieurs qui ont contribué à l'épanouissement du classicisme dans l'Angleterre du XVIIIe siècle. Dans la chapelle, les nervures légères et élégantes de la voûte offrent un contrepoids presque mystique à la misère des baraquements. Point de fidèles dans l'église, mais des livres partout. Le long des murs de la nef, alignés sur des tables, des registres de décès remplis de noms de soldats morts au combat. Sur chaque chaise est posé un recueil d'hymnes à la couverture rouge, ainsi qu'un exemplaire de la *Holy Bible New Life – Colour Edition*. La Bible, avec ses pages colorées et illustrations, ressemble davantage à un ouvrage new age présentant des théories du complot qu'un livre saint. Il s'agit malgré tout d'une publication engageante, car sur la première page l'éditeur vient à la rencontre du lecteur : « Nous conseillons à celui qui aurait du mal à lire les textes bibliques de sauter l'Ancien Testament et de se rendre directement au Nouveau. L'expérience nous a montré que la figure de Jésus-Christ est un point d'entrée plus accessible quand on commence à étudier la Bible. Après lecture du Nouveau Testament, il est toujours possible de revenir au début du livre. »

Je quitte la chapelle et je grimpe le talus jusqu'au mur extérieur à l'arrière du fort, où une série de canons historiques sont exposés dans l'ordre chronologique. Incapable de m'y intéresser, je monte sur le mur et m'assois sur le rebord. D'ici, j'ai vue sur la baie. Près de moi, sur un des bastions, une mitrailleuse est tournée dans la même direction. De dos, la scène doit avoir quelque chose de sentimental : une femme et, à ses côtés, tel un chien fidèle, une mitrailleuse, toutes deux le regard fixé sur l'eau.

« Voici où ça s'est passé, l'amie », dis-je à l'arme. Au pied du mur s'étend une petite plage de galets. Parmi les cailloux se dresse un poteau avec un bout de chaîne rouillé. À l'extrémité de la chaîne, j'imagine le canot manquant.

D'après le journal du lieutenant Owen W., à l'entrée du 13 décembre 1914, l'histoire se déroula ainsi : le tragique colonel-architecte du Fort George partit à la rame de cet endroit. Il souhaitait admirer sa création avec les yeux de l'ennemi. Depuis la mer, le fort devait être invisible, un guet-apens stratégique tendu aux attaquants qui pensaient pouvoir passer par la baie et prendre d'assaut les terres d'Écosse. À mi-parcours de l'isthme qui sépare le Fort George de Chanonry Point, une langue de terre de l'autre côté de la baie, le colonel-architecte posa les rames et découvrit à son désarroi qu'une cheminée isolée dépassait du fort dissimulé dans le cap. Face à cela, il dégaina son pistolet et se tira une balle dans la tête. La honte, prenant des proportions fatales, transforma sa mort en une démonstration de masochisme : il mit fin à ses jours en ayant son échec sous les yeux, pour s'assurer qu'il méritait bien ce destin choisi.

Les choses ne se passèrent évidemment pas comme ça. Dix ans après avoir dessiné les plans pour le Fort George, en 1757, l'ingénieur-colonel William Skinner fut nommé Chief Royal Engineer de l'armée britannique. Ayant atteint le plus haut échelon, il jouit d'une carrière réussie jusqu'à son décès en 1780. Le jour de Noël de cette année-là, il mourut à l'âge de quatre-vingt-un ans, assis à sa table de dessin, toujours en plein travail.

Il fut ingénieur-colonel pendant soixante et un an, dont vingt-trois ans en tant que Chief Royal. De nombreux succès plus tard, Skinner continuerait à considérer sa création du Fort George comme son plus grand mérite. « Mon monument », l'appelait-il affectueusement, le moindre détail minutieusement planifié et passé en revue à l'infini. Skinner surveilla les travaux de construction en étroite collaboration avec le maître d'œuvre John Adam, qui codirigeait le chantier et ses mille soldats-ouvriers.

Le Fort George est un succès, un ouvrage de défense innovant et stratégique qui non seulement répondait aux besoins de l'époque, mais était aussi considérablement en avance sur elle. L'image du colonel-architecte dans son canot est à la fois fausse et artificielle : même s'il avait été déçu après sa sortie en mer, pourquoi ne serait-il pas simplement revenu pour faire raser la cheminée au lieu de se faire sauter la cervelle ?

La légende brosse le portrait d'un perfectionniste chatouilleux qui tira des conclusions extrêmes d'un échec infime – très dramatique.

Ce n'est pas tout à fait innocent si le lieutenant Owen W. Steele consigna l'histoire de l'architecte tragique dans son journal en 1914, la faisant ainsi à entrer à tort dans la tradition. Certes, ce n'est qu'une histoire, du folklore, mais elle alimente l'idée que les architectes qui échouent se suicident. Elle fournit un sombre exemple aux futurs malheureux.

Quelque part, en germe, l'exagération contient une parcelle de vérité. La rigueur pointilleuse et le caractère irascible du personnage historique Skinner ont été archivés. La barque a sans doute fait son apparition dans l'histoire grâce à son fils William Jr., capitaine du 94e régiment de l'armée royale. Ce dernier mourut le 27 août 1761 dans une chaloupe lors de la conquête de l'île Dominique, touché par une balle au large de la côte. Les histoires s'approprient des éléments qui appartiennent à d'autres histoires.

L'architecte tragique du Fort George est un piège à touristes, son suicide, un appât ajouté au paysage, dans le but d'attirer les visiteurs sur le site. Lorsqu'un château est réputé hanté, on a plus envie de le visiter que s'il a été simplement habité par une famille heureuse d'aristocrates. On a beau savoir que les fantômes n'existent pas et qu'on n'en croisera probablement aucun lors de notre visite, l'histoire de revenants offre à l'imagination un point d'accès par lequel entrer dans le récit du bâtiment, voire d'y prendre part. Le château hanté est un lieu où la peur s'incarne dans l'architecture.

Le Fort George est-il une sorte d'échafaud pour l'échec ? Et qu'en est-il de la caserne Rossauer, de l'Opéra de Vienne, de la piscine de Turnhout ? Ce sont autant de lieux de débâcle. Il est pertinent de les considérer sous cet angle même quand la défaillance n'est pas visible. Dès lors que l'architecte répercute sur sa personne un défaut de sa création en allant jusqu'à s'imposer la peine de mort, autant que cette symbiose entre l'œuvre et l'être soit au moins réciproque et que l'édifice conserve aussi dans sa structure, dans sa charpente, dans son histoire, la trace de ce suicide. Que l'esprit de Lamont Young hante alors réellement la Villa Ebe, que la façade de l'église San Carlo hurle la rage existentielle de Borromini, que le chagrin brutal d'Eysselinck pleure de façon audible dans la pierre bleue, que corps et corps de bâti partagent la même blessure.

Dans la plupart des cas, j'ai pu constater que l'échec ne se reflète pas matériellement dans la construction ; le suicide de l'architecte relève avant tout de l'anecdote. L'œuvre se détache de la déconfiture de son créateur. Le bâtiment ne prend pas de responsabilité. Après tout, pourquoi le ferait-il ?

Peut-être le rapport entre créateur et création n'est-il pas sans rappeler une relation amoureuse destructrice, où l'un se détruit en raison de l'autre ou d'un idéal amoureux. Quand l'autre part, car il le fera inévitablement, l'un reproche alors à l'autre en des termes éculés: « Tu ne peux pas t'en aller, après tout ce que j'ai fait pour toi. »

Et l'autre répondra en général: « Je ne t'ai jamais demandé de le faire. »

Dans les deux cas, on est confronté à la dévastation et à un complice sans torts, mais cela n'en rend pas la dévastation moins totale.

Quand j'ai commencé à écrire, ou plutôt quand ce que j'écrivais a commencé à être lu et de ce fait à gagner tout doucement son droit à l'existence, j'en étais tout à fait certaine: c'est trop. Je ne peux pas avoir les deux, l'écriture et une vie complète, quelque chose doit céder. Dans la première prise de conscience d'avoir créé quelque chose, et sous l'effet de la mégalomanie passagère dont cela s'accompagnait, j'ai voulu savoir si je pouvais aussi détruire. Une petite pulsion despotique, je ne nuisais à personne, je me suis choisie moi-même comme objet à anéantir.

Une existence houleuse comme condition à l'écriture: un cycle pérenne de démesure, d'ascèse, de torpeur et d'épuisement. J'associe des acolytes à mon action destructrice, me choisissant par exemple des amants narcissiques, je lis Céline et Cioran, je me laisse naturellement aller à un certain déclinisme, il y a toujours les soucis d'argent, l'impossibilité de m'engager et, quand j'y parviens, l'angoisse que le lien se brise. Tout cela réuni instaure un processus de désintégration efficace qui me tient éloignée de choses comme le bonheur et le rassasiement, l'ennui et à terme probablement la santé, mais bon, en fin de compte personne n'écrit des poèmes heureux, c'est simplement trop difficile. Au moins, le manque me permet d'écrire, c'est là, me fais-je accroire, que se niche le désir de combler les manquements, ou à tout le moins la possibilité de le faire dans le cadre vide d'une feuille de papier vierge. Soit dit en passant, le manque n'est pas difficile à atteindre, c'est une donnée préalable.

Cela n'empêche pas qu'il y a bien des contre-exemples, de grands penseurs et écrivains qui ont adopté une autre approche, menant au contraire une existence sobre et sereine, et produisant néanmoins une œuvre grandiose. Spinoza par exemple, polisseur de lentilles et philosophe, célibataire ; jamais il ne s'essaya à l'amour ni n'entreprit de voyages lointains ; ses expériences, il les chercha dans les mondes intérieurs de la pensée. Il savait écrire sur les passions avec discernement, sans les avoir lui-même vécues. Dans la proposition XLV de son *Éthique*, Spinoza met à mal mes idées sur la destruction comme [illegible] à la création :

> *En quoi, en effet, est-il plus convenable de soulager sa faim ou sa soif que de chasser la mélancolie ? […] Aucune divinité, ni qui que ce soit, excepté un envieux, ne peut prendre plaisir au spectacle de mon impuissance et de mes misères, et m'imputer à bien les larmes, les sanglots, la peur, tous ces signes d'une âme impuissante. Au contraire, plus nous avons de joie, plus nous acquérons de perfection.*

Aux yeux de Spinoza, la tristesse n'a pas de sens ; mieux encore, il la considère comme une faiblesse de l'esprit. Facile pour lui de parler : la joie profonde et la perfection sont des états tout à fait inaccessibles pour la plupart d'entre nous. Cela ne signifie pas que je n'y aspire aucunement, au contraire, dans tout ce que je fais, je vise sans cesse la perfection. L'inaccessible me pique au vif : si c'est impossible, je le désire d'autant plus, je le veux de manière inconsidérée, quelles que soient les conséquences. Spinoza lui-même disait : « Nous ne désirons pas une chose parce que nous la jugeons bonne, mais nous la jugeons bonne parce que nous la désirons. »

C'est à cet aveuglement-là que j'aspire, c'est avec une telle monomanie que je souhaite écrire, dans l'illusion que l'ambition elle-même neutralise la question du bien et du mal.

Je laisse ici la philosophie, puisque Spinoza affirme qu'à la base de tout, il y a le « conatus », la pulsion, l'instinct de conservation omniprésent. Son contemporain, le philosophe anglais Thomas Hobbes, ajoute à cela que le « conatus » connaît une manifestation physique dans l'instinct de survie. Bien plus tôt, Cicéron avait déjà remarqué que ce dernier s'accompagne logiquement d'une aversion pour la destruction. Les points de vue prudents de Spinoza et de Hobbes jugent totalement contre-nature, et de ce fait impossible de vivre pour la destruction, et encore moins de songer à la destruction absolue : le suicide.

Après ma visite au Fort George, je retourne à Nairn, un village plus haut sur la côte, où je loge chez Joan et Connor, deux seniors enjoués. Joan m'accueille dans l'allée en m'adressant de grands saluts.

« Comment était-ce ? Tu as vu des dauphins ? Je te l'avais bien dit !

– Je n'ai pas eu de chance, réponds-je.

– Bah, ils viendront, tu vas voir ! »

Je descends la rue jusqu'à la supérette dans le petit centre du village. À l'entrée, un présentoir improvisé en urgence propose des crèmes solaires et des produits après-soleil. Cela fait six semaines qu'il fait vingt-six degrés, c'est une période de chaleur exceptionnellement longue pour la région. Les Écossais se sentent entravés par la météo. J'achète un flacon de lotion à la vaseline enrichie en aloe vera. La caissière, blonde vénitienne, teint de lait, jette un regard inquiet au coup de soleil sur mon cou et mes épaules, et me conseille de les enduire de yaourt au lait entier. Je la remercie poliment pour ses recommandations.

À la fin de la grand-rue, je prends à gauche dans Marine Road, qui mène vers une vaste prairie en pente, une friche inattendue – ni arbre, ni maison, ni silhouette, pas même un autre corps en vue, juste l'herbe et ses versants, et sur l'un de ces versants un petit pavillon de verdure isolé, unique élément vertical dans un paysage écartelé par son étendue, dont les délimitations finissent par apparaître à l'endroit où l'herbe se fait plus haute et devient oyat : c'est là que commencent les dunes de sable peu élevées, derrière elles l'étroite bande de sable blanc, y passer les doigts constitue à peine un geste, et même le soleil brille trop simplement, donnant à cet endroit la clarté d'un lieu rêvé, le ciel se déploie en une vaste perspective bleue et dans le bleu s'étagent de petits nuages, une expansion grandiose sous laquelle, à cet endroit précis, à hauteur de la plage de Nairn, la baie de Moray Firth s'ouvre sur la mer du Nord, qui à son tour déverse ses flots dans la mer de Norvège, la mer Baltique, l'océan Atlantique et ainsi de suite. Je me trouve dans le tube d'un entonnoir bleu.

Le ciel rappelle la couverture d'un livre de mon enfance que je n'ai jamais réussi à retrouver. L'ouvrage portait un autocollant C, ce qui signifiait qu'il était trop compliqué pour mon âge, mais c'était précisément pour cette raison que je l'avais pris au rayon adolescents de la bibliothèque. J'ai oublié le titre, mais je me représente encore très clairement la couverture : un ciel bleu clair parsemé de nuages naïfs qu'un petit garçon est en train d'escalader – l'illustration est une photo réaliste, comme le ciel au-dessus de Nairn aujourd'hui, il ne s'agit pas d'un dessin. Le garçon qui monte sur les nuages est le protagoniste, le frère qui perd la vie dans un accident de circulation. Enfin, c'est-à-dire que l'on est bien le protagoniste de sa propre mort, mais lui connaît un sort vraiment tragique, éjecté de son vélo par un camion. Bien trop jeune, il n'a que neuf ans. C'est peut-être pour cela que son âme est condamnée à errer dans un monde intermédiaire. Nul doute que le frère était mort. Sur le coup. Pourtant, pour une raison ou une autre, il restait présent sur terre, bien que sous une forme transparente. Personne ne pouvait le voir, ni l'entendre. Lui en revanche voyait comment sa sœur, ses parents, ses camarades de classe et ses copains le pleuraient, assistaient à son enterrement, faisaient leur deuil, continuaient de vivre. Heureusement, les avantages de sa condition fantomatique étaient également abordés : monter à la verticale le long des gratte-ciels, traverser les murs, voler… Sans cela, le livre aurait vraiment été d'une tristesse insupportable. Mais bon, l'essentiel de l'histoire est donc que l'âme du frère est coincée sur terre parce que ses êtres chers ont trop de chagrin. C'était rassurant pour la jeune lectrice que j'étais, parce que cela confortait ma fantaisie enfantine dans laquelle tout le monde me regretterait éternellement après ma mort. Initialement, le frère est évidemment ravi de voir combien il est aimé. Par ailleurs, il trouve cool de pouvoir marcher sur l'air, mais au bout d'un certain temps, il finit tout de même par souhaiter être délivré de sa condition lucide et solitaire. C'est un désir humain universel que celui d'être vu, de voir son existence confirmée dans les yeux d'autrui, et le garçonnet reste systématiquement invisible. Il n'existe pas, et pourtant il est là – c'est le plus cruel des pièges entre la vie et la mort. Ce n'est qu'à la fin de l'histoire, quand son entourage apprend à le laisser partir, que l'âme du frère est autorisée à entrer dans la Grande Mer, sorte d'océan métaphorique dans le ciel. C'est là qu'il se dissout dans « un tout plus vaste ».

Grâce à ce livre, j'ai compris enfant que, jusqu'alors, je m'étais fait une fausse idée de la mort : certes, le corps meurt et monte au ciel, mais après cela il faut encore que l'âme se noie. Je sais aujourd'hui que les choses ne se produisent même pas forcément dans cet ordre-là.

Il n'y a pas d'autres promeneurs sur Nairn Beach, et je pourrais tout aussi bien ne pas y être non plus. Une présence solitaire dans le paysage. Walter et moi devions faire ce voyage ensemble, des vacances après une année chargée et mouvementée ; nous avions une distance à combler. Le voyage était une sorte d'oraison jaculatoire pour tous les deux. À moi le choix de la destination. Les Highlands. Nous avons acheté des chaussures de randonnée assorties, un spray contre les moucherons piqueurs et des casquettes avec lampe frontale intégrée. Dans les semaines précédant le départ, nous nous sommes échangé des photos d'oiseaux rares sur l'île de Skye, l'oie des neiges, la sarcelle d'hiver, le cygne tuberculé, le plongeon catmarin, l'ibis noir, l'aigle royal. Nous avons regardé une vidéo dans laquelle un macareux, un de ces canards-pingouins-toucans rigolos, se lie d'amitié avec un touriste au hasard : nous pourrions être ce touriste au hasard.

Walter a dressé un top dix de ruines médiévales que nous pourrions visiter. En haut de la liste figurent les vestiges d'Elgin Cathedral, « la Lanterne du Nord », datant de 1224. Malgré la fragilité de son squelette, ses restes évoquent sans peine le corps élancé du bâtiment d'origine. Elgin, la plus belle, la plus ambitieuse des cathédrales moyenâgeuses de toute l'Écosse, détruite de multiples fois au fil des siècles par les incendies, les boulets de canon, les sièges et la foudre, mais toujours reconstruite plus grande encore, avec labeur et résilience – Walter souligne les termes à connotation métaphorique –, l'histoire d'une lignée de sang, un clocher qui monte plus haut que jamais vers le ciel, des ornements bien conservés représentant diablotins féroces et créatures fantastiques.

De mon côté, je devais me plonger dans la poésie écossaise et lire à Walter tous les poèmes consacrés à des ruines, in situ. Nous devions faire la tournée des pubs, palabrer des nuits entières sur Roland Barthes comme au début de notre histoire, faire l'amour chaque matin avec une adoration renouvelée, avoir le temps pour l'adoration puisque nous ne travaillerions pas, le temps de prendre des repas copieux et salutaires. Je lui dis que je me réjouis d'avance des longs trajets en voiture et de nos playlists, il m'autorise à ajouter un nombre illimité de chansons de Billy Ocean. Les Highland games, les Cairngorms, les lochs, le folklore… Tant d'échappatoires s'offrent à nous.

Un soir où je suis rentrée tard, peu de temps avant notre départ, quand je l'ai machinalement embrassé sur la bouche pour aussitôt m'installer à la table de cuisine devant mon portable et noter encore quelques trucs, il s'est emporté. D'abord, il a employé le mot « compulsif », ensuite, il a dressé en hurlant tout un tableau clinique. Avant même que je puisse lui crier dessus à mon tour, avant que je puisse moi aussi lui coller une maladie à coups d'adjectifs, Walter a dû apercevoir sur l'écran de mon ordinateur le dossier « suicide », contenant le document « notes Écosse », et il a alors vu mes actes pour ce qu'ils étaient : de la haute trahison. Le voyage qui devait sauver notre couple, je l'avais utilisé comme un cheval de Troie pour introduire subrepticement un architecte tragique de plus dans notre vie. Walter a eu le courage d'abandonner la partie sur-le-champ.

À l'extrémité de la jetée de pierre dans le port de Nairn, une plaque de verre a été cimentée dans le sol. Une fenêtre qui donne sur l'eau, au cas où un dauphin égaré passerait pile sous ce mètre carré. C'est d'ici que part le petit bateau de la Phoenix Sea Adventures pour une excursion dans la baie de Moray Firth. Je suis en avance, et pendant un certain temps, je m'acharne à scruter l'eau à travers l'ouverture de verre – mon regard ne parvient pas à attirer les dauphins. Joan et Connor arrivent sur la jetée.

« Tu as hâte de voir les dauphins ?

– À chaque fois, nous en voyons au moins un !

– Je l'espère », dis-je, car ce sont vraiment des personnes sympathiques. En même temps, je pense à Walter, il manque ici, le dauphin est son animal préféré. Il a encore une housse de couette de quand il était petit, il nous est arrivé une fois de dormir dessous, sur les taies d'oreiller, deux dauphins sautent hors de l'eau, l'un vers l'autre, en décrivant un arc de cercle.

Les autres passagers nous rejoignent, deux familles avec enfants, et pour finir le skipper aussi, un vieux loup de mer avec un fort accent et un gilet de sauvetage jaune. Pendant l'embarquement, il déclame l'introduction à la balade en mer : « Bienvenue à bord ! Profitez des merveilleux panoramas et des plages locales magnifiques. Tout à l'heure, sur l'eau, nous verrons les choses sous un tout autre angle. Ces eaux abritent une multitude d'habitants du royaume animal ; orques, phoques, marsouins et dauphins de passage. Nous apercevrons également une large variété d'oiseaux. »

Les enfants déchaînés courent sur le pont, le roulis rend la montée à bord difficile, mais Connor me tend la main d'un geste grand-paternel et me hisse sur le bateau, c'est une main ferme, capable d'accueillir l'ensemble de mon vacillement. Le skipper distribue les tours pour savoir qui pourra venir s'asseoir à la place du barreur, chacun reçoit un gilet de sauvetage, on contrôle celui du voisin pour vérifier que les boucles sont bien serrées, et c'est alors seulement qu'il démarre le moteur. Cap sur les eaux profondes.

En plein milieu de la baie, il est plus facile que je ne le pensais d'oublier la côte, la mer s'étend à l'infini tout autour, c'est si simple de m'abandonner au ballottement, le moteur est coupé, le bateau se balance doucement, nous attendons que les animaux quittent les profondeurs pour rejoindre la surface, chacun d'entre nous a ses raisons pour vouloir apercevoir un dauphin. Les enfants retiennent leur souffle. Connor passe un bras autour de Joan, il l'aime. Un des pères s'agite sur la banquette, il est du genre à demander un remboursement si ses enfants n'ont pas vu d'animaux à la fin de l'excursion. Le skipper s'appuie sur le gouvernail, un pied relevé posé sur son siège. Il règne une excitation tendue sur l'embarcation, nous sommes sous l'emprise, et en même temps, le roulis nous amollit, il m'endort, j'essaie de lutter pour remonter à la surface, pour rester éveillée, mais le sommeil m'entraîne sans cesse dans la même chute saccadée. Je m'assoupis quelques minutes, jusqu'à ce que la voix de Joan m'arrache à une profondeur indéfinie.

« Charlotte, viens voir ! »

| X |

Galerie d'art & musée Kelvingrove

1901

Glasgow

John William Simpson (1858-1933) et Edmund John Milner Allen (1859-1912)

L'horticulture selon les standards victoriens. Le parc de Kelvingrove à Glasgow couvre trente-quatre hectares de paysage aménagé aux abords de la rivière Kelvin, qui se jette dans le fleuve Clyde peu après le parc, au terme d'un parcours de trente-trois kilomètres. Le parc fut créé en 1852 pour offrir un refuge de verdure aux quartiers pauvres autour des usines du centre-ville, une oasis au cœur de Glasgow, ville fortement industrialisée.

Les bords de la Kelvin, abondamment garnis d'arbres et d'arbustes, abritent une grande biodiversité d'animaux, de végétaux et de champignons. Le héron cendré, le garrot d'Islande, le grand harle, le pic épeiche, ainsi que la loutre et le surmulot trouvent ici leur habitat. Parmi les plantes couvrant le sol, on observe l'ail des ours, la stellaire des bois, le pourpier rose, la balsamine de l'Himalaya, la berce et la renouée du Japon. Un entretien intensif des arbres et l'aménagement de prairies fleuries et de plates-bandes débordant d'azalées et de rhododendrons permettent au parc de garder sa forme. L'arbre le plus célèbre de Kelvingrove est un chêne rouvre élancé, le chêne des suffragettes, planté lorsque les femmes obtinrent le droit de vote en 1918.

En différents endroits du parc, la végétation laisse entrevoir le musée-galerie d'art de Kelvingrove, dont les plans furent dessinés par deux architectes britanniques, John William Simpson et Edmund John Milner Allen. Des myriades de tours s'élèvent sur le toit. Sur la tour-lanterne centrale se dressent deux tours en saillie, chacune de ces deux tours possède quatre tourelles d'angle, flanquées à l'étage inférieur par quatre exemplaires supplémentaires. En plus de toutes celles-ci, j'en compte encore six, de dimensions plus modestes. Et ce ne sont là que les tours de l'entrée de derrière. Les deux ailes latérales du bâtiment et surtout l'entrée principale comportent également une multitude de tours, ornées de reliefs méplats, de colonnettes, de moulures, de figures sculptées en bas-relief, toutes sortes de fanfreluches qui confèrent à l'édifice l'esthétique du baroque espagnol. Dans le cadre naturel maîtrisé du parc, cela produit une curieuse impression d'exotisme, comme si l'on se trouvait soudainement face au palais des singes du *Livre de la Jungle*.

Le reste du bâtiment a été conçu avec plus de sobriété, la noblesse du grès rouge fait contrepoids à la profusion fracassante du toit, de grandes fenêtres symétriques rythment l'ensemble.

« *The Palace of Dreams* », ainsi surnomma-t-on le musée à son ouverture en 1901. L'éléphant indien empaillé Sir Roger, citoyen du royaume animal et par extension de l'Empire britannique, était alors le point d'orgue de la collection. Aujourd'hui, il est toujours là. Sir Roger est devenu une sorte de talisman pour le musée. Dans la salle du rez-de-chaussée de l'aile ouest, le vieil éléphant mène un troupeau d'animaux de la savane empaillés, fuyant devant le Spitfire LA198 qui plane au-dessus de leurs têtes. L'envergure maximale des ailes est à deux doigts d'effleurer les murs de la salle d'exposition, le montage a dû être un travail de précision. Quoiqu'il en soit, la réunion de l'avion de combat et des animaux dans une salle de palais victorienne offre un étrange spectacle.

Je quitte l'aile ouest pour retourner dans le hall central, où je tente de trouver Karen. Nous avons rendez-vous sous l'orgue au-dessus de l'entrée de derrière. Je ne sais pas à quoi elle ressemble, c'est une connaissance commune, Eleanor, qui nous a mises en contact. J'essaie d'avoir l'air de quelqu'un qui cherche quelqu'un, espérant qu'ainsi la personne qui me cherche moi me reconnaisse. À vrai dire, je suis nerveuse à l'idée de rencontrer Karen, principalement parce qu'elle est elle-même architecte. Progressivement, j'en suis venue à ne plus pouvoir prendre cela à la légère. Le métier d'architecte s'est paré d'un certain lustre qui me rend timide en leur présence, je n'y puis rien, je suis prise d'une fascination un peu bébête. En même temps, j'ai peur que ce soit précisément un architecte qui juge mon canevas dénué de sens, m'excluant de ce fait de mon sujet.

À première vue, Karen ne semble pas être là dans le but de me démasquer. Elle a un visage aimable sous une grosse touffe de cheveux électrisés aux racines grisonnantes. Elle porte des sandales sous une simple robe en lin bleu.

« Je veux te montrer quelques objets en particulier, dit-elle, il y en a huit mille exposés, on n'a pas le temps de tout voir. Par ailleurs, les différentes galeries ne forment pas une suite logique, il y a vingt-deux départements thématiques, mais tu auras toujours le sentiment d'avoir raté quelque chose. »

Je ne suis pas contre l'idée qu'un bâtiment puisse résister à son usager, mais dans le cas des musées, je déteste quand le plan ne m'envoie pas dans la bonne direction. Le musée Abteiberg à Mönchengladbach par exemple m'agace au plus haut point ; il s'agit d'une création postmoderne primée, mais qui aurait pu être un peu plus accommodante. L'architecte Hans Hollein intègre le bâtiment de manière audacieuse à sa situation topographique, le terrain pentu de l'Abteiberg, et le fait dialoguer avec le contexte architectural : en face du musée se dresse une cathédrale gothique, à côté, un parking à étages des années 1960.

À l'intérieur du musée, cette intégration semble être remise en question. Le passage d'un espace à l'autre n'est pas linéaire, mais ressemble davantage à une matrice. Un certain nombre de salles d'exposition sont partiellement ou entièrement souterraines, et reliées entre elles et avec le rez-de-chaussée par un réseau complexe de couloirs, pentes et escaliers. Hollein veut que l'architecture soit utilisée de manière active pour que le visiteur fasse ses propres découvertes. Une promenade à travers le musée ne doit pas se résumer à un petit tour docile d'une œuvre d'art à l'autre, il faut que ce soit une expérience dialectique.

Nonobstant ces considérations idéologiques, dans la pratique, cela me tape sur les nerfs. Dès que je pénètre dans l'un des espaces, c'est celui où je ne suis pas entré qui m'obsède. Je me demande aussitôt si je pourrai y aller plus tard, et comment, quel parcours il faudra emprunter, si pour m'y rendre je devrai repasser par l'espace où je me trouve actuellement. Mon état d'agitation ne me permet plus de regarder les œuvres.

L'architecture du musée de Kelvingrove est d'une utilisation plus agréable. Le hall central, avec l'orgue au premier étage, distribue deux ailes, ouest et est. Les ailes sont symétriques, chacune se compose d'une vaste cour intérieure bordée de galeries distinctes au rez-de-chaussée et de galeries supérieures au premier étage. Le défi posé au visiteur n'est pas tant de relier tous les espaces que d'assimiler l'écrasante multiplicité de la collection. Six mille mètres carrés bourrés d'objets, d'œuvres d'arts et de curiosités. Un ensemble grandiloquent de Rembrandt, de squelettes de dinosaures, de céramiques égyptiennes, d'art postmoderne, un millimètre d'or battu de l'âge de bronze, des meubles Art nouveau… Le tout arrangé avec un délicieux enthousiasme incohérent. Il vaut mieux y aller à tête reposée, sous peine de se laisser gagner par le découragement – comme si on vous demandait de mettre de l'ordre dans le grenier d'un entasseur compulsif.

« Les espaces de stockage sous le bâtiment contiennent deux cent mille objets supplémentaires, dit Karen. Ils renouvellent tout le temps la collection à l'intention des visiteurs réguliers. Ces petits singes par exemple, regarde un peu ces dents – la dernière fois, ils n'étaient pas là ! »

Nous sommes dans le hall de l'aile est. Une vitrine contient trois petits singes empaillés à l'air mauvais. « Cercopithèque diane », lis-je sur l'écriteau. Un veau naturalisé repose dans le meuble sur ma gauche, pattes et cou sont flasques, ce qui laisse penser qu'il n'a jamais appris à marcher. Dans le meuble à droite des singes sont accrochés deux maillots de foot taille enfant, le numéro 9 du Brésil et le numéro 10 de l'Italie. La pièce est remplie de vitrines éclectiques du même acabit, alternant avec des bustes sur des piédestaux carrés. Je reconnais la reine Victoria, dont j'ai eu l'occasion de voir la statue sur la Piazza Regina à La Valette. Dans cette représentation, elle a l'air d'encaisser une déception avec dignité, son regard est fixe, mais ses narines trahissent l'émotion. La reine Victoria est flanquée d'un bouddha sculpté comme elle dans un marbre blanc, ainsi que d'un Anglais à la chevelure ondulante qui a des ailes de cupidon et une expression des plus étranges dans les yeux, comme s'il venait de prononcer une formule magique et attendait qu'elle fasse effet.

Le hall est baigné de lumière grâce à l'énorme coupole de verre qui couvre l'aile sur toute sa longueur. La hauteur vertigineuse qui sépare le sol de la voûte est comblée par l'installation *Masques et Mascarades*, un gigantesque mobile accroché au plafond, et qui se compose d'une centaine de visages en plâtre blanc. Les figures pendantes forment un catalogue des expressions humaines, allant de la grimace douloureuse au ravissement béat en passant par toutes les émotions intermédiaires. Impatiente, Karen m'arrache aux masques et me guide à travers la colonnade jusqu'à la galerie latérale de gauche.

« Regarde, un marsouin ! fais-je en montrant le mastodonte suspendu sous la voûte au-dessus de nos têtes.

– Par ici », me dirige Karen.

Nous entrons dans la salle intitulée « *Looking at Art* ». La surenchère de l'espace précédent s'apaise ici en une consigne simple : regarder les tableaux aux murs. Karen me plante devant *The Sea* de L.S. Lowry et s'excuse : elle doit répondre à un appel manqué.

Quelle cruauté de sa part de me laisser seule avec cette peinture précise. La tristesse de l'image me frappe de plein fouet. En bas, quelques traits de pinceau bleus et verts suggèrent le mouvement de l'eau, mais la majeure partie du tableau ne se compose que d'un plan gris-blanc qui s'illumine vivement. L'effet de profondeur est inéluctable, il m'aspire vers les lointains de la toile. J'essaie de ne pas perdre de vue le cadre en bois sombre autour de l'image, si je m'y accroche, la clarté et l'eau ne pourront pas me happer. En même temps, les délimitations du cadre viennent accentuer l'étendue inexorable de ce qui est contenu dans la toile devant moi, la lumière, elle est si incroyablement vive, il me faut cligner des yeux pour ne pas m'y noyer, le flot de clarté m'entraîne dans l'eau, je dois garder la tête hors de l'eau, où est le cadre, cette eau, cette lumière, qu'elles ne m'engloutissent pas, la réverbération est insoutenable, si vive, elle efface tout, où est le bord, mon Dieu, je ne vois plus le bord, je suis perdue dans la masse d'eau, perdue dans la clarté qui se déverse.

« Il a tout enlevé. »

La voix de Karen me fait sursauter, je cherche mon souffle.

« Littéralement, il a vidé sa toile. Lowry a commencé en peignant des scènes densément peuplées des quartiers industriels de Manchester, ses "*Mill Scenes*", presque breughéliennes par le nombre de personnages qui y figuraient, une foule ouvrière, toujours une cheminée pour fumer quelque part sur la toile, la *bête humaine** crachant ses vapeurs sur la voie ferrée. Il remporta un franc succès, ses œuvres se vendaient bien, il fut admis à la Royal Academy.

Quelque part dans les années cinquante, Lowry se lasse de sa thématique. Toujours la même misère. Il troque les scènes industrielles sombres pour la peinture sur fond blanc pur. Sur ce blanc, il dispose de petits groupes figuratifs. Son œuvre ne comporte presque plus le moindre élément architectural ou paysager.

Dans les années soixante, il se lance dans ses "*Seascapes*", faisant également disparaître les personnages. Il faisait régulièrement le voyage de Sunderland, sur la côte nord-est de l'Angleterre, où il prenait toujours la même chambre d'hôtel avec la même vue sur la mer. Il y a peint des dizaines de marines, quelques paysages vides aussi, toujours avec la même palette réduite de cinq couleurs : blanc de plomb, noir d'ivoire, vermillon, bleu de Prusse et jaune ocre.

– C'est tellement désert, dis-je.

– Je pense que ça se passe ainsi. À un moment donné, on connaît trop bien son matériau pour pouvoir encore en faire quelque chose.

Alors, soit on arrête, mais la plupart des peintres sont trop vaniteux pour cela, soit on a recours au vide dans son travail. Eleanor m'a fait lire certains de tes poèmes, je peux m'imaginer que tu ne continueras pas non plus toute ta vie à écrire ce type de vers débordants. Tu es encore très jeune. »

Comme si elle craignait d'être mal comprise, Karen fait un geste d'empathie en s'appliquant le thème à elle-même : « Ou moi par exemple, je ne dessine plus. Je suis devenue manager senior du bureau d'architectes.

– Pourquoi tu ne dessines plus ?

– On m'a proposé ce poste. Et puis, c'était à l'époque de la mort d'Andrew.

– Qui est Andrew ?

– Un ami, un vieil ami, nous avions fait nos études d'architecture ensemble. J'y pense, notre classe était venue ici au Kelvingrove pour inspecter le carrelage, dans les années quatre-vingt-dix. On nous donnait un tisonnier avec lequel nous devions taper sur chaque carreau séparément, tac-tac, et le son te disait s'il y avait un creux. Cela nous a tout de même occupés trois semaines, tous autant que nous étions. Tu aimes Billy Connolly, Charlotte ? Il y a son portrait ici.

– Non, merci, je n'affectionne pas beaucoup les humoristes. Je voulais te poser des questions sur les architectes du musée.

– Ah oui, la légende urbaine. Que pourrais-je te raconter ? Simpson et Milner Allen étaient des Anglais blancs ennuyeux capables de se donner de l'importance comme peuvent le faire d'autres hommes blancs ennuyeux. Eux-mêmes disaient du Kelvingrove : "une création astylaire, aux lignes classiques sévères, mais présentant une approche libre du détail Renaissance" – du blabla. Tu peux voir par toi-même qu'ils se sont inspirés de la cathédrale de Saint-Jacques de Compostelle pour ces tours ! Quoiqu'il en soit, ils n'ont pas sauté de là-haut, si c'est ce que tu veux savoir.

Imagine un peu : Simpson de la tour gauche et Milner Allen de la droite ! Qui touchera terre en premier ?

– Tu ne les apprécies pas beaucoup, remarqué-je.

– Combien d'architectes femmes connais-tu ? Et j'entends par là : à travers toute l'histoire. J'ose croire qu'elles ne sont pas nombreuses, alors que des femmes très talentueuses ont travaillé comme architectes, mais nous ne les connaissons pas, elles n'ont pas réussi à rentrer dans l'Histoire, cette narration de vieux messieurs. Simpson et Milner Allen en revanche sont aujourd'hui connus pour quelque chose qu'ils n'ont même pas fait. Ils n'ont pas mis fin à leurs jours. Milner Allen était déjà souffrant quand le musée a ouvert, et il est décédé des suites de ces problèmes de santé en 1912. Simpson a survécu encore plus longtemps au folklore de son suicide, il a même eu l'occasion de réaliser le premier stade de Wembley et d'être fait chevalier. »

Karen n'est pas une militante, elle parle plutôt sur un ton ironique et apologétique. Je ne sais pas qui elle cherche à excuser.

« Pourquoi se seraient-ils prétendument suicidés, à ton avis ? » lui demandé-je.

Karen tente à présent de prendre une voix grave et affectée, espérant se donner l'air d'un aristocrate prétentieux : « Mais voyons, parce que quelques pauvres riches, du point de vue limité de leurs positions privilégiées, jugeaient que le bâtiment était à l'envers. Ils auraient tant aimé se faire promener en calèche à travers le parc, si pittoresque, avec leur obsession pour le charme pictural – la malédiction d'Horace Walpole ! Kelvin Park Road comme avenue d'accès pour leur arrivée ; le plaisir esthétique de la nature tout au long du Grand Tour qui les menait de leur manoir au musée où ils feraient leur entrée sous un portail grandiose. Mais pas côté rue ! Pas le long d'Argyle Street, cette sale route qui mène aux quartiers pauvres !

Jamais un architecte n'aurait pu avoir cette intention, quel fiasco, ils devraient se tuer de honte ! »

Je trouve à vrai dire que Karen en fait un peu trop, mais pour ne pas dégrader davantage l'ambiance, je ris tout haut de sa saynète. La tension se dissipe, Karen rit aussi.

Inutile d'insister pour en savoir plus sur Simpson et Milner Allen. Elle ne nourrit pas de compassion pour leur destin fictif, pas d'admiration particulière pour leur œuvre. À ses yeux, ce sont deux personnages inintéressants qui ont usurpé leur place dans l'histoire de l'architecture au détriment d'une énième femme sans nom.

Nous quittons la salle pour la galerie d'angle, un espace éducatif où j'appuie sur les boutons des panneaux interactifs, perdue dans mes pensées. Karen a raison, à cet instant, aucun nom de femme architecte ne me vient à l'esprit. Plus que, à tout hasard, le vétérinaire ou le juriste, l'architecte apparaît comme masculin par défaut, nous dispensant de parler d'« architectes hommes ». Comme s'ils n'étaient pas genrés, simplement parce que ce n'est pas leur problème. Les femmes exerçant ce métier, en revanche, sont dites explicitement « architectes femmes ». La minorité doit être explicitée, comme si cela jouait un rôle dans leur travail. En tout cas, c'est efficace : le fait de les désigner comme minorité neutralise le travail des femmes, parce que dès lors, ce dernier est considéré à travers cette détermination en tant que minorité.

Mais quel travail ? En me remémorant mon cours d'histoire de l'architecture de la préhistoire aux années soixante-dix, je n'ai pas souvenir que nous ayons traité l'œuvre d'une seule femme. Comment pourrions-nous connaître les femmes architectes, s'il n'existe pas de mémoire collective qui se souvienne d'elles ?

Arrivée dans le département « *Mackintosh and the Glasgow Style* », Karen retrouve sa bonne humeur. Son ton ironique et résigné se mue en combativité. Est-ce que je savais que la Glasgow School of Art était révolutionnaire dans le domaine de l'égalité des genres ?

Elle fut parmi les premières écoles d'art à admettre les femmes à la fin du XIXe siècle. Avant cela, celles-ci pouvaient suivre des cours dans d'autres écoles, mais leur présence était considérée comme un passe-temps. Approfondir un intérêt, cela voulait dire qu'elles pouvaient en discuter dans les salons de thé. À la Glasgow School of Art en revanche, on les formait avec autant de sérieux que les étudiants masculins. En outre, les cours d'arts décoratifs, d'illustration et de design – des domaines dits « féminins » – y furent pour la première fois appréhendés et enseignés comme des disciplines à part entière.

« *Exhibition : The Glasgow Four* ». À l'entrée de la salle est accrochée une large bannière avec quatre visages dont l'un me met aussitôt le feu aux joues. Ce sont les traits de l'architecte Charles Rennie Mackintosh. Il a une moustache attirante et un regard sombre impossible à esquiver qui me fait chavirer. Je crains un instant le coup de foudre – heureusement qu'il est mort depuis quatre-vingts ans. À côté de Mackintosh, il y a son ami, le designer et professeur Herbert McNair. Il porte le même costume au nœud de cravate voyant et a la même coupe de moustache, mais il a le regard nonchalant, et les traits prononcés de Charles lui font défaut. Le bas de la bannière représente le portrait en pied de deux femmes. Il s'agit des sœurs Margaret et Frances MacDonald. Margaret fixe l'objectif d'un air assuré, un rien provocatrice, sa posture est étonnamment masculine pour une femme de l'ère victorienne. À l'opposé, sa sœur Frances est l'emblème de cette époque : délicatesse spectrale, regard intimidé. Les panneaux d'information m'apprennent que tous les quatre se sont rencontrés sur les bancs de la Glasgow School of Art.

En 1884, Margaret s'inscrit à un certain nombre de cours de soir. Sa sœur Frances, de neuf ans sa cadette, entame sa formation en

1890, elle vient d'avoir dix-sept ans. Leur père est ingénieur et gère quelques sites d'extraction de charbon. Grâce à leur appartenance à l'*upper middleclass* et à l'indulgence de leur père, les sœurs MacDonald, contrairement à bien d'autres femmes, ont accès à un enseignement de qualité et jouissent de la liberté de se consacrer à leurs passions. MacDonald père soutient les ambitions artistiques de ses filles, leur intérêt pour la peinture, le design et l'architecture.

*Fin de siècle**. Petit à petit, les choses s'apprêtent à bouger. Bientôt. Au terme de près d'un siècle de puritanisme victorien, de plus en plus de femmes questionnent leur rôle social contraint. La rumeur se propage depuis la France, et avec elle, la menace de la femme fatale. Les revendications féminines d'autonomie bouleversent l'ordre établi des sexes, mais la tradition est une baguette en bois rigide. Pour se défendre, les détenteurs du pouvoir, principalement des hommes, se saisissent de la baguette. Celui ou celle qui défie les règles se prend un coup ferme, certaines transgressions appellent une raclée plus sévère. Pour certaines idées, il est simplement trop tôt. La vie publique restera encore longtemps la chasse gardée des hommes; admettre une femme, c'est une chose, mais permettre qu'une femme la détermine?

L'architecture régule l'ordre établi. Des femmes bâtisseuses, cela aurait trop de conséquences. Une femme architecte pourrait éventuellement apporter son aide pour dessiner cuisines, placards à balais et pièces de réception – dans le domaine du ménage, elle jouit d'une certaine autorité. La plupart des journaux et quotidiens rejettent toutefois l'idée. Les femmes qui nourrissent des ambitions en architecture sont qualifiées d'« hermaphrodites irritées, créatures obsédées sexuellement, prostituées ou lesbiennes ».

Lors de leur formation, Margaret et Frances font la connaissance des deux amis, Charles Rennie Mackintosh et Herbert McNair. Le quatuor, réuni par une esthétique commune, entame une amitié multidisciplinaire. Architecture, création, design, intérieur, broderie, ferronnerie, peinture, masculinité, féminité, désir, abstraction, symbolique, verticalité, géométrie, érotisme, mélancolie : tout ceci se mélange dans la rencontre de leurs quatre esprits. Les premières années, jusque vers 1900 environ, lorsque leurs liens sont les plus étroits, ils exposent sous le surnom qu'on leur a donné à l'école, « The Glasgow Four ». Leurs rapports personnels et les échanges artistiques qui en résultent forment le berceau du mouvement Art nouveau en Grande-Bretagne.

En 1896, Margaret et Frances quittent l'école pour fonder un atelier dans le centre de Glasgow. Les sœurs peignent et créent affiches, meubles et intérieurs. Elles partagent un amour pour les histoires d'elfes, le romantisme épique, la mythologie celte, Dante Gabriel Rossetti et les préraphaélites. À partir de ces sources d'inspiration, elles développent un style commun distinctif, centré autour de figures androgynes fragiles. Ce sont des corps allongés et maigres, qui se caractérisent par leur verticalité et leur géométrie. Malgré leur apparence asexuée, ces créatures spectrales produisent un effet érotisant, mais s'écartent à tel point de la représentation usuelle du nu féminin que personne ne s'en offusqua.

À mes yeux, ces déformations corporelles ne signifient pas toutefois un rejet de la sexualité, mais bien plutôt une exploration d'une sexualité féminine qui devient possible une fois que le corps est considéré indépendamment des normes qui lui sont imposées, indépendamment de son sexe ou de son genre. Margaret dissimule une charge érotique dans deux symboles de fertilité récurrents : les roses et les formes ovoïdes. Avec un peu de bonne volonté, on pourrait voir des plis labiaux dans le rendu des tissus et les effets de ligne.

Les personnages de Frances sont déracinés et mystérieux, plus féminins. Des créatures isolées qui paraissent en proie à un conflit intérieur, une bataille intime encore indéfinie qui se fraie progressivement un passage vers la surface.

Au tournant du siècle, la dynamique libre au sein de la quaternité et entre les deux sœurs est bridée par une intervention institutionnelle. Frances épouse Herbert, Margaret et Charles Rennie se marient l'année suivante. Sans doute s'agit-il de mariages d'amour, mais ces unions leur offrent aussi, en tant que femmes et particulièrement en tant qu'artistes indépendantes, une position sociale. Le revers de cette protection sociale est qu'elle implique des contraintes et des règles de comportement. Toute sa vie, Frances se débattra avec son rôle d'épouse et de mère d'un côté, et ses aspirations artistiques de l'autre. Margaret en revanche trouvera dans son mariage resté sans enfants avec Charles Rennie la liberté nécessaire pour continuer à développer sa persona publique. Leurs luttes divergentes provoquent l'éloignement des sœurs, qui se reconnaissent de moins en moins dans leurs œuvres respectives.

La rupture n'est pas directement provoquée par le rôle que chacune joue dans son mariage mais plutôt par l'aliénation artistique entre Frances et Margaret qui en résulte. Après 1900, The Glasgow Four organiseront encore plusieurs expositions communes, mais la magie se dissipe.

Margaret entame une collaboration plus étroite avec Charles Rennie, qui se fera une grande réputation au XXe siècle, non pas tant en Angleterre que sur le continent. La Mackintosh Hill House Chair est toujours produite de nos jours. Ses plans pour les nouveaux locaux de la Glasgow School of Art l'ont fait connaître en tant qu'architecte. Les premières années de leur mariage se passent dans une collaboration créative intense : le langage visuel de Margaret transparaît dans les dessins de Charles Rennie, qui se met à utiliser sa symbolique des roses et des formes ovoïdes comme éléments décoratifs de premier plan.

Il est néanmoins difficile de déterminer quel rôle Margaret a joué dans l'œuvre de son époux. Comme nombre de femmes créatrices de l'époque, pour l'œil du public, elle demeurait dans l'ombre de son mari. Même si le couple travaillait sur un pied d'égalité dans son atelier, la réception de leurs œuvres minimalise automatiquement sa contribution. Critiques et historiens attribuent la majeure partie de leur production à Mackintosh.

Frances aussi disparaît derrière l'ambition de son mari une fois le mariage conclu. Elle s'installe avec Herbert à Liverpool, où ce dernier s'est vu proposer un poste de professeur à la School of Architecture and Applied Art. Leur fils Sylvan voit le jour.

La maternité exige beaucoup de Frances, qui relègue sa pratique artistique au second plan. Lorsque l'école où enseigne Herbert ferme ses portes, celui-ci se révèle avoir fait plusieurs placements malheureux avec le capital familial. Il n'y a plus de réserves. Le jeune ménage menace de faire banqueroute. Herbert s'adonne de plus en plus à la boisson, il renonce à son métier et ne supporte pas que Frances continue de peindre.

En 1909, fauchés et avec un avenir incertain, ils reviennent à Glasgow. Margaret redonne courage à Frances et, soutenue par sa sœur, celle-ci quitte Herbert. Frances produit de nombreuses œuvres au cours de cette période, notamment des aquarelles symbolistes : des méditations sur la position sociale limitée de la femme et sur le conflit entre art et mariage qui affecte sa vie personnelle.

Le déchirement de Frances se poursuit. Elle ne parvient pas à concilier les identités incompatibles de l'artiste et de l'épouse. Pour le bien de son jeune fils, elle finit par retourner auprès de Herbert, une décision qui scelle son destin.

Sa dernière œuvre est un miroir noir en métal martelé. En bas, elle comporte un élément figuratif : une femme endormie, peut-être morte. Le personnage représente Arachné, le prototype de l'artiste femme de la mythologie grecque. Il existe plusieurs versions du mythe, celle des *Métamorphoses* d'Ovide présente l'histoire à peu près comme suit :

Arachné est une jeune fille réputée pour être une tisseuse et fileuse de talent. Elle est la fille d'un teinturier spécialisé dans le pourpre, la couleur la plus précieuse. Pour fabriquer cette teinte, il lui faut broyer des *murex brandaris*. Une livre de colorant pourpre contient trente mille escargots de mer écrasés. C'est la couleur des souverains et des empereurs. Le dévouement appliqué de son père inspire Arachné, qui dès l'enfance passe d'innombrables heures sur un métier à tisser. Les admirateurs ravis s'écrient qu'Athéna en personne a dû l'effleurer pour qu'elle puisse réaliser des tapisseries d'une telle beauté surnaturelle. Arachné y voit un compliment, certes, mais comme le tissage est inextricablement lié à son être, quelque part il lui appartient. Elle a du mal à attribuer ses créations à quelqu'un d'autre. En outre, elle est fière de son travail. La fausse modestie est souvent plus agaçante que noble, c'est pourquoi Arachné répond toujours poliment, mais avec conviction, à ses admirateurs : « Merci, mais Athéna n'y est pour rien. C'est moi qui l'ai fait. »

La nouvelle ne tarde pas à parvenir aux oreilles de la déesse. Quelle est cette petite vantarde qui s'attribue à elle-même le mérite de son talent ? Tout mortel qui a la chance de posséder un don artistique doit être reconnaissant envers Athéna, déesse des arts, de le lui avoir instillé dans un baiser. Athéna veut voir de ses propres yeux si les tapisseries d'Arachné peuvent effectivement se mesurer aux siennes. À dire vrai, la comparaison seule suffit à la mettre hors d'elle, mais Athéna comprend aussi qu'Arachné est jeune : peut-être son arrogance est-elle plutôt l'hybris de la jeunesse ? Déguisée en vieille femme, elle décide de rendre visite à Arachné et de lui offrir une chance de faire pénitence.

« Quel beau tapis, dit la vieille femme quand elle s'est rendue chez Arachné, il est d'une beauté qui n'est pas de ce monde. Comme si Athéna en personne l'avait tissé!

– Merci, dit Arachné. C'est un travail détaillé et complexe. Il faut de longues heures pour le réaliser.

– Je suppose que tu portes de nombreuses offrandes à Athéna en échange de ce talent qu'elle t'a donné.

– Ma sensibilité, je la tiens de mon père, les techniques, je les ai apprises toute seule, explique Arachné.

– Prends garde, fillette, tu ne dois pas t'attribuer des qualités divines. Demande pardon, si tu veux sauver ton âme. »

Arachné juge qu'il s'agit là de paroles conservatrices typiques d'une vieille femme, et perd patience.

« Demander pardon, pour quoi ? Je dis la vérité. Si Athéna devait descendre de l'Olympe, elle me donnerait aussitôt raison. »

Sur ce, la vieille se dépouille de son manteau et la déesse Athéna se révèle. Elle met la jeune fille au défi de faire un concours de tissage. Toujours prête à laisser à Arachné une chance de se repentir, la déesse tisse un fastueux tapis en quatre tableaux exemplaires, où des humains qui osent se comparer aux dieux sont punis. Le travail est d'une merveilleuse facture, mais la thématique religieuse conservatrice ne fait guère que se répéter.

La réalisation d'Arachné est exécutée avec autant de maîtrise, et elle exprime à la fois son audace et l'originalité de ses opinions. Arachné dénonce les abus des dieux dans une suite de scènes où elle montre Zeus violant et maltraitant des femmes.

En voyant cela, Athéna est prise de colère. Non seulement Arachné insulte les dieux, mais sa tapisserie surpasse la création de la déesse. Sous l'emprise d'une jalousie et d'une rage démoniaques, Athéna détruit l'œuvre de sa concurrente humaine. Puis elle lui assène trois coups sur la tête. Arachné réussit à se relever, mais elle sait bien qu'il n'y a pas d'échappatoire. Malgré sa terreur et son humiliation, elle est déterminée à rester maîtresse de son destin. Acceptant que sa fierté et son talent la condamnent à mort, Arachné décide que la seule issue réside dans la pendaison.

Lorsque la jeune fille se pend à son métier à tisser, Athéna interprète ce geste de désespoir comme l'hybris dans sa forme ultime : croit-elle vraiment avoir elle-même pouvoir de vie et de mort ?

Alors Athéna transforme la fille Arachné en une araignée, condamnée à tisser éternellement, à demeurer éternellement suspendue dans sa toile.

Frances MacDonald se suicide en 1921. Grâce aux efforts de sa sœur et à la tragédie de sa mort délibérée, son travail connaîtra un succès commercial soudain peu après son suicide. Son mari Herbert, poussé par la frustration, la jalousie et son propre sentiment d'échec, détruira la majeure partie de ses œuvres. Peut-être pensait-il pouvoir encore obtenir réparation pour son mariage compliqué, pour son épouse compliquée. *Damnatio memoriae.* À travers la destruction, il dénie à l'œuvre de sa femme, et de ce fait au souvenir de son existence d'artiste, une place dans l'histoire – où, de toute façon, compte tenu de son sexe, elle n'en avait pas. C'est ainsi que Frances est doublement réduite au silence.

Margaret MacDonald parvient quant à elle à acquérir une certaine autonomie en tant qu'artiste et à jouer un rôle plus ou moins actif de personnalité publique. Elle a la chance de connaître un mariage égalitaire ainsi qu'une pratique artistique partagée inspirante pour chacun des deux partenaires, ce qui lui permet de continuer à exposer aux côtés de son mari.

À partir de 1914, la santé mentale de Charles Rennie Mackintosh se dégrade. Dépression, alcoolisme et une accumulation d'échecs artistiques et financiers accaparent Margaret. Dans les années qui suivent, il y aura encore des périodes heureuses, des paysages à l'aquarelle et des esquisses au crayon, mais Margaret ne trouve plus le temps de se consacrer à son propre travail.

Lorsque Charles développe un cancer de la langue et qu'il perd l'usage de la parole, il cesse également de signer ses dessins et esquisses. Certaines des œuvres de cette période pourraient elles aussi être attribuées à Margaret.

Durant sa longue maladie, Charles aide des étudiants en médecine dans leur apprentissage du dessin anatomique. À son décès, en 1928, Margaret affirmera qu'il est mort le crayon à la main. Ce sont souvent les épouses qui contribuent à créer le mythe autour des artistes hommes. Cinq ans plus tard, elle mourra à son tour.

Les œuvres de la grande période 1890-1910 sont majoritairement attribuées à Charles Rennie Mackintosh. Ces dernières années, quelques voix s'élèvent pour essayer d'arracher les « Glasgow Girls » à l'oubli, mais la plupart des critiques soutiennent que Mackintosh, par une espèce de folie amoureuse, aurait exagéré le rôle de Margaret dans sa carrière.

Arrivées à la fin de l'exposition, Karen et moi quittons la galerie. Nous nous trouvons de nouveau dans le hall est du musée. Une lumière crue entre par la coupole.

Karen désigne le côté opposé : « Là-bas, il y a une seconde galerie avec des œuvres des Glasgow Boys. Si le cœur t'en dit, tu pourras la visiter tout à l'heure. Ce serait bien qu'ils fassent la même chose un jour pour les Glasgow Girls. Je veux encore te montrer notre Salvador Dalí, ensuite, il faudra que je me sauve. »

Karen me précède dans l'escalier qui mène aux galeries supérieures. Les colonnades sont en grès blond, un matériau qui semble absorber la lumière avant de la rejeter. Des reflets de miel.

« La pierre a été entièrement nettoyée au moyen d'un peeling au latex. Il fallait voir le musée avant la rénovation, les murs étaient presque noirs de suie. Des fausses cloisons et des murs mi-hauteur partout, l'espace était totalement compartimenté, c'était très sombre. Le toit fuyait, à tel point que tous les soirs, le gardien devait disposer des seaux pour recueillir l'eau », raconte Karen.

Je peine à imaginer cet espace sans l'inondation de lumière qui se déverse par le toit en verre, sans les murs de miel ni la boutade de la collection excentrique. C'est un endroit en apesanteur. La suie, l'exiguïté et l'humidité appartiennent à un autre monde. Je songe à ma propre pesanteur, comment elle peut parfois s'imposer, mais ici, l'effet produit par le bâtiment l'élève sans peine au-dessus de moi. À l'unisson de ce petit moment de légèreté, d'autres instants semblables du passé me reviennent, où je croyais également éprouver ce qu'on appelle « bonheur » dans les livres de coaching ou sur les cartes de vœux, quand il s'agit en fait de compassion : se concéder à soi-même que tout puisse être bien malgré tout, et que ce qui précédait cet état, c'est-à-dire la pesanteur, ait fait partie intégrante de quelque chose de plus grand, ait du sens *ex negativo*, comme une face sombre nécessaire pour atteindre la clarté, une ombre déjà revenue planer sur moi, car je sais d'expérience que la clarté ne s'installe jamais longtemps, qu'elle cédera la place à une nouvelle pesanteur.

C'est pourquoi, en plein saisissement, je me laisse déjà entraîner vers les profondeurs par le poids du bâtiment tout entier, les pierres, la charpente, les colonnes, les arches, le marbre, les escaliers, les éléments métalliques, le verre, le mortier, la terre. Je pense à Frances MacDonald. Si les profondeurs durent suffisamment, si les profondeurs parviennent à vous submerger même dans votre état d'équilibre le plus pur, et ce, pendant longtemps, alors peut-être est-ce là le suicide, me dis-je à présent, plutôt que le geste final.

Karen rompt le silence. Elle aussi s'était égarée dans ses pensées en montant l'escalier.

« Mon camarade d'études Andrew a collaboré à la restauration du musée en 2003. Il racontait des histoires plus drôles les unes que les autres. Une fois, il a aidé à démonter le sarcophage de Pabasa dans l'aile ouest – Pabasa était une espèce de haut fonctionnaire sous le pharaon Psammétique Ier en Égypte ancienne. Quand le sarcophage est descendu, le couvercle s'est ouvert. À l'intérieur, on a trouvé une revue porno des années cinquante. Andrew adorait ce genre de choses.

– Quelle merveilleuse découverte perverse ! Thanatos et Éros, la momie et le magazine pornographique !

– En même temps, c'est une attirance risquée. Il ne faut pas trop érotiser la mort, Charlotte. Vers la fin, Andrew se mettait de plus en plus à considérer la mort comme la forme parfaite, parce que beaucoup d'autres choses dans sa vie allaient de travers ou étaient devenues incertaines, je ne sais pas. En fin de compte, on ne sait pas pourquoi les gens le font.

– Andrew l'a fait ? demandé-je.

– Il s'était mis dans le pétrin en achetant une maison Art nouveau exubérante qui était au-dessus de ses moyens. Il souhaitait en restaurer toute l'ornementation, la replacer dans son époque. C'est une illusion typique des architectes, de croire qu'on peut faire revivre le passé et que le temps n'éventrera pas la fissure. Toutes sortes de défauts sont apparus. Il se trompait dans ses prévisions. Des frais mirobolants. Andrew ne voyait plus d'autre issue… Je l'entends encore me dire, la première fois qu'il m'a montré l'immeuble : "C'est la maison où je veux mourir, Karen !" Il voyait cette habitation telle qu'elle avait été, telle qu'elle pourrait redevenir, mais il était aveugle à ce qu'elle était à ce moment-là : une masse de travail irréalisable. C'était un piège, je te le dis. Quand on est architecte, on plie un logement à ses désirs, et puis on s'attend à ce que la vie se coule automatiquement dans ce même moule idéal. Évidemment, cela ne se passe jamais ainsi. Il a sauté du palier. C'était il y a plusieurs années déjà. »

Le Dalí est accroché dans un espace conçu exprès pour l'œuvre, comme une petite chapelle. Murs noirs et carrelage de salle de bains. *Cristo de San Juan de la Cruz* est le titre de ce tableau de 1951.

L'image serait venue à Salvador Dalí dans un rêve cosmique. La perspective est étrange. Le Christ cloué sur la croix est vu d'en haut, pour ainsi dire d'au-dessus du ciel, comme si le peintre s'arrogeait le point de vue de Dieu. Malgré cette perspective, le tableau ne produit pas d'effet vertical ; les trois quarts de la toile sont occupés par un plan noir qui semble se projeter en avant, faisant basculer à l'horizontale la croix qui surplombe, menaçante, la scène en contrebas, une baie où flotte une barque.

L'histoire du tableau est mouvementée. Au sein de l'œuvre surréaliste de Dalí, il ferait presque figure de pas en arrière, une tentative soudaine d'imiter le travail des maîtres d'autrefois. Mais le XXe siècle était trop avancé pour que l'on se contente encore de cela. Le public demandait ses horloges liquides et ses éléphants mécaniques : le dérèglement en lieu et place des vieux paradigmes.

Lorsque l'œuvre fut exposée à Londres dans les années cinquante, la presse britannique la descendit en flèche. Glasgow en fit néanmoins l'acquisition pour environ huit mille livres, une somme conséquente pour l'époque, mais une bagatelle quand on sait que l'Espagne a récemment fait une offre à quatre-vingts millions pour le racheter. Le conservateur du Kelvingrove ne le revendrait pour rien au monde, c'est le joyau du musée et les habitants de Glasgow sont attachés à ce tableau. Il fait en revanche fréquemment l'objet de prêts, afin de contribuer au rayonnement international de la ville. Lorsque l'œuvre revient d'une de ses missions de diplomatie culturelle et qu'elle retrouve sa petite chapelle au Kelvingrove, elle est toujours chaleureusement accueillie.

« Une fois, nous avons failli perdre la toile pour de bon. Un fanatique a lancé une pierre dessus, ici dans le musée, avant de la saisir à deux mains et de la déchirer. Un cinglé. Il jugeait le tableau blasphématoire en raison de la perspective choisie : l'artiste qui se prend pour Dieu. En plus de ça, Dalí avait minimalisé le sacrifice du Christ pour sauver l'humanité en omettant le sang, la couronne d'épines et les clous perçant poignets et chevilles. Ce zouave a causé des dégâts considérables à l'œuvre. Il a été interné. Heureusement, le tableau a pu être sauvé. »

Karen se signe.

« Désolée, c'est la force de l'habitude », dit-elle.

Nous prenons congé dans le hall central sous le plafond à caissons doré.

« Bonne chance pour ton livre. Prends soin de toi », dit encore Karen, qui est pressée de partir, puis elle passe à grandes enjambées sous l'orgue pour sortir par la porte de derrière.

Je me dirige vers l'aile ouest. Sir Roger et les animaux de la savane fuient toujours l'assaut du Spitfire. À l'entrée de la salle d'exposition « *Creatures of the Past* » se dresse un mannequin Elvis grandeur nature. À l'intérieur de la salle est exhibé un canoé mésopotamien de huit mètres de long. Un millimètre d'or battu de l'âge de bronze. Un squelette de cératosaure. Une momie prêtée par le British Museum.

En consultant le plan, je découvre l'ordre dans le chaos. L'aile ouest, où je suis, s'appelle « *Life* ». C'est ici que se trouve tout ce qui a trait à l'humanité et à son habitat : histoire de l'homme, archéologie, anthropologie, paléontologie. L'aile est, que j'ai visitée avec

Karen, a été baptisée « *Expression* ». Elle abrite tout ce qui relève des arts d'expression, comme la peinture, la sculpture, le design.

En me remémorant les sœurs MacDonald, la séparation entre « *life* » et « *expression* » me frappe par son cynisme.

Je décris une boucle sur le palier de la galerie supérieure côté ouest, puis traverse sans réfléchir vers l'étage supérieur du hall central avant de descendre par l'escalier du fond, à droite de l'orgue. Ici se trouve la première pierre cérémonielle de la Kelvingrove Art Gallery. Marbre blanc incrusté de lettres dorées :

THIS STONE WAS LAID
ON THE TENTH SEPTEMBER 1897
BY HIS ROYAL HIGHNESS THE DUKE OF YORK.
– John W. Simpson & E.J. Milner Allen, Joint Architects

Leurs noms me paraissent tout à coup étrangers, je ne parviens pas à les aligner correctement. John Milner Allen, W. Edmund, Milner Simpson, Allen John Edmund, John John W., Simpson Johnson. Comme si je lisais un roman de Tolstoï et que les personnages, chacun avec ses trois noms russes, s'empêtraient les uns dans les autres.

Je suis fatiguée. Je me retourne pour rejoindre le parc par la sortie de derrière. Une dernière œuvre m'arrête. Face à la première pierre est accroché *North Corridor* de David Pugh Evans. Un homme en trench-coat beige, vu de profil, se tient devant une baie vitrée. Il ne peut pas regarder par la vitre, car à l'extérieur, bizarrement, celle-ci est obscurcie par un rideau. Le tissu est fin. À travers l'étoffe, à travers la fenêtre, la lumière filtre. L'homme est bloqué dans son regard qui ne parvient à traverser ni la vitre ni la lumière. Étrangement, quelque chose me convainc que l'homme dans le tableau est un suicidé. Les tons beiges de la pièce et la moquette rouge sang viennent conforter mon impression. Tout dans l'image est étranglé par une atmosphère mélancolique menaçante.

David Pugh Evans est un anti-Hockney. Il travaille ses personnages avec le même réalisme, les fonds présentent souvent une même architecture de plans monochromes, mais la palette d'Evans est bien plus lugubre. Pas la moindre trace de l'ingénuité frivole des scènes estivales de Hockney chez Evans, son travail se renferme sur lui-même. Il n'y a pas de décor, rien que l'énigmatique pièce vide.

Par automatisme, j'essaie de déchiffrer l'histoire contenue dans le tableau : mais que diable regarde l'homme en trench-coat ? Il semble être prisonnier du spectacle.

Les différentes directions que peut suivre le regard, spectateur-homme, homme-fenêtre, lumière-fenêtre, enrichissent l'œuvre d'une stratification qui me met au défi de résoudre l'énigme de l'image.

Plus je regarde, plus je comprends qu'il n'y a pas de réponse, pas de narration. Rien que cette scène figée sur la toile et le regard. Une confrontation avec l'oppressante limitation de ce que nous sommes capables de voir. L'image est coupée du temps, du contexte et du mouvement. Elle représente une relation de seconde main au monde.

|XI|

Pine Valley Golf Club

1910-1918

Pine Valley

George Arthur Crump (1871-1918)

« SHINE ON WHITE NEW PINEAPPLE » crie un panneau publicitaire pour la marque Sunkist le long de l'Interstate 76 au départ de Philadelphie. Le jus d'ananas blanc en cannette me paraît peu ragoûtant, plutôt une boisson d'hommes qui s'inquiètent de la qualité de leur sperme, mais je prends bonne note du slogan, au cas où. Bien obligée. Après tout, dans *Gatsby le Magnifique*, le roman de F. Scott Fitzgerald, le panneau d'affichage constitue un motif significatif important.

Dans ce roman, les yeux du « Docteur T. J. Eckleburg – Oculiste » sont peints sur un vieux panneau altéré par le temps implanté sur le bord de la route qui conduit à la maison du millionnaire Gatsby, à West Egg. Deux iris bleus gigantesques épient le passant d'un air lugubre à travers des lunettes cerclées d'or. Les yeux ne font pas partie d'un visage, les lunettes ne reposent pas sur un nez. Depuis le fond vide du panneau, les yeux fixent les automobilistes derrière leur monture flottante. Dans le livre, Fitzgerald utilise le panneau de différentes manières : pour donner l'alerte en cas de catastrophe imminente et incarner une instance divine qui veille sur tout, remplaçant la boussole morale qui fait défaut aux personnages. En plus de ces connotations religieuses, les yeux font en premier lieu la réclame du cabinet de l'ophtalmologue local, le docteur Eckleburg.

Compte tenu du pouvoir prophétique de ce panneau, il serait franchement imprudent de ma part de faire fi de la possible pertinence de la publicité Sunkist pour ma propre quête. Je suis venue de trop loin pour mettre en danger mon récit, il ne me reste que quelques centaines d'euros en poche, c'est ici que ça va devoir se passer.

« *Shine on white new pineapple* », murmuré-je à moi-même, assise au volant, un message énigmatique à emporter avec moi sur la route de Pine Valley.

À hauteur de la petite ville de Bellmawr, l'autoroute devient la New Jersey Road 42. C'est la semaine après Noël, et les décorations de jardin clignotent en plein jour. Jardins, vérandas et toits croulent sous les sucres d'orge, flocons de neige éclairés aux LED, toutes sortes de figures illuminées : le père Noël en Harley-Davidson, le père Noël en traîneau, la Nativité à l'énergie solaire, des sapins en projection laser, une licorne au galop, Mickey Mouse coiffé d'un bonnet de Noël, une famille de rennes taillés dans le buis, des Casse-Noisette, des ours blancs gonflables, des kilos et des kilos de neige artificielle. Ça s'enchaîne à n'en plus finir jusqu'à Blackwood Clementon Road, une artère qui longe un *strip mall* où se succèdent à leur tour les enseignes lumineuses clignotantes des chaînes de restauration et des mégastores.

Au niveau de la sortie Clementon Park Splash World, le *suburb* criard se termine brutalement. Ici commence une enclave boisée sur la rive du Clementon Lake. Depuis la route, par-delà le lac, on perçoit une partie du parc d'attractions. Une grande roue. Un grand huit en bois. Un labyrinthe de toboggans aquatiques dans des tons pastel, ou peut-être les couleurs étaient-elles saturées autrefois, rouge flamboyant, vert éclatant, violet profond, et le soleil les a-t-il délavées. Malgré moi, ma main cherche mon tibia, je me rappelle mon frère, à Ostende, et le lambeau de peau qu'il a perdu en raclant à toute allure le plastique du toboggan. Cette fois, je n'ai pas la sensation que cela m'est arrivé à moi. Je me dis plutôt que je ne sais pas comment il va, que la dernière fois que j'ai vraiment su comment il allait nous étions enfants. Le parc a l'air d'être fermé depuis quelque temps déjà.

Passé le lac, la forêt se fait rapidement plus dense. J'approche de Pine Valley, un hameau situé à la limite ouest des New Jersey Pinelands, mieux connues sous le nom de Pine Barrens : une plaine côtière couverte d'épaisses forêts qui s'étend sur sept comtés de l'État de New Jersey. De Cape May au sud jusqu'à Seaside Heights plus au nord. Les Pine Barrens forment d'étranges et mystérieuses terres intérieures, dont cette route est le prélude. Çà et là une maison surgit parmi les résineux qui défilent, mais plus j'avance sur la route qui s'enfonce dans la forêt, plus les conifères s'entrelacent dans un enchevêtrement qui cache une profondeur de forêt vierge.

Les Pine Barrens commencèrent à se former durant le Tertiaire, il y a environ soixante-cinq millions d'années. Au cours des millions d'années précédentes, le tracé de la ligne côtière orientale baignée par l'océan Atlantique n'avait cessé de se modifier sous l'effet des glaciations. La fonte des glaces finit par complètement inonder la plaine côtière, entraînant une sédimentation sur le sol marin. En se retirant de nouveau, des siècles plus tard, l'eau laissa derrière elle d'épaisses couches de sable, de silt et d'argile. Ce processus se répéta à travers plusieurs ères géologiques. Aujourd'hui, ce sont toujours ces éléments qui dominent la composition du sol des Pine Barrens.

Dans la seconde moitié du Tertiaire, à l'époque du Miocène, une nouvelle couche de sédiments vint s'ajouter aux précédentes, qu'on appelle sable Cohansey. Ce furent les géologues Knapp et Kummel qui le baptisèrent ainsi en 1904 parce qu'ils prélevaient leurs échantillons de sol près de Cohansey Creek. Le sable Cohansey est majoritairement composé de particules de fer jaune et de quartz, ainsi que de quantités minimes de pierre siliceuse, de sable blanc, de silt et d'argile. Toutes ces particules s'agglomèrent en un grain grossier.

Les habitants des Pine Barrens l'appellent *sugar sand*. Ce sable spécifique impose ses conditions à la végétation. Les premiers immigrants européens qui voulaient quitter les côtes du New Jersey pour s'installer sur les terres intérieures ne savaient pas y faire avec le sol. Aucune plante ne semblait vouloir y prospérer. Ils jugèrent la région impropre à l'agriculture et continuèrent leur chemin, laissant derrière eux le nom de Pine Barrens comme un verdict prononcé sur le sol pelé de cette zone de résineux.

L'appellation repose néanmoins sur une erreur. Le sol des Pine Barrens n'est pas aride. Au contraire, la région est sillonnée d'artères fluviales, de zones humides et d'aquifères – différentes sortes de couches qui transportent l'eau dans le sous-sol. C'est le sable Cohansey avec ses grains de sucre qui complique à ce point l'exploitation de la terre. La texture grossière rend le sol extrêmement poreux, tout y pénètre comme à travers une passoire: eau, neige, restes d'animaux morts, humus, compost sont aspirés et engloutis dans le sous-sol. Le substrat les attire vers les profondeurs sans retenir les nutriments ou les matières organiques. Les minéraux aussi sont gobés sans mastication, ils n'ont pas le temps d'équilibrer l'acidité. Par conséquent, la terre est trop acide pour que la plupart des végétaux puissent y germer.

Au bout de la route se trouve un parking sablonneux que borde un grillage mastodontique électrifié de deux mètres et demi de haut. Accroché à la grille, un panneau indique : « *Borough of Pine Valley* ». La zone semble être entièrement clôturée.

À l'origine, la localité de Pine Valley relevait de la municipalité de Clementon. Depuis 1929, c'est une commune indépendante, et apparemment une communauté fermée aussi. De l'autre côté de la grille, une allée mène vers deux maisonnettes. L'une a un drapeau américain accroché à la véranda, sur la porte on peut lire « *Reception* ». Dans le pavillon de droite, la lumière s'allume. Un homme d'une soixantaine d'années sort et se dirige vers moi.

« Nous sommes fermés ! crie-t-il.

– Le village est fermé ? lui demandé-je.

– C'est un terrain privé. Vous vous rendez coupable d'une violation de propriété. Éloignez-vous de la clôture, madame. Je suis en droit d'appeler la police. »

Je fais un pas en arrière, ce qui suffit à calmer l'homme.

« Je cherche le Pine Valley Golf Club, dis-je.

– C'est ici, le Pine Valley Golf Club. *The Number One Golf Course in the World.*

– Je croyais que c'était la commune de Pine Valley ici, mais la route ne va pas plus loin. Je ne sais pas comment faire pour aller jusqu'au terrain de golf.

– Vous voyez, madame, en théorie le Pine Valley Golf Club et le Borough of Pine Valley sont deux endroits distincts, mais en pratique ils forment un tout.

– Donc c'est ici, le terrain de golf? Je ne me suis donc pas trompée de chemin après tout.

– Ce que j'essaie de vous dire, c'est que Pine Valley est en effet administrée comme une municipalité, mais qu'en réalité, il s'agit d'une propriété privée. Pour autant que je sache, personne n'a jamais contesté cette disposition.

– Que voulez-vous dire, la commune est une propriété privée ? »

J'ai dû malgré moi faire un pas en avant en posant la question, car l'homme répète que je viole la propriété :

« C'est votre second avertissement, madame.

– Donc vous dites que je n'ai le droit d'entrer ni sur le terrain de golf, ni à Pine Valley, parce que c'est au même endroit ?

– L'accès au terrain de golf vous est interdit de toute façon. Les femmes ne sont pas admises dans le domaine.

– Pardon ?

– Vous avez bien entendu. C'est pour leur bien. Le degré de difficulté du parcours, comment dirais-je, déstabilise les femmes. Et, oui, elles ralentissent le jeu. La plupart en ont conscience, savez-vous, elles sont d'accord. Les femmes peuvent certes être invitées par un membre du club, mais même là, ce n'est permis que les dimanches après-midi.

– Et ce membre du club, évidemment, c'est un homme ? Vous ne pouvez tout de même pas bannir les femmes d'une commune entière ? Ce n'est pas constitutionnel.

– Comme je vous l'ai dit, madame, la commune, la voici, une municipalité à part entière avec tous les services nécessaires. Le bâtiment que vous apercevez à votre droite abrite la mairie, la police, les pompiers, le conseil municipal, le conseil de l'école et le bureau des impôts.

– Bien. Et combien de clowns peut-on faire rentrer dans une voiture de cirque ? » Sous le coup de la frustration, je ne sais plus très bien ce que je raconte.

« Quelle drôle de remarque. Vous êtes européenne ? En septembre, nous organisons notre journée portes ouvertes annuelle, *Crump Day*. Vous pouvez vous inscrire en ligne. À l'occasion du jour de la naissance de l'architecte et inspirateur de Pine Valley, George Arthur Crump, nous accueillons le public. Je précise toutefois que les smartphones et les appareils photo ne sont pas autorisés, si c'est ce que vous recherchez.

– Vous ne comprenez pas, il m'est impossible de revenir en septembre. Y a-t-il quelqu'un avec qui je pourrais en discuter ?

– Eh bien, en principe il y a vingt-trois habitants, dont le maire, les policiers, les pompiers et le percepteur, et tous sont en premier lieu des joueurs de golf ou des membres du personnel du club. Comme le club est actuellement fermé, il n'y a pas d'habitants présents, non.

– En d'autres termes, Pine Valley n'existe pas ? Vous avez inventé une commune pour pouvoir agir à votre guise derrière cette clôture ?

– Madame, vous dépassez les bornes. Je vous prie de vous éloigner du grillage immédiatement.

– Je parie que vous êtes des Républicains, tous autant que vous êtes.

– J'appelle la police. »

L'homme rentre dans son pavillon à grandes enjambées. Il ne plaisante pas. Par la fenêtre éclairée, je le vois qui décroche le téléphone. Je lève les mains en l'air en signe de capitulation. L'homme hoche la tête, repose le combiné et me salue d'un geste provocateur.

Le grillage électrifié explique pourquoi si peu d'histoires sur le Pine Valley Golf Club parviennent aux oreilles du monde extérieur. Une fois, un caddie indiscret s'est vanté d'avoir eu le privilège de trimbaler les clubs de golf de Sylvester Stallone. Un des jardiniers a encadré et accroché un selfie avec Sean Connery dans sa maison – George W. Bush avait refusé de prendre la pose. De manière générale toutefois, c'est comme s'il y avait une sorte de convention qui stipule qu'on n'a pas le droit de parler de ce qui se produit sur le terrain. Quand la question est posée, la réponse est toujours la même : « Cela pourrait porter atteinte à la vie privée d'autrui, mais l'endroit est incroyablement calme et reposant. »

Topsy Siderowf, rédactrice pour la célèbre revue *Golf Digest*, y a joué. Elle ne se montre pas vindicative envers la règle qui stipule que les golfeuses n'y ont accès qu'en tant qu'invitées et ne peuvent être des membres à part entière. Au contraire, elle est reconnaissante d'avoir été conviée. Dans un entretien de 1996 avec le *New York Times*, elle dit : « C'était un privilège de jouer ici, le terrain est impeccable, irréprochable, mais je trouve qu'il ne faut pas écrire là-dessus. J'estime tout simplement que ces choses n'ont pas leur place dans un journal. »

Pine Valley est réputé être le club de golf le plus exclusif au monde, tellement exclusif que même les stars hollywoodiennes et les athlètes célèbres ne peuvent pas s'acheter le droit d'entrée. Je ne m'attendais évidemment pas à pouvoir y entrer comme dans un moulin.

Je jette un dernier regard sur l'homme à la fenêtre. Il a allumé la télé et paraît m'avoir déjà oubliéee. J'entre dans la forêt en longeant la clôture.

Les plantes qui parviennent à pousser dans le sol difficile des Pine Barrens forment des communautés uniques. Trois espèces disparues ailleurs dans le monde y trouvent les conditions nécessaires à leur survie : une gentiane à calices bleus lancéolés, l'Helonias rose et la Narthécie brise-os.

Trente variétés d'orchidées sauvages pullulent dans les marais et les prés humides ; parmi elles, la Pogonie langue-de-serpent qui retrousse le pétale de sa lèvre supérieure en un ourlet sensuel.

Sur les terres sablonneuses sèches, une autre orchidée rare, le sabot de la Vierge, y a fait son nid. Son calice est franchement pornographique, il s'ouvre en une fente verticale et s'exhibe dans toutes les nuances allant du magenta au blanc. Du même sol émergent diverses variétés de plantes carnivores : les utriculaires gobeurs d'insectes, les droséras qui lancent leurs tentacules gluants et la sarracénie, gloutonne capable d'engloutir une souris entière dans son calice.

Le sous-bois se compose majoritairement de myrtilliers, une espèce masochiste qui met à profit les caractéristiques oppressives du substrat pour sa croissance. L'industrie à millions des *Pine Barrens blueberries* vient démentir l'allégation selon laquelle ces sols acides ne se prêteraient pas à l'agriculture. Fougères-aigles, laurier des montagnes, azalée visqueuse et genêt à balais y prospèrent également et apportent une présence subversive sur cette terre ingrate.

Malgré la croissance obstinée de diverses fleurs et plantes rares, il arrive que d'autres finissent par perdre la lutte avec le substrat acide après plusieurs décennies. Le lupin vivace, par exemple : au début du XXe siècle, c'était encore la fleur endémique la plus combative des Pine Barrens ; de nos jours, sa présence y est menacée.

D'autres végétaux encore essaient de s'évincer mutuellement. Le chêne et le pin s'y livrent un combat de Titans incessant. Le *pinus rigida, pitch pine* ou pin rigide est l'arbre le plus répandu dans les Pine Barrens. C'est un conifère robuste et noueux. Le tronc peut atteindre une hauteur de vingt-cinq mètres. Les racines sont peu exigeantes, elles se ramifient en profondeur dans le sous-sol, traversant la couche sablonneuse pour atteindre les réserves d'eau. Le pin rigide possède des aiguilles raides poussant par trois, d'une longueur de douze centimètres environ.

Son principal concurrent est le chêne. Objectivement, celui-ci possède plus d'atouts naturels que le pin rigide. Les chênes croissent plus vite, se reproduisent plus facilement, et possèdent de larges feuilles plates plus adaptées à la photosynthèse que les aiguilles de pin : ils volent pour ainsi dire la lumière du soleil, dépassent les pins en hauteur et les étouffent par l'envergure de leur feuillage.

Outre leur lutte intestine, les deux rivaux doivent faire face à un ennemi commun plus important : les fréquents incendies de forêt.

Bien que le chêne soit une essence à croissance rapide, il ne se remet que lentement des brûlures, et parfois pas du tout. Le pin rigide a une meilleure résistance au feu, mieux : il en a besoin pour pousser. Ses fruits coniques s'ouvrent sous l'effet de la chaleur des flammes. Pour le pin rigide, l'incendie est un déluge bienvenu qui dégage le sol : tout ce qui gêne – et notamment les glands et les feuilles mortes de son concurrent – est englouti par le feu. Dans l'espace ainsi libéré, les graines qui sortent de ses cônes ouverts ont plus de chances de faire leur nid.

Le pin rigide dispose en outre d'une arme secrète, d'une propriété qui confine à la magie : sous son écorce, il cache des bourgeons latents qui, lorsqu'ils sont stimulés par le feu, commencent à former de nouvelles branches. Une fois l'incendie éteint, parmi les troncs calcinés, le pin rigide se démarque des chênes par les scions verts qui surgissent de l'écorce brûlée. Après le brasier, c'est de nouveau le pin qui a l'avantage pendant quelque temps. Coup pour coup. Un cycle répété de mort et de renaissance. Il faut détruire le pin rigide pour qu'il revive.

Certains biologistes soutiennent l'hypothèse selon laquelle les aiguilles de ce conifère évoluent vers une plus grande inflammabilité de façon à constituer un meilleur combustible pour le démarrage et l'entretien du feu. Elles développeraient des propriétés qui facilitent leur destruction, une sorte de mécanisme suicidaire – mais pas vraiment, pas absolument, les pins rigides, contrairement à d'autres créatures, ayant le pouvoir de se régénérer.

Au demeurant, il y a dans les zones plus humides des Pine Barrens un nature arboricole drastiquement différente. Ici, le monde aride du sable et des dégâts du feu paraît très loin. Il s'y dresse des cyprès blancs de l'Atlantique élancés. Des cyperus et des joncs épars poussent parmi la sphaigne. Toutes sortes de nénuphars sont à découvrir à la surface de la rivière. Ici, la végétation ne rencontre guère de résistance.

Après avoir suivi le sentier sur deux kilomètres, j'arrive dans une petite ville du nom de Berlin qui vient interrompre la forêt autour de Pine Valley. C'est la dernière étape du monde habité. Après Berlin, les Pine Barrens éclatent dans toute leur vaste étendue. D'ici, il y a soixante-quinze kilomètres de forêt à traverser en direction de l'est pour atteindre la côte atlantique.

Le grillage autour du terrain de golf n'était pas parallèle au sentier. D'énigmatiques élévations dans le paysage, ainsi que la barrière de pins très rapprochés m'ont fait perdre de vue la clôture. Le terrain de golf doit virer quelque part vers l'intérieur, mais le chemin, lui, continue tout droit. Pourtant, je ne peux pas me défaire de l'impression que c'est moi qui me suis détournée et que j'aurais dû avancer en ligne droite si je voulais longer le grillage.

Comment me suis-je retrouvée dans cette rue ? La faim doit me faire tourner la tête, tout simplement. Le sentier était droit, cela ne fait pas de doute. Quand ai-je mangé pour la dernière fois ? Je prends à gauche dans Cross Key Road, le long de la caserne de pompiers jusqu'à la station-service avec restaurant routier. L'établissement s'appelle Let's Wingette, on n'y sert que des ailes de poulet frites et du poisson frit, ce n'est pas exactement un déjeuner appétissant, mais le restaurant est ouvert et il semble n'y avoir aucune alternative à cent lieues à la ronde.

« *Chicken, fish or shrimp* ? me demande la serveuse avant même que je me sois assise.

– Un café.

– Je vais devoir vous demander de commander aussi à manger. Ne m'en veuillez pas de vous le dire, mais vous avez l'air d'en avoir besoin, vous êtes bien pâlotte. Six, huit ou dix-huit pièces ?

– Je crois que je suis juste fatiguée. »

La serveuse interprète ma réponse comme une assiette mixte avec *potato salad*. Elle me verse du café.

« Vous êtes de passage ?

– Je voulais visiter le club de golf.

– Vous voulez dire que vous avez essayé de passer par-dessus la grille ? L'entrée est de l'autre côté.

– Je veux voir le terrain, le paysage, pas tant le club.

– Excusez-moi de vous le dire, mais vous ne le verrez pas. Il y a un petit aéroport à quelques rues d'ici. Des hélicoptères privés viennent à tout instant déposer ou chercher des présidents et des directeurs de banque. De plus, vous êtes une femme.

– Oui, on me l'a déjà dit. »

La serveuse roule des yeux pour signifier sa solidarité et pose l'assiette de friture mixte devant moi : « Ça fera 16,95 $. Mon père avait un faible pour le club. Toute sa vie il a rêvé qu'il serait un jour assez riche pour en devenir membre après sa retraite. Il tenait un garage automobile non loin d'ici. Il lui arrivait de réparer l'une ou l'autre Buick d'un gros ponte qui venait jouer au golf. Ils faisaient exprès de conduire des voitures discrètes, pour ne pas se faire remarquer.

– Et alors ? A-t-il joué au club ?

– Non, évidemment, ça ne se passe jamais comme ça, mais il prétendait s'être promené une fois sur le terrain, grâce à un ami qui y travaillait en tant que jardinier – il risquait sa tête. Mon père n'était pas du style bavard, mais quand il racontait cette fois où il était allé à Pine Valley, il se transformait en poète. J'ai dû écouter l'histoire des dizaines de fois.

– Que disait-il ?

– Des choses comme : "Il y règne une sensation de calme dans la plus profonde harmonie avec les défis du jeu. Comme si le terrain avait toujours été là, comme si son existence était prédestinée depuis toujours, et qui sait, jusqu'à la fin des temps."

– Qu'est-ce qu'il voulait dire par là ? demandé-je.

– Oh, il était sûrement en train de s'emballer. C'était dans ses dernières années, il était très vieux. À cet âge-là, on est susceptible de raconter ce genre de choses. »

Le terrain de golf de Pine Valley jouit d'une réputation mythique. On dit qu'il est plus facile de marcher jusqu'au pôle Nord pieds nus que de jouer au golf à Pine Valley. Le parcours est décrit comme étant mystérieux et traître. Les limites entre paysages naturel et artificiel ont été estompées de manière ingénieuse. On en oublierait presque qu'on se trouve dans les Pine Barrens, mais celui qui s'éloigne des allées à la recherche d'une balle égarée ne tarde pas à retomber sur les étendues de sable incultes des environs. À l'instar d'un paysage lunaire désert, ce sable aride avec ses pins rigides s'accroche telle une soif dans la gorge, le vert frais des greens, qu'on voyait il y a encore un instant, apparaît désormais comme un mirage.

Les témoignages au sujet de Pine Valley proviennent essentiellement de personnes qui prétendent y avoir mis les pieds. Celles qui y sont vraiment allées ne lâchent rien. Derrière la clôture se cache un secret d'une surface de deux kilomètres carrés et demi environ.

Le registre public de Pine Valley – après tout, c'est une vraie commune du point de vue administratif – permet de déduire qu'en plus de la réception et de la soi-disant mairie à l'entrée, ces deux kilomètres et demi abritent vingt-deux villas. Celles-ci ont toutes été achetées par des membres d'élite du club, mais la terre sur laquelle elles ont été bâties appartient au Borough de Pine Valley. Les propriétaires paient une taxe foncière à la municipalité, mais comme cette dernière n'est autre que le club de golf dont ils sont membres, l'argent des impôts peut continuer de circuler en vase clos.

George Arthur Crump créa le Pine Valley Golf Club en 1910, animé par le désir sportif d'aider à professionnaliser le golf dans la région. Il partit du paysage pour dessiner le parcours à dix-huit trous, un éden pour tous les joueurs confirmés et aspirants de Philadelphie et des environs. Je me demande ce qu'il penserait du grillage électrifié et du flux de capital autarcique s'il pouvait rendre visite à sa « Vallée des Rêves » aujourd'hui.

Dans son livre *Pine Valley Golf Club: 100 Years of Mystery at the World's No.1 Golf Course in Pine Valley, New Jersey*, J. E. Souders explore l'histoire de Pine Valley. Elle fait débuter son récit dans la seconde moitié du XIXe siècle avec Virginia Sumner, une jeune mondaine aux yeux bleu glacier et à la taille svelte. En 1881, âgée de seize ans à peine, elle épouse le publiciste débutant Howard Ireland, tout en esbroufe et promesses. En peu de temps, il développe une agence publicitaire prospère à Philadelphie. En 1885, par désœuvrement, Virginia commence à acheter des lopins de terre près de Clementon, sur les bords de la rivière Delaware à vingt-cinq kilomètres de la ville environ, dans l'État du New Jersey. Elle le fait en son propre nom. Les actes de propriété indiquent « Mrs Virginia Sumner Ireland ».

Cinq ans plus tard, elle possède une zone d'un seul tenant de quatre kilomètres carrés. Elle baptise son royaume « Pine Valley ».

Au cœur du domaine se situe Timber Lake, où Howard et Virginia font construire une maison immense. La façade est en granit, le manoir compte plus de vingt-cinq pièces. Comme souvent, les premières années sont fastes. Virginie savoure son opulence. Elle élève des chevaux de course sur sa propriété, et galope à travers les Pine Barrens comme une hors-la-loi. Dans la première voiture, elle file à toute allure sur les chemins de campagne, le long des pins qui crépitent dans son sillage. Elle aménage un aéroport sur ses terres et apprend à piloter. Elle voyage, mène une vie vertigineuse. Quand elle est chez elle, elle succombe à un désir dilapidateur, talonnée par la décadence qui domine l'Europe au tournant du siècle. Dans le manoir au bord du lac, elle organise des fêtes débridées, des concerts, des expositions artistiques et des banquets. Virginia Sumner Ireland n'est pas sans rappeler le Gatsby de Fitzgerald.

En 1912, les années fastes touchent probablement à leur fin. Virginia Sumner vend sept cents mètres carrés de terrain à un hôtelier de Philadelphie, il s'appelle George Arthur Crump. L'acte de vente est signé « Veuve V. Sumner Ireland ». Cependant, son mari Howard ne mourra que dix ans plus tard. En outre, les papiers de leur divorce, datés de 1896, ont été conservés. Entretemps, la terre a englouti leurs secrets.

Quand George Arthur Crump acheta cette parcelle à Virginia Sumner, il avait quarante et un ans. Sa femme Belle était morte quelques années plus tôt, et elle était irremplaçable. Les Crump n'avaient pas d'enfants, George se retrouva donc sans responsabilités, sans rien à perdre. Pour acquérir le terrain, il dut céder ses parts dans le Colonnade Hotel, un immeuble d'angle de six étages dans Chestnut Street à Philadelphie. L'hôtel était une entreprise familiale prospère, mais à dire vrai, cela faisait des années que Crump n'y jouait plus de rôle actif. Il déléguait ses tâches à d'autres et y occupait une chambre. Plus qu'en homme d'affaires, il y vivait en héritier.

Son père, George W. Crump, affectionnait les activités en plein air et emmenait régulièrement ses quatre enfants à la pêche, à la chasse ou faire du sport. La sœur de George Arthur devint joueuse de tennis au niveau national, lui-même ne déméritait pas comme joueur de squash dans les tournois régionaux.

Dans les années quatre-vingt-dix, George Arthur se mit au golf. On le trouvait plus souvent devant le tee que derrière son bureau. Le jeu avait éveillé quelque chose en lui, quelque chose d'irraisonné, il voulait toujours jouer, et quand il jouait, il voulait jouer mieux. C'était une obsession, presque violente dans sa compulsivité. Il se rendit compte qu'il étudiait chacun de ses coups, dans le but d'être plus précis sur le suivant. Il était dur avec lui-même à chaque *chip*, *slice* ou *mulligan*, impitoyable, jusqu'à en avoir des *yips* et perdre le contrôle de son club à cause des tremblements.

Crump aimait la compétition, mais c'était avant tout quelqu'un de cordial, il ne voulait pas l'emporter au détriment d'autrui. Avec le golf, ce problème ne se posait pas, ici, la compétition ne l'opposait pas à ses adversaires mais à lui-même. Son obsession pour le swing parfait ne faisait de tort à personne. Avec une concentration monomaniaque, Crump se consacra à l'amélioration de son jeu. Quelques années seulement après avoir commencé à golfer, il était réputé comme l'un des meilleurs joueurs de Philadelphie. Crump recevait de fréquents compliments sur son style et son exécution, y compris de la part de professionnels chevronnés. De temps en temps, il gagnait un tournoi. La reconnaissance s'accompagnait cependant de la crainte de s'y être mis trop tard pour véritablement exceller un jour. Il ne le disait pas franchement, mais le sentiment d'être en retard le rongeait. Pour faire taire ses inquiétudes, il s'entraîna encore plus.

Bien qu'il ne fût pas un golfeur professionnel, son dévouement fanatique fit du jeu une activité à plein temps. Lorsque le terrain du Philadelphia Country Club n'était pas bien drainé, ou quand il se lassait du parcours à neuf trous de Merchantville, il s'offrait des escapades dans d'autres clubs. En l'espace de dix-huit mois, Crump fit ainsi une cinquantaine de voyages. Son cercle d'amis s'élargit considérablement. Le golf offre le cadre parfait pour la camaraderie. Des gens aux intérêts similaires qui tapent dans une balle dans une ambiance décontractée et un cadre imprenable. Que souhaiter de plus ? Jour après jour, Crump vécut le temps passé sur le parcours comme un moment de joie et de chaleur humaine. Les nombreuses lettres conservées font état de ses multiples amitiés et dévoilent son caractère. Ses amis le décrivent comme taciturne et retiré, modeste, mais généreux, toujours empathique et souvent capable de se montrer réellement désintéressé. Quelques-uns louent son sens de l'humour, tout en regrettant que ce dernier s'exprime souvent à ses propres dépens.

Lorsque Belle mourut subitement en 1906 – une crise cardiaque que rien ne présageait l'emporta sur le ferry de Manhattan à Jersey City, elle était morte avant même que le bateau n'arrive à quai –, Crump raccrocha les clubs pendant quelques années. Il continua néanmoins de partir chaque hiver en voyage de golf à Atlantic City. Au fil des ans, cette excursion avait fini par rassembler une confrérie soudée de golfeurs ; on les appelait The Philadelphia Ballsome. Dans les années suivant le décès de sa femme, Crump trouva du réconfort dans ces amitiés.

Peut-être jugea-t-il qu'il leur devait quelque chose en échange de leur soutien. Ses amis se plaignaient parfois de la piètre qualité des parcours de golf dans les environs de Philadelphie. S'ils ne pouvaient s'entraîner sur un bon terrain, comment les golfeurs de Philly pouvaient-ils espérer gagner un jour les championnats ? Crump les écoutait toujours en gardant un silence pensif. De sa position en retrait, il comprit ce qu'il fallait : un parcours professionnel. Qui plus est, il avait des idées précises sur ce à quoi ce dernier devrait ressembler.

Lorsqu'il parcourut les options à disposition, les choses étaient claires. Cela faisait maintenant quatre ans que Belle était morte, décédée bien trop jeune et sans préavis. Son père aussi était décédé jeune, à cinquante-deux ans à peine, l'homme n'avait pas vécu assez longtemps pour convertir les fruits de son labeur en loisirs. Crump lui-même se trouvait au mitan de la vie, il avait la quarantaine, un pan considérable de son existence était derrière lui, et celui qui l'attendait ne l'engageait à rien, sa vie se composait essentiellement de golf et de ceux avec qui il y jouait. En vendant sa part de l'hôtel, il serait assez riche pour être indépendant et libre de ses faits et gestes. Il n'avait vraiment rien à perdre. Pas trop loin de Philadelphie, il connaissait un endroit où il lui était arrivé de chasser, près du domaine de la licencieuse Virginia Sumner, un endroit désert et sablonneux, densément planté de pins, de chênes et de broussailles, constellé par une mosaïque de ruisseaux et de lacs.

La serveuse me verse une autre tasse de café et débarrasse mon assiette remplie d'os de poulet rongés et de queues de crevettes.

« Pourquoi tiens-tu tant à voir le terrain de golf ? Tu es du genre curieuse ?

– Pas par nature. Je veux le voir afin de pouvoir le décrire correctement. J'ai l'intention d'écrire un livre. » J'essaie de le dire d'un ton léger. Quand elle ne demande pas de précisions, je suis un peu vexée, j'aurais aimé lui raconter les architectes. Lorsque je parle d'eux, je me sens moins coupable d'avoir couché si peu de choses sur le papier, et la peur de la médiocrité cesse provisoirement de peser sur le peu que j'ai écrit.

« Que fais-tu comme travail en dehors de ça ? demande la serveuse.

– C'est ça, mon travail.

– Tu vis des livres que tu écris ?

– Pas vraiment. En fait, parfois j'ai de l'argent, parfois non.

– Pourquoi ne cherches-tu pas un emploi si tu as besoin d'argent ? Il n'y a rien de mal à travailler dur pour gagner ses sous. » Elle s'adresse plutôt à elle-même qu'à moi.

« Je n'ai pas le temps d'avoir un travail supplémentaire. Je pense que, si je cherchais un emploi, je n'aurais plus assez d'espace pour écrire et serais forcée d'arrêter. C'est tout ou rien.

– Si tu arrêtes, tu n'as qu'à faire autre chose, non ? » Elle hausse les épaules, comme s'il s'agissait d'un choix évident. Elle est clairement plus douée pour la vie que moi. Puis elle disparaît en cuisine avec mon assiette, sans savoir dans quel état de désarroi elle m'abandonne.

Il y a des jours où je rêve d'une paie fixe. Le rêve commence le premier jour du mois, et sur mon compte bancaire, un montant apparaît, prévisible, identique, et je sais exactement quel effort je dois fournir pour le toucher. Je calcule combien il me reste en déduisant le loyer, les factures, l'assurance, les charges, et j'ai encore une somme d'argent confortable. Argent égale sécurité. Au supermarché, je n'ai pas besoin de faire l'addition à l'avance en espérant que la caisse ait le même avis sur le prix total que moi. Au café, j'offre à boire à mes amis. Une tournée. Deux tournées. Les cadeaux d'anniversaire ne sont pas source d'angoisse, ils font partie de mon budget. J'achète un pull en laine mérinos, comme ça, juste parce qu'il me plaît. Je peux même épargner un peu chaque mois, et je prends la sage décision de m'orienter vers un investissement dans l'immobilier. Je ne suis pas constamment en train de partager mes pensées avec une préoccupation, de sorte que j'ai l'air moins absente dans les discussions, et que je parais plus agréable de manière générale. Mon sommeil n'est pas fractionné par des réflexions, des corrections, des idées brillantes ou la peur d'échouer. Je me sens moins abattue, parce que je ne cultive pas cette peur pour mener à bien mon travail – ce qui est d'ailleurs une solution de facilité et ne peut rien donner de bien; c'est pourquoi dans mon rêve je choisis, outre la somme sur mon compte en banque, un métier qui ne repose pas sur l'auto-exploitation de ma vie émotionnelle et de mes expériences. En dehors de mon travail, je serais toujours une personne entière, c'est une idée plaisante: le travail n'est pas une condition pour exister, j'existe sans que cette existence doive se manifester dans l'écriture, je ne me partage pas avec l'écriture, toujours présente et jamais finie, ce qui m'épuise et me laisse au mieux un sommeil batailleur – le corps veut se reposer, l'esprit le secoue, lève-toi, chair, continue, la lettre veut avancer.

Lorsque je me réveille de ce rêve sécurisant avec ses garanties, c'est à chaque fois un soulagement. Objectivement, cela ne rime à rien, je sais, mais je n'y peux rien. Arrêter d'écrire signifierait le pire des échecs, une déception bouleversante, un changement fatal de perspective.

En quittant Let's Wingette, je remonte Cross Key Road en direction de la forêt, revenant sur mes pas vers l'entrée de Pine Valley. Les pins s'écartent pour faire place à mon retour, dans mon dos leurs branches s'enchevêtrent de nouveau. Combien de temps peut-on s'opposer à l'échec? À quel moment cette résistance obstinée vire-t-elle à la folie?

À la fin, on parlait du Pine Valley Golf Club comme de « Crump's Folly ». Crump n'était pas architecte de formation. Il avait été initié au métier grâce à son oncle John, le constructeur du Colonnade Hotel, et avait quelques notions, mais pour modeler le parcours de golf selon ses rêves, il lui fallait approfondir ses connaissances.

Fin 1910, après avoir vendu l'hôtel, Crump part en Europe en voyage d'études. Trois mois durant, il étudie des parcours de golf en France, en Suisse, en Autriche et en Italie, avec un intérêt particulier pour l'architecture paysagère anglaise et écossaise. À son retour, il réunit les hommes du Philadelphia Ballsome pour leur exposer ses projets. Une infrastructure quatre saisons. Un chef-d'œuvre visionnaire d'architecture de golf. Une gageure, compte tenu du site où il envisage d'aménager le parcours. S'il réussit, ce sera un paradis, une vallée des rêves.

Virginia Sumners se laisse convaincre de son génie aussi facilement que ses amis. Ses yeux de glace brillent quand Crump lui expose son intention de créer le plus grand défi au monde en matière de parcours de golf dans sa Pine Valley à elle : elle lui cède le terrain.

À l'endroit où se situe aujourd'hui le club-house, Crump dresse une modeste tente. Les premières semaines, il vit en ermite à l'air libre. Il explore le site et le sol, fait des calculs, divise la surface en dix-huit trous. De temps à autre, ses amis viennent le voir, mais le plus souvent, il erre seul parmi les conifères. Il se familiarise avec le paysage, sa magie et ses pièges, étudie ses caprices.

Il ne tarde pas à réaliser à quel point le sol peut être buté. Certaines zones du terrain devront être défrichées pour laisser place aux trous. Crump utilise des bâtons de dynamite, mais les explosions secouent à peine les pins rigides profondément enracinés, le sol sablonneux amortit le choc.

On passe alors à des treuils à vapeur pour déloger les racines. Une armée d'hommes, de chevaux et de machines s'active dans le but de déterrer quelque vingt-deux mille arbres. Une partie du terrain est marécageuse et doit être asséchée. Ailleurs, il faut surélever artificiellement le niveau afin de créer des obstacles et des bunkers. Cela représente un travail insensé à une époque où l'on construisait les parcours de golf sans déplacer de la terre.

En mars 1913, les travaux de terrassement sont terminés. Le parcours commence à prendre forme. Les sept premiers trous sont en construction. Maintenant que le printemps arrive, il est temps de semer la première herbe. Ses recherches ont appris à Crump à quel point le sable en grains de sucre de Pine Valley peut être implacable, même les mauvaises herbes peinent à survivre sur le substrat acide, y faire pousser des fairways pittoresques et des pelouses éternellement vertes relève de l'impossible. Après des tests menés sur différentes variétés d'herbe, il opte pour un riche sol tourbeux des Pays-Bas, qu'il fait acheminer par cargo. À Pine Valley, il mélange ensuite la tourbe importée à de l'engrais extrait du fond des étangs sur le terrain. Ce mélange est réparti sur le sable pour créer un nouveau substrat aux endroits où Crump a prévu les greens et fairways. Il sème de la fétuque rouge sur la tourbe, et veille de près à la fertilisation. Chaque graine d'herbe passe entre ses mains. Chaque coin de végétation est modelé en fonction de la vue d'ensemble. Le site doit donner l'impression d'être sorti du sol en dépit de toutes les lois, comme s'il avait toujours été là, et pour y être jusqu'à la fin des temps.

La philosophie du golf imaginé par Crump repose sur la force mentale du joueur. Pour maîtriser le parcours, celle-ci est plus essentielle que son talent. Conçu de manière stratégique, le terrain sanctionne chaque coup médiocre : une mauvaise frappe fera atterrir la balle dans l'eau, dans des ravins ou dans les sables mouvants. Celui qui veut échapper à ces obstacles de mort subite doit prendre des risques et avant tout être capable de garder la tête froide. Aux yeux de Crump, les joueurs de golf sont en premier lieu des hommes qui excellent dans la maîtrise d'eux-mêmes. Son anecdote préférée est celle d'un joueur imperturbable de Philadelphie qui, au moment d'exécuter un coup parfait, se retrouva malencontreusement pile sous une montgolfière dont les sacs de lest fuyaient. Le sable se déversait de très haut dans le ciel, coulant directement dans son cou penché. C'est à se demander comment c'est possible, mais il acheva son coup. Une fois qu'il avait vu la balle atterrir il leva finalement la tête pour savoir ce qui lui tombait dessus, et d'où ça pouvait bien provenir.

En mai 1913, Crump convainc le célèbre architecte paysager britannique H.S. Colt de rendre une visite transatlantique à Pine Valley. Colt est alors une légende vivante, un pionnier qui imagine des parcours élevant le golf au niveau d'un art paysager et d'une science. Crump n'est pas trop fier pour demander conseil, l'expérience professionnelle de Colt ne peut qu'élever sa propre création à un niveau supérieur. Ce n'est pas sa renommée qui lui importe, il concède volontiers à Colt tous les honneurs que celui-ci méritera. Le paysage est trop spécifique pour ne pas être pleinement exploité. En outre, il s'est produit un petit problème lors du premier semis. L'expérimentation avec la tourbe hollandaise et la fétuque rouge n'a pas tout à fait donné le résultat escompté. Colt est lié à la Carter's Seed Company, commerce d'herbes britanniques de premier rang également implanté sur le marché américain. En embarquant Colt dans son projet, Crump pourrait facilement faire appel à cette entreprise pour Pine Valley.

À la vue du paysage, Colt peine à croire que des conditions aussi parfaites puissent être réunies si près de la ville topographiquement inintéressante de Philadelphie. Le site est comme un fragment du jardin d'Éden, béni de Dieu, sublime dans la réunion des contraires, beauté rétive et désert traversé de cours d'eau. Colt loue l'approche détailliste de Crump, on dirait vraiment que les conifères ont été plantés sur le terrain, plutôt que le parcours aménagé entre les arbres. Il se pourrait bien que Pine Valley ait le potentiel de devenir le plus grand défi au monde en matière de golf.

Colt fait quelques suggestions pour le placement des trous, que Crump accueille avec un esprit ouvert, et qu'il intègre à ses plans. Le seul différend entre les deux hommes est d'ordre philosophique. Colt est d'accord pour dire que les trous peuvent mettre à l'épreuve les joueurs de première classe, mais le parcours devrait tout de même manifester un peu de sympathie pour les plus faibles. C'est le seul point sur lequel Crump rejette tout compromis ; Pine Valley sera un test brutal, pas un parcours d'entraînement.

Pour illustrer ses intentions, il aurait fait accrocher une pancarte au-dessus de l'entrée, sur laquelle on lisait l'avertissement infernal de Dante : « Vous qui entrez, laissez toute espérance ».

Crump se lance avec enthousiasme dans l'exécution des propositions de Colt. Cela entraîne un peu de retard dans les travaux, et ce n'est qu'en septembre que les premiers trous sont de nouveau mis en herbe. Un entrepreneur installe un système d'irrigation avancé, dans l'espoir que, cette fois-ci, l'herbe restera verte.

Entretemps, Crump s'est fait construire un petit bungalow non loin du cinquième trou. C'est une pièce sobre où il vit été et hiver. Chaque soir, assis près du petit poêle à charbon, il parcourt ses diagrammes et ses calculs à la lueur d'une lampe à huile. Ses amis ont hâte que le golf ouvre ses portes. En attendant, ils lui rendent de moins en moins souvent visite.

Au printemps 1914, un représentant de Carter's Seeds vient inspecter l'herbe. À ce moment-là, Crump a déjà investi quarante-cinq mille dollars dans la pelouse. L'inspecteur estime qu'il faudra dépenser vingt-cinq mille dollars de plus, si Crump ne veut pas perdre le bénéfice de ces semailles.

Le projet de sauvetage de Carter's Seeds décale une nouvelle fois tout le planning. Les sponsors et les golfeurs ne s'inquiètent pas pour autant. Parallèlement à l'annonce que la date d'ouverture est repoussée, les premiers témoignages commencent à circuler. Crump a invité des intimes à venir tester quelques trous en avant-première. Les *lucky few* qui sont les premiers à jouer à Pine Valley s'accordent à dire que ce sera le meilleur golf du monde. À condition que l'herbe pousse.

Un an plus tard, peu avant la date d'ouverture prévue, en mars 1915, les finitions des derniers trous prennent de nouveau du retard. En défrichant un bout de forêt, apparaît la pente parfaite pour le treizième trou. Ce trésor naturel décide Crump à déplacer ce dernier. À présent que l'achèvement du projet approche, son perfectionnisme surgit. Il voit de plus en plus ce qui pourrait encore être amélioré plutôt que ce qu'il a sous les yeux.

En octobre 1915, Crump essuie un sérieux revers. Malgré ses investissements dans la méthode préconisée par Carter's Seeds, l'herbe est morte pour la troisième fois. Le green ressemble à la barbe d'un adolescent, clairsemé et pelé par endroits. Le sol est tout simplement trop acide. Toute la pelouse est fichue. Crump est contraint de voir la réalité en face : au prix de gros efforts d'importation et d'irrigation, il parvient à faire pousser de l'herbe, mais la culture de celle-ci se révèle impossible sur le sol sablonneux. Tout comme les premières plantations sur tourbe néerlandaise, les résultats paraissent d'abord prometteurs : les graines germent et poussent dru – même si la texture reste fine. Or, à la moindre averse, une grande partie de l'herbe est emportée par l'eau à travers le sable en grains de sucre.

Crump continue de faire fertiliser et ensemencer le terrain, encore et encore. Cela lui a déjà coûté une fortune. Deux cent mille dollars de compost et de gadoue. L'argent du Colonnade Hotel y est presque entièrement passé, mais si cela signifie que l'herbe poussera enfin, Crump estime toujours que cela en vaut le coup. Il doit bien y avoir un moyen, puisqu'à court terme les résultats sont toujours encourageants.

Il y a néanmoins un problème fondamental. La fertilisation constante apporte tant de nutriments en surface que les racines de l'herbe deviennent paresseuses et n'apprennent pas à se frayer un chemin en profondeur, à travers le sable, pour atteindre le substrat aquifère.

Lorsque l'été caniculaire de 1915 arrive, l'herbe n'a pas l'ombre d'une chance. Le terrain tout entier vire au marron. À l'automne, il apparaît que l'intégralité des semailles est perdue.

Au désespoir, Crump y consacre toujours plus d'argent. Le gourou de l'herbe Robert Bender vient faire une inspection et conseille d'enlever une nouvelle fois l'herbe morte. D'après son diagnostic, il n'y a pas d'autre solution que de replanter intégralement le terrain. Tout l'hiver, Pine Valley trempe dans des tonnes et des tonnes de fumier. Quand le vent souffle du mauvais côté, ça sent la merde jusqu'à Clementon.

Contre toute attente, en février 1916, l'herbe a l'air d'avoir pris racine. Elle germe, plus verte que jamais.

Le sol apprend, se dit Crump, triomphant.

À partir du printemps 1916, les journaux ne publient plus d'informations sur le possible avancement des travaux ou les derniers trous du parcours, pas un mot sur la date d'inauguration prévue. Cela n'a rien d'étonnant, après tout, c'est la guerre en Europe, les journaux ont bien assez de choses à rapporter.

Quand, en 1917, Pine Valley fait encore l'objet d'un silence presque total, on peut soupçonner que les pelouses sont toujours source de problèmes et que le moment est venu d'en tirer les conclusions.

Le 24 janvier 1918, un coup de feu déchire le silence. Ce matin-là, Crump est retrouvé mort dans sa maison. Le rapport d'autopsie fait mention d'une « blessure à la tête ».

Le *Philadelphia Inquirer* affirme que Crump serait décédé de douleurs dentaires. Un important abcès dans sa bouche aurait exercé une pression sur le cerveau, et cette condition médicale aurait entraîné la mort.

« Un homme animé d'une forte pulsion de mort, ajoute le journaliste, choisira très probablement une méthode fatale, et qu'il est en outre impossible de déceler avant le passage à l'acte. »

J'ai dû marcher pendant plusieurs heures lorsque j'arrive de nouveau au parking et à la clôture. Mes jambes sont lourdes et une soif granuleuse est coincée dans ma gorge. Je jurerais que le sentier semblait bien plus court dans l'autre sens, deux kilomètres tout au plus. Je n'ai pas l'impression de m'être égarée. Le chemin va tout droit. Les pins rigides jouent les innocents, mais je suis sûre qu'ils y sont pour quelque chose, qu'ils prennent le temps au piège, l'empêtrent entre leurs aiguilles. À la façon dont ces dernières s'agglutinent par trois, on croirait des petites filles qui se chuchotent un secret.

Maintenant que la clôture resurgit dans la forêt, l'entrée aussi est visible. J'ai envie d'agripper les barreaux de la grille et de les secouer, de foncer dessus en voiture, au pire je l'escaladerai ici, à la vue de tous. Si je cours assez vite après mon atterrissage, qui sait jusqu'où je pourrai aller sur le terrain. Et si le gardien misogyne m'attrape, qui pour s'en soucier ? Je suis tellement près. Je ne peux laisser cette clôture décider.

Alors que je rassemble mon courage et les options dont je dispose pour préparer mon assaut, il m'apparaît que ce grillage représente évidemment bien plus qu'une barrière matérielle entre moi et ce que j'espère trouver de l'autre côté. Même si je parviens à franchir la grille, il y aura toujours mon incapacité totale à décrire l'existence de manière fondamentale ; la clôture sera toujours en moi, m'emprisonnant dans mon ambition de vouloir trouver le récit absolu qui donnerait vie à tout. C'est couru d'avance. Chaque tentative est un échec. Quel intérêt ce contexte narratif a posteriori a-t-il pour ces architectes ? – Contexte que l'acte de suicide ampute définitivement. Qu'est-ce que j'espère trouver derrière le grillage qui pourrait encore délivrer Crump ? Comme les autres, il est mort dans une solitude désespérée, avec sa faillibilité et son auto-condamnation, dans l'incapacité de réaliser quelque chose d'essentiel, et ce, alors même que son œuvre, sa création, lui a fait croire si longtemps, si sincèrement que c'était bel et bien possible, que ce n'est pas de la folie de vouloir créer quelque chose qui touche au tout.

| XII |

Théâtre Knickerbocker
1917-1922
Washington, D.C.
Reginald Wycliffe Geare (1889-1927)

Deux soirs par semaine, le docteur Joseph Elward assure des visites à domicile. Ce soir ne fait pas exception, en dépit du temps épouvantable. Une de ses patientes habituelles, la jeune veuve Wilson, qui vit au 1704 V Northwest Street, souffre d'une grave bronchite qui nécessite un traitement. D'ordinaire, il lui faut à peine cinq minutes à pied depuis sa suite dans les Northumberland Apartments pour se rendre chez la malade, mais, ce soir, les grosses chutes de neige le mettent en retard de quinze minutes. À chaque pas, il s'enfonce jusqu'aux genoux. Les derniers relevés font état de soixante centimètres de neige. Toute la rue est blanchie. Depuis hier après-midi, cela n'a pas cessé, les flocons tombent sans arrêt, un gel piquant, des centaines de lames de rasoir microscopiques – la neige semble vouloir lui arracher les yeux.

« Ciel, docteur, votre pantalon est tout trempé ! » s'écrie Mrs Wilson sur le pas de la porte. Passant devant elle, il se fraie un passage à l'intérieur. Elle s'apprête à brosser la neige de son pantalon, mais le médecin s'esquive de justesse.

« Vous ne devez à aucun prix rester dans un courant d'air, Mrs Wilson. Précédez-moi donc à l'étage. »

Dans son deux-pièces, le poêle à charbon est allumé, l'atmosphère est étouffante. Sans attendre ses instructions, Mrs Wilson déboutonne sa robe chasuble en laine et le chemisier qu'elle porte dessous, laissant entrevoir son bustier dans l'encolure ouverte. Sous le tissu mouillé de son pantalon, la peau du docteur Elward tiraille – si froide qu'elle brûle.

Il prend le stéthoscope dans sa sacoche, écoute, les voies respiratoires de la femme crépitent. Quand elle inspire, on dirait que quelqu'un joue avec les graines d'un rosaire dans sa poitrine, un sifflement monte à travers les perles. Son état s'est nettement empiré. Madame crache-t-elle du sang ?

Avant même que Mrs Wilson n'ait pu admettre que c'est le cas, la déflagration retentit. Le vacarme est assourdissant et en première instance il dépasse l'entendement, comme s'il se composait de plusieurs parties, ou du moins était d'une force tellement inconcevable et violente que le médecin n'en réalise que progressivement l'impact. Le fracas énorme du premier coup est suivi par de plus petites détonations rapprochées, qui se décomposent à leur tour en un bruit plus aigu, mais lourd, comme de pesants éclats, de la pierre qui tinte en se brisant.

Le docteur Elward attrape sa sacoche par terre. Instinctivement, il se met à courir en direction du bruit, dévalant l'escalier de

Mrs Wilson, sortant et descendant la rue à gauche, puis à droite sur Champlain Street, il longe la piscine, la petite école, puis encore à gauche, d'ici, à travers la rumeur, les premiers cris lui parviennent, c'est encore loin et ce ne sont pas des appels à l'aide, ce sont des cris que le docteur Elward reconnaît, qu'il a entendus en Europe, dans les hôpitaux ambulants de la Grande Guerre, des cris qui sont au-delà de tout secours, des supplications appelant la mort. Tant de vacarme, un bruit si immense à travers lequel se frayer un chemin, il s'aperçoit à peine de la résistance que lui oppose la couche de neige : les cris qui se trouvent devant lui opposent une poussée plus forte.

Au croisement de Kalorama Road et 18th Street, il voit les premiers témoins attroupés. Avant que le docteur Elward puisse demander ce qu'il s'est passé, il voit un garçon à demi inconscient sortir en trébuchant dans la rue, ce dernier peine à garder l'équilibre sur le sol glissant et s'effondre. Il lui manque le bras droit.

« Je suis médecin ! Je suis médecin ! » crie Elward en courant vers le garçon au milieu de la rue. Il le crie si fort ; la neige est boueuse ici à cause des traces des pneus, le sang se répand vite dans la gadoue. Le docteur Elward dérape. Le stéthoscope se balance autour de son cou comme une corde de pendu coupée. Mrs Wilson en bustier dans son salon suffocant traverse son esprit.

« Tiens-toi tranquille, *boy*. Je suis médecin. Je vais panser ta blessure. »

Elward déchire une bande de tissu dans la doublure de son manteau et l'enroule autour de l'omoplate broyée.

« Mon Dieu, docteur, vous me coupez le bras, s'il vous plaît, ne me coupez pas le bras », gémit le garçon, ses yeux tournent dans leurs orbites, mais il ne perd pas conscience. Le bras droit a dû rester à l'endroit qu'il a quitté en courant, mais toute la rue est sombre et couverte de neige, et le docteur Elward a appris à désactiver son imagination dans ce type de situations, il ne pense donc pas à l'endroit où pourrait se trouver le bras, ni à ce qui a pu s'y passer. Il est tout juste neuf heures passées et il doit étancher le sang à l'endroit présent, à l'endroit où il manque ce bras droit, c'est tout ce que le docteur Elward a besoin de savoir.

Dans les instants qui suivent, le croisement avec 18th Street se remplit. Les services de secours arrivent. Pompiers et policiers s'engagent dans Columbia Road, ordonnant aux témoins de les suivre en direction du Knickerbocker Theatre. Un prêtre se fait connaître et prend la tête du cortège. Toujours ces cris incessants, où des paroles se forment à présent.

« Ma femme est à l'intérieur !

– Qu'est-il arrivé, monsieur l'agent ?

– Mon Dieu, des centaines de personnes ont dû être écrasées ! »

Le docteur Elward laisse le garçon avec un ambulancier pour courir derrière les spectateurs abasourdis et les services d'urgence dans la rue obscure, à travers les rafales de neige et la pluie de lames, dans la gueule de cette nuit désastreuse du 28 janvier 1922.

Le vendredi 27 janvier 1922 en fin d'après-midi, à dix kilomètres d'altitude, se produit un phénomène météorologique qui provoque des chutes de neige à Washington, D.C. Il s'agit d'une sorte d'embouteillage atmosphérique. Des vents polaires de l'anticyclone au-dessus du Groenland se retrouvent dans le jet-stream au-dessus du nord-est de l'Amérique. En raison d'une dépression, un courant constant de vent arctique glacial peut atteindre la région de la côte Est. Neige. De Rhode Island au cap Hatteras, on descend patins et luges du grenier, bien que la météo locale à D.C. juge cet emballement prématuré : on ne s'attend pas à ce que la neige tienne.

Or la neige tombe toute la nuit. Le 28 janvier au matin, Washington se réveille sous un tapis de quarante-cinq centimètres d'épaisseur, et il neige toujours. La ville entière est paralysée. Entre l'état de Virginie et le District de Columbia, neuf trains sont évacués. Les tramways restent bloqués sur les rails. Les automobilistes abandonnent leurs voitures en pleine rue. Celui qui doit se déplacer aujourd'hui a intérêt à le faire à pied, même si ce n'est pas sans risque non plus : au milieu du terrain enneigé devant le Smithsonian Castle, un homme s'enfonce jusqu'à la taille et croit sincèrement qu'il va se noyer. Deux pompiers doivent venir le calmer et, chacun l'agrippant sous un bras, l'escortent hors de la mer de neige. Cent cinquante balayeurs supplémentaires sont mobilisés dans chaque quartier. Des dizaines de voitures-balayeuses font leur sortie, mais ne tardent pas à se retrouver elles-mêmes bloquées. La plupart des magasins s'offrent un *snow day*, quelques petits commerçants indépendants ouvrent courageusement, tel monsieur Bernard Nordlinger de la boutique d'habillement pour hommes sur M Street, qui a embauché ses quatre neveux pour dégager le trottoir : les gamins évacuent sans relâche les pelletées de neige, mais c'est un travail de Sisyphe, la neige continue de tomber, et toujours plus drue. Les mesures indiquent une accumulation de deux centimètres et demi par heure.

À quatre heures de l'après-midi, soixante centimètres sont mesurés. Changement d'ambiance. Ce qui n'était d'abord que gêne et inconfort prend maintenant des allures de record : vingt-quatre heures de neige en continu. *Snowflakes-for-twenty-four-hours-straight!* Les véhicules abandonnés, les voyageurs en détresse, les glissades incontrôlées : tout cela fait place à d'intrépides batailles de boules de neige. Une femme énergique se met à dégager sa voiture. Un timide jeune homme hisse la fille dont il est secrètement amoureux sur son épaule et la porte de l'autre côté de la rue, par-dessus la neige. Des photographes saisissent le moment et font des prises de vue historiques de la Maison-Blanche, du Capitole et du Treasury Building sous la neige, des images d'archives conjuguées au présent.

Quelques individus tirent les rideaux et comptent les boîtes de conserve dans le garde-manger. Quelques autres encore prononcent le mot « apocalypse ». Une femme s'assoupit un instant et rêve que la neige monte jusqu'à sa fenêtre au neuvième étage. Quand elle se réveille en sursaut, elle se dit : j'ai rêvé de mort. Toutes les demi-heures, la radio fait le point sur la situation météorologique et les conseils de sécurité adaptés. Les personnes âgées et fragiles suivent les recommandations les incitant à rester chez elles. Le fleuve Potomac est immobile sous son épaisse couche de glace.

En l'espace d'une nuit, juste comme ça, le monde est enseveli. La neige recouvre D.C. tel un linceul. Les choses perdent leur définition. Peut-être est-ce un gratte-ciel, peut-être un tronc d'arbre mastodontique, mais à vrai dire, ce qui se trouve sous la neige n'a plus d'importance. Le blanc lui-même a pris forme. Le nouveau monde nivéen est régi par de nouvelles lois et d'autres définitions. Autrefois, ceci était peut-être la voiture citadine de Mr Robertson, aujourd'hui, c'est le fort de quelques enfants du voisinage. Un pas ne se mesure plus à la distance entre deux pieds mais à la verticale, dans la profondeur à laquelle un pied s'enfonce dans la couverture neigeuse. Le temps devient relatif, et bon marché – l'économie est quasiment à l'arrêt. On se résigne à la sensation permanente d'un pardessus mouillé.

À huit heures du soir le 28 janvier, les relevés indiquent soixante et onze centimètres de neige, et la chute des flocons se poursuit. La quantité écrasante et la précipitation ininterrompue ont donné au blanc un caractère pérenne : à partir d'aujourd'hui, voilà à quoi ressemble le monde, redessiné et effacé.

Au milieu de cette confusion, les habitants de Washington décident que le mieux sera de réimplémenter au plus vite leur ancienne vie dans le nouveau régime dicté par la neige. Le samedi soir, quelques chauffeurs de taxi – téméraires comme peuvent l'être les taxis : ils croient tous être celui qui conduit le mieux – s'engagent dans les rues couvertes de neige. Ils font de bonnes affaires ce soir-là, car un bon nombre de pionniers s'aventurent déjà dans le monde nival densifié, à la recherche d'une vie nocturne : après tout, on est samedi.

Le Knickerbocker Theatre décide également de maintenir les projections prévues. C'est *comedy night*, la soirée la plus fréquentée de la semaine. Malgré le mauvais temps, environ trois cents places sur mille sept cents sont vendues. *Get-Rich-Quick Wallingford* est à l'affiche, une comédie de truands. Sam Hardy – qui devait jouer plus tard, en 1933, dans le premier *King Kong* – et Norman Kerry interprètent deux escrocs condamnés, Wallingford et Daw. Ils se font passer pour des hommes d'affaires à la recherche d'un investissement. Dans un petit village, ils récoltent des fonds pour mettre sur pied une usine de clous tapissier. Les villageois ne tardent pas à soupçonner la fraude, mais l'arnaqueur professionnel qu'est Wallingford parvient à les rassurer avec ses bobards. Jusqu'à ce qu'une personne surgie de nulle part veuille acheter l'usine…

Juste avant l'événement, une vague de rires parcourt la salle juste avant que Wallingford s'asseye sur un clou et se saisisse le derrière en gémissant. Il est à peine neuf heures. Dehors, les bourrasques de neige mettent en loques l'obscurité, au milieu du bruissement blanc brillent les néons.

CRANDALL'S KNICKERBOCKER THEATRE

Cela fait maintenant vingt-neuf heures que la tempête se démène sans interruption. En ce laps de temps, sur le toit du théâtre, une couche de neige de soixante et un centimètres s'est formée, avec un poids de soixante-trois kilos par mètre carré. Au total, le toit supporte une charge d'environ sept mille kilos de flocons de neige entassés.

La forme en cristal d'un flocon de neige est en général trop fragile pour atteindre le sol intact sous cette forme mais, réunis dans cette masse, ils provoquent l'effondrement du toit soutenu par des poutres en acier qui pèse lui-même, suivant les endroits, ici deux mille, là dix mille kilos. Cette masse d'acier et de pierre et de neige s'écroule complètement, d'un seul tenant, sur toute sa surface, comme si quelqu'un avait passé un couteau le long de la bordure du toit. Le balcon amortit la chute un instant avant que le poids écrasant ne l'entraîne à son tour jusqu'en bas.

« Une vague de rires », puis « le coup assourdissant, » ainsi un survivant reconstituera-t-il plus tard les faits dans le journal. Il aurait voulu que cet implacable fracas laisse une place, même infime, à la résistance humaine. La pierre et l'acier ne se souciaient pas des os arrachés à leur chair, le broiement s'imposait comme une évidence, nul n'avait l'ombre d'une chance.

Le tableau *Vénus avec Cupidon voleur de miel*, peint par Lucas Cranach l'Ancien en 1525, contient une effrayante anamorphose. Si on y lance un coup d'œil distrait, le petit corps d'enfant nu et ramassé de Cupidon semble surmonté du visage de Donald Trump. Vénus, à ses côtés, ne porte rien d'autre qu'un chapeau ostentatoire et les branches d'un arbre ployant sous les fruits, drapées autour de son poignet et de sa cheville. Les deux personnages se trouvent au premier plan du tableau, dans un décor champêtre à la lisière d'une forêt sombre et touffue. L'arbre, avec ses fruits qui ressemblent à des pêches, marque une séparation dans le paysage, qui se fond à l'arrière-plan dans un lointain dégagé comportant une étendue d'eau et une formation rocheuse. Mi-clair, mi-obscur.

Cranach a dépeint ici une scène des *Idylles* de Théocrite, dans laquelle le petit dieu Cupidon est harcelé par des abeilles. En pleurs, il vient trouver sa mère Vénus : « Les piqûres, elles me font mal. » Il geint et pleurniche.

Vénus n'est pas trop surprise par l'incident, après tout, Cupidon tient toujours la ruche entre ses mains, sa bouche fraîchement barbouillée de miel volé. Cependant, elle ne lui dit pas que c'est de sa faute, elle saisit l'opportunité pédagogique et apprend au petit Cupidon que l'amour a toujours deux faces : « Parfois il est doux, parfois destructeur.

– Mais comment quelque chose d'aussi petit que le dard d'une abeille peut-il provoquer une telle douleur ? demande Cupidon – question naïve et, selon moi, hypocrite aussi.

– Toi aussi, tu es petit, mais tes flèches peuvent causer une douleur bien plus grande encore », le rassure Vénus. Pour chaque violence, il existe une violence plus grande. Le pouvoir s'obtient à l'encan. Exactement ce que le petit tyran voulait entendre.

J'ai vu ce tableau à l'été 2016 dans la National Gallery de Londres. Peut-être la déformation du visage de Cupidon sous les traits de Donald Trump était-elle due à un moment de dissipation, une illusion d'optique, une superposition accidentelle d'images.

Je n'exclus pas que Cupidon, à cette époque – je traversais un épisode de chagrin d'amour injuste –, n'était pas mon personnage préféré de la mythologie, et que de ce fait, je l'aie démonisé, de manière possiblement inconsciente, ou peut-être délibérée. Sans doute étais-je tout simplement fatiguée ; la fatigue brouille les idées.

Pourtant, sur le coup, j'y ai vu un signe annonciateur. Quelques mois plus tard, quand Trump a été élu président et que je suis restée pendant des jours dans un état de vaine indignation, j'ai repensé au tableau et au petit Cupidon, je me suis acharnée à essayer de trouver un sens à la déformation.

Janvier 2019, je suis à Washington, D.C. et l'administration américaine est à l'arrêt. Deux ans et demi après l'investiture de Trump, l'indignation ne parvient plus à suivre le rythme, elle n'essaie d'ailleurs même plus. Le *shutdown* gouvernemental dure depuis quelques semaines. Le président Trump a sorti ses griffes : il a mis le gouvernement à l'arrêt parce qu'il veut construire un mur dystopique grotesque dans les États du sud, et les Démocrates s'y opposent. Tant qu'il n'obtient pas ce qu'il veut, il rabâche despotiquement dans chaque émission d'actualités à quel point il a raison. Sur le petit écran, sa bouche dégouline de miel volé, il accuse sans retenue les abeilles : « Pour cinq milliards de dollars, le mur retiendra les immigrants d'Amérique du Sud et d'Amérique centrale, et du même coup, il préviendra la chute de l'économie mondiale et arrêtera le trafic de stupéfiants. Le prix de ce mur peut paraître excessif, mais il faut voir les choses sous cet angle : dans la pratique, il se remboursera tout seul, car tous ces Latinos, prêts à travailler pour un salaire de misère, ne feront plus concurrence à nos propres demandeurs d'emploi. Il y aura de la place sur le marché du travail pour tous les Américains, surtout pour les Blancs. Parce que les migrants volent les jobs américains et leurs drogues tuent nos jeunes. Ce mur aurait d'ailleurs dû être construit depuis longtemps, ainsi El Chapo et tout le cartel de Sinaloa n'auraient jamais pu faire passer le moindre gramme à la frontière. »

Kevin Hassett, conseiller économique de Trump, est pleinement d'accord et ne comprend pas pourquoi les gens se font de la bile : « Avec le *shutdown* du gouvernement, certaines personnes ne touchent peut-être pas de salaire, mais au moins elles ont des vacances supplémentaires. »

Les chauffeurs de taxi rôdent comme des prédateurs dans les rues désertes de D.C. À cause du *shutdown*, il n'y a que très peu d'hommes d'affaires, de membres du Congrès ou de journalistes à transporter.

Toute personne qui se déplace est une proie potentielle. S'immobiliser un instant, ou marcher trop près du bord du trottoir, c'est prendre le risque de se retrouver embarqué dans un taxi et de devoir inventer une destination sous la contrainte, de préférence un endroit à l'autre bout de la ville pour bien faire tourner le compteur.

Debout à l'angle de 3rd Street et Pennsylvania Avenue, je me trouve dans la gueule du loup; clairement identifiable comme touriste avec le Capitole sur ma droite et le début du National Mall, long de plusieurs kilomètres, sur ma gauche. Il n'y a littéralement pas un chat dans la rue. Les larges avenues sont désertes, le National Mall, dépeuplé en dehors de quelques joggeurs, les musées de la Smithsonian, fermés, de même que le centre des visiteurs du Capitole.

J'essaie de m'imaginer si, un jour dans ma vie, je serai à ce point seule et abandonnée de tous, comme dans un film post-apocalyptique de Spielberg avec, disons, la tour Eiffel pour unique compagne. Les constructions monumentales de cette échelle ne sont pas faites pour l'expérience individuelle, il leur faut un public, des passants, des visiteurs, des utilisateurs, des voyageurs, des amateurs, même si ce ne sont que des chats errants, quoiqu'il en soit, ils ont besoin d'un regard collectif pour confirmer qu'ils font partie d'un espace partagé. Devoir être seule avec ces bâtiments est une expérience écrasante.

Les taxis importuns me font la cour, mais je ne peux pas monter. J'appartiens déjà à Georgia et son Escort grise. Comme la plupart de ceux qui ne touchent pas leur paie pour la troisième semaine consécutive, Georgia tente sa chance en tant que chauffeur Uber. Dès que je suis montée, elle essaie de me convaincre que c'est précisément cela, l'esprit américain, l'approche *hands-on*, personne d'autre ne le fera pour toi, à toi de rebondir. Son entreprise de restauration collective pour le Congrès n'ayant pas reçu de commandes depuis trois semaines et demi, elle s'est rabattue sur Uber. Les factures ne se paient pas toutes seules et ses petits garçons doivent manger. Je vois dans le rétroviseur qu'elle ravale ses larmes. Elle me dépose dans le quartier d'Adams Morgan, sur la petite place où 18th Street et Columbia Road se rejoignent pour former l'angle d'un triangle isocèle. C'est ici que se dressait autrefois le Harry Crandall's Knickerbocker Theatre, baptisé d'après l'entrepreneur et homme d'affaires Harry Crandall, et construit par le jeune architecte Reginald Wycliffe Geare. Aujourd'hui, c'est le site d'une filiale de la SunTrust Bank, un bloc massif de briques marron qui ressemble à une machine à écrire. Je n'oublierai pas de laisser cinq étoiles à Georgia sur Uber?

Reginald Geare a vingt-huit ans quand il livre le Knickerbocker Theatre en 1917. Le palais cinématographique érigé en pierre calcaire de l'Indiana marque une étape importante dans sa toute jeune carrière. Ni argent ni efforts ne sont épargnés. Harry Crandall achète le terrain pour soixante mille dollars. La construction est estimée par Geare à cent cinquante mille dollars – une fortune risquée à cette époque, mais il espère amortir le bâtiment en un claquement de doigts.

Après quelques investissements ratés dans le monde des casinos, Harry Crandall jette dès 1910 son dévolu sur l'industrie du cinéma. Il a l'intuition que le secteur est porteur, et qu'il lui faut prendre cette intuition au sérieux. Ne les voit-il pas autour de lui : les directeurs de banque, les agents de change, les membres du Congrès, les héritiers et leurs communs diviseurs, tous avec leurs portefeuilles pleins à craquer et un manque total d'imagination lorsqu'il s'agit de dépenser cet argent, tous pris au piège d'une existence bourgeoise, enchaînés par leur confort indolent, clercs de la concupiscence qui se languissent d'être distraits de cette douloureuse conscience, du jeu d'ombres projeté sur la paroi de leur grotte encoconnée, tous aspirant à des mondes imaginaires, des vaudevilles, des films, des jeunes actrices aux yeux de biche, des concerts, des tapis rouges et j'en passe?

Oui, Harry Crandall voit tout cela. Il voit que les riches, tout autant que leurs congénères des classes sociales inférieures, désirent être aveuglés par le glamour, le commerce et l'évasion du réel. Ce n'est pas du tout l'élévation intellectuelle qu'ils recherchent, en définitive, ils veulent juste passer du bon temps. Il voit le marché européen du cinéma se déplacer en Amérique à cause de la Première Guerre mondiale. Il voit le modèle hollywoodien et le taux de succès avec lequel celui-ci est copié. Il voit s'effacer la distinction entre culture des élites et culture populaire. Harry Crandall voit tout cela. La seule chose qu'il a à faire, c'est créer une infrastructure pour répondre à ces désirs.

Ce n'est pas un hasard si, en 1913, il fait bâtir son premier cinéma aux numéros 437-439 de 9th Street, au cœur du quartier d'affaires de Washington. Son intuition ne lui a pas menti. La séance de cinq heures affiche systématiquement complet, et la plupart des sièges à cette heure-là sont occupés par des hommes en costume trois-pièces, vautrés dans les fauteuils moelleux, le gilet déboutonné. Le succès vaut à Crandall d'être illico propulsé au rang de magnat du cinéma de Washington. Ne pas songer à s'agrandir serait mal gérer ses affaires. Un grand cinéma dans le centre-ville, ah, que diable! un grand cinéma dans chaque partie de la ville. En l'espace de quelques mois, Crandall a fait assez de bénéfices pour restaurer une nouvelle salle. Il achète le Savoy Theatre sur 14th Street, une bâtisse dans le style chic et traditionnel du renouveau colonial. Huit semaines et quelques milliers de dollars plus tard, la boîte en briques a été transformée en palais des Beaux-Arts avec balcon – une intervention qui a permis de doubler le nombre de places. Crandall a aussi fait agrandir le lobby de manière conséquente. L'importance de la surface, ajoutée aux colonnes de marbre vert, donnent de la prestance au foyer. L'intérieur de la salle est métamorphosé en un boudoir tout en or, rose et ivoire. De la grandeur pour les masses. De la culture populaire dans un palais luxueux aux allures d'opéra. Une opulence suffisante pour les gros actionnaires, et un décor pour faire rêver les moins nantis.

Crandall développe cette formule pour en faire une stratégie de marché. L'idée de cette revalorisation du bâti provient d'un jeune architecte qui a rénové l'Apollo Civic Theatre de Martinsburg pour lui : Reginald Wycliffe Geare, diplômé depuis quelques années de la George Washington University, et qui vient de terminer sa formation complémentaire de dessin. Pour contrebalancer la sobriété de la façade extérieure de l'Apollo Civic, Geare a imaginé un intérieur fastueux contrasté, tout en velours bleu et ornementation dorée. On a l'impression de se trouver dans la boîte à bijoux d'une aristocrate désirable. Crandall a vu la pierre se muer en or.

En novembre 1915, six mois après la réouverture de l'Apollo Civic, Geare pose les plans de construction du Knickerbocker Theatre sur le bureau de Crandall. Si les premiers cinémas de Crandall étaient des palais, le Knickerbocker sera un temple, un autel profane à la mesure des oligarques à qui il veut faire mettre la main au portefeuille.

En descendant depuis Columbia Road, on découvre depuis le petit parvis les lettres de néon du « Crandall's Knickerbocker Theatre ». L'entrée se trouve juste au coin de la rue, sur 18th Street, sous un auvent en béton au-dessus duquel un panneau lumineux annonce les films au programme. Par l'entrée, on accède au foyer spacieux qui s'étend sur toute la largeur du bâtiment côté 18th Street. Sol en marbre et lustres en cristal. Une boutique de confiseries haut de gamme. Au premier étage, le « salon des rafraîchissements » ainsi qu'un tea-room jouxtant le balcon. L'expérience cinématographique se prolonge avant et après le film. La salle possède une capacité de mille sept cents spectateurs et se resserre en entonnoir jusqu'à la scène – l'acoustique est incroyable. Des ventilateurs Typhoon intégrés procurent au visiteur la sensation d'une légère brise durant une balade en décapotable, un jour d'été. Le luxe se poursuit dans le moindre détail : les meubles dans la fosse d'orchestre sont recouverts de soie.

Pendant ce temps, les journaux suivent de près les investissements de Crandall. La grande ouverture du Knickerbocker, le 13 octobre 1917, est largement relayée dans la presse, en partie grâce aux stars de cinéma engagées par Crandall pour la soirée inaugurale. Il programme le drame romantique *Betsy Ross*, dont l'héroïne patriotique aurait cousu le tout premier drapeau américain. Alice Brady, qui interprète le rôle de Betsy, est présente en personne avec son beau du moment, Carlyle Blackman. Les mille sept cents places ont toutes été vendues.

Le lendemain matin, les critiques proclament Reginald Geare « architecte de l'ère du cinéma muet ». Sa carrière est lancée. Crandall collaborera avec son golden boy Reggie Geare sur plusieurs autres théâtres, notamment le Metropolitan, le York et le Lincoln. Au sommet de son succès, Crandall possède pas moins de dix-huit cinémas à succès à D.C. et en Virginie.

Il n'est pas improbable que les solives en acier qui supportent le toit du Knickerbocker aient commencé leur lent fléchissement dès ce premier soir, entraînant quatre ans plus tard, sous le poids de la couche de neige, le désastre.

Je savais à l'avance que je ne verrais pas le Knickerbocker. Néanmoins, une fois sur place, l'absence provoque une plus forte sensation de vide que je ne l'imaginais. La banque qui a remplacé le cinéma constitue un triste terme à la riche histoire architecturale du lieu. Depuis les années soixante-dix, le bâtiment sans inspiration claque la porte du passé mouvementé de son site de construction. Sa façade comporte une ligne concave qui évoque la forme d'une scène, mais même avec la meilleure volonté du monde, on ne saurait qualifier cela de référence.

Un an après l'effondrement, en 1923, un nouveau théâtre est construit à la place du Knickerbocker, l'Ambassador, qui fonctionne sans problèmes pendant plusieurs décennies. Vers la fin des années soixante, la salle de cinéma se transforme en lieu culte pour le mouvement hippie. En 1967, Jimi Hendrix y donne son légendaire premier concert à Washington. À peine deux ans plus tard, les propriétaires doivent faire démolir le bâtiment. Le site tombe entre les mains d'un promoteur immobilier, qui revend le terrain à la SunTrust Bank. Le parvis du théâtre est rebaptisé SunTrust Plaza. De nos jours, 18th Street est le cœur battant du quartier branché d'Adams Morgan, un enchaînement de cuisines du monde. Un italien, un MacDonald's, le bistrot blues Songbyrd, un barbecue, une pizzeria, un café suédois, un bar à ramen, un restaurant turc, un indien, une baraque coréenne qui fait également office de salon de tatouage, un falafel, une vitrine remplie d'habits vintage et encore une pizzeria.

Nichée parmi les restaurants dans 18th Street, près de l'ancien Knickerbocker, se trouve la librairie Idle Times Bookstore. Deux étages et un palier bourrés de livres d'occasion. Chaque étagère vous attire avec la promesse de tomber sur une édition rare. Des rayons émane cette odeur acide caractéristique du vieux papier. Debout devant la bibliothèque tout au fond du premier étage, je passe en revue les dos des livres. Un sparadrap marron accroché à la planche supérieure indique, écrit au feutre : « Non-fiction ». Je cherche John MacPhee pour le consulter. J'ai l'intention d'apprendre de lui comment être moins présente dans le livre que je cherche à écrire. McPhee écrit des récits de non-fiction, il est à la fois narrateur, personnage et caméra, mais jamais omniscient, ni radicalement documentaire, et encore moins un figurant déplacé qui s'installe dans le champ de son sujet – il ne montre pas la moindre inclination à se placer sous le feu des projecteurs. Il serait plutôt une sorte de voix incarnée. Sans qu'il ait besoin de faire quoi que ce soit, on admet que ce soit lui : un homme de chair et d'os qui se donne à lire, qui est présent à la fois dans son texte et dans le monde réel. Il nous prête ses yeux et ses pensées, fait l'expérience de l'objet de son écriture, se documente et parvient à tout restituer dans des constatations irrésistibles. À peine quelques interventions narratives dans la réalité, rien de plus. Pour 8,99 dollars, j'achète *Oranges*, un classique du reportage de McPhee sur les oranges, et pour 12,99, les œuvres complètes d'Anne Sexton.

Lorsque Reggie Geare arrive au Knickerbocker ce soir funeste, son corps rejette d'abord l'image de l'horreur qui s'est déroulée, comme si son système nerveux cherchait à le prémunir du cordon de police, des civières et des corps lacérés, des ouvriers du déneigement faisant un travail de fossoyeur, des pioches et pieds-de-biche attaquant sans relâche le bois et la pierre, se frayant un chemin, des sirènes, des cris de la foule alentour. Au milieu de tout ça, il aperçoit les quatre murs de son œuvre, qui tiennent pourtant debout. Qu'a-t-il bien pu se passer si les murs sont encore debout, dressés vers le ciel dans un appel à la miséricorde qui lui est définitivement refusée dès que le choc le frappe dans sa chair : les murs ne supportent pas de toit.

Cognant comme un forcené, il se fraie un chemin à travers le cordon pour venir en aide aux sauveteurs. Il connaît l'intérieur du bâtiment aussi bien que l'extérieur. Il a deux bras.

Mais la force des bras n'y suffit pas. Il faut des mâts de charge et des machines, des crics hydropneumatiques et des grues, cruciaux dans les tentatives de dégager les débris aussi prudemment que possible. Jusque tard dans l'après-midi du lendemain, on nourrit l'espoir de retrouver des survivants parmi les corps broyés et les décombres écrasants.

Dans *The Last Poet*, un essai vidéo de vingt minutes réalisé par l'artiste américain David Hartt, la caméra explore un quartier indéfini au bord d'une ville sans nom quelque part sur la côte Est. Un parking de poids-lourds. Une casse. Le boîtier métallique d'un téléphone public sans appareil ni combiné. Une église. Des chaises de jardin en plastique blanc. Une légère brise. Des rues où s'enchaînent des maisons préfabriquées identiques. La pousse d'une plante perce à travers des dalles en pierre. Quelqu'un court dans la rue et attrape un bus. Le pont dans le lointain est en construction. Le fleuve qui coule sous le pont est gris-brun. En voix-off, Francis Fukuyama commente : « Ce sentiment historique profond qui nous incite à préserver les choses anciennes, les ruines, nous ne l'avons pas atteint. Les Américains continuent de toujours vouloir tout recommencer. »

Contrairement à l'Europe, réduite en cendres après la Première Guerre mondiale, les États-Unis connaissent un boom économique au début des années vingt. Une politique extérieure protectionniste maintient les problèmes des autres à distance, tandis que le marché intérieur fleurit grâce à l'élan du nouveau capitalisme. La production de masse entraîne un agrandissement d'échelle, une augmentation exponentielle de l'activité économique, laquelle apporte la prospérité : une Ford T pour tous ! Cette folie de l'abondance laisse de la marge pour l'épanouissement individuel – même si cela ne concerne que les classes moyennes, et en premier lieu les Américains blancs. En ces temps-là, l'optimisme est un microbe contagieux, et Reggie Geare aussi voit la vie comme un voyage vers le bonheur et l'accomplissement personnels.

À l'époque de son premier succès architectural, il se marie dans l'église épiscopale St Margaret de D.C. avec la ravissante Dorothy Smallwood. Trois demoiselles d'honneur prennent part à la cérémonie, Marie Tunstall, Marguerite Weller et Lela Howard. Toutes trois sont vertes d'envie. Chacune d'entre elles aurait sans sourciller poignardé leur amie pour filer à sa place avec le jeune architecte. Il rayonne de promesses, et possède à la fois une espièglerie juvénile et le mystère insondable de l'artiste.

Quelques années plus tard, quand Marie, Marguerite et Lela reçoivent l'une après l'autre le même coup de fil de leur amie Dorothy, une fois l'horreur initiale de la nouvelle passée, elles s'estiment heureuses de n'être pas l'épouse de celui qui a toutes ces morts sur la conscience.

Dans le courant de cette journée du 29 janvier 1922, il a dû s'arrêter de neiger. Le dégel s'est certainement amorcé les jours suivants, mais tout cela lui échappe. Après la catastrophe, Reggie Geare reste cloîtré chez lui pendant une semaine. Il ne parle à personne, pas même à sa femme. Ce n'est que quand le tribunal le convoque qu'il s'habille pour se rendre à l'audience au District Building. D'après les témoins, il est pâle comme la mort, l'expression de ses yeux est celle d'un possédé.

Huit jours durant, on l'interroge. Geare ne présuppose même pas qu'il est innocent, il est aussi déterminé que la commission d'enquête à découvrir ce qui est arrivé, et coopère de façon constructive. Il passe tout en revue, redessine les plans, puis les redessine encore pour être sûr. Nuit après nuit, pierre après pierre, il reconstruit le théâtre depuis ses fondations. Qu'est-ce qui lui échappe ? Où s'est-il trompé ? Pour sa défense : il ne le voit pas.

Les auditions usantes le mettent à l'épreuve, son corps se recroqueville de plus en plus dans le fauteuil d'interrogation. Il accuse le coup.

À présent que les jours de Clyde Gearhart, Caroline Upshaw et Edward Williams ne sont plus en danger, le bilan officiel s'élève à quatre-vingt-quinze morts. Cent autres personnes ont été grièvement blessées, un grand nombre d'entre elles resteront défigurées à vie à la suite de leur sortie au cinéma.

Le tribunal conclut que la mort des victimes est la conséquence directe de défaillances dans la conception du bâtiment qui auraient pu être évitées par l'architecte. Reginald Geare est accusé de *manslaughter*, homicide involontaire. Il ne sera finalement pas condamné par la justice, mais l'inculpation seule constituera un verdict suffisant pour que le public et l'histoire le tiennent responsable.

Il semblerait que l'échec soit amené à tomber un jour en désuétude. L'évolution dans son ensemble a un penchant hégélien qui va en ce sens. L'homme invente des outils en quantité et de qualité toujours supérieures pour devenir plus intelligent, plus beau, plus efficace, mieux portant, plus fort et de manière générale pour durer plus longtemps, pour repousser les limites de l'existence humaine. Que ce soit à petite échelle, comme la tasse de café qui m'a échappé des mains un jour où j'étais tellement fatiguée que j'en perdais le contrôle de ma motricité, ou à large échelle l'impossibilité de guérir les maladies en phase terminale, toute forme d'échec contredit cette progression évolutionnaire. Rien d'étonnant donc à ce que la faillibilité provoque une angoisse existentielle, puisqu'elle est capable de remettre en question tout le processus par lequel nous avançons à travers l'histoire en direction de l'avenir. Comme souvent, cette crainte est apaisée par des discours. Tomber pour mieux se relever. Apprends de tes erreurs. Ce qui ne te tue pas te rend plus fort. *Failing forward.* Apparemment, l'échec doit s'accompagner de l'idée qu'il faudra ensuite essayer plus fort et utiliser son insuccès comme marchepied vers le succès. La non-réussite comme terreau fertile pour de futurs accomplissements.

Parfois, les jours semblent une succession d'objectifs, de tremplins menant au perfectionnement. Faire la vaisselle est un perfectionnement, écrire mille mots est un perfectionnement, sortir de son lit est déjà un perfectionnement en soi, car cela signifie que je fais l'effort d'affronter la journée, et après cette journée la suivante, que j'aborde la vie du bon côté, en allant de l'avant, avec une énergie croissante.

L'échec vient contredire cette direction, il nous gêne et nous repousse en arrière, vers la non-existence. C'est une trappe qui s'ouvre sur le vide en dessous, une faille qui laisse entrevoir la faiblesse. La faille est terrifiante.

Peut-être est-ce affaire de perspective : si l'échec touche à la non-existence, alors la mort, du point de vue de la vie, constitue l'échec fatal. Du point de vue de la mort, l'échec de la vie est le perfectionnement. Ne pas échouer signifierait le triomphe de la vie, la victoire sur la mort. Peut-être accomplissement et échec se rejoignent-ils de la manière la plus noire dans le suicide.

Bien sûr, certains philosophes, rejoints par les sociologues et psychologues, affirment que nous sommes des créatures fondamentalement imparfaites, incomplètes, perpétuellement en quête, que l'abîme entre ce que nous sommes et le rêve de ce que nous pourrions être est une béance rassurante à jamais en nous, et heureusement, car cette béance contient toute forme d'aspiration. C'est dans ce gouffre que se trouve l'ambition grâce à laquelle nous nous maintenons.

Pour Reggie Geare, l'effondrement du toit coïncide avec le comblement total de cet abîme. Celui qu'il pourrait être se confond définitivement avec ce qu'il est à ce moment précis : une créature faillible qui a commis une erreur fatale au détriment d'un grand nombre de vies.

Dans les années qui suivent, Geare ne parvient pas à retrouver son dynamisme naturel. Non seulement il doit apprendre à vivre avec les victimes, mais il est également contraint de se réinventer, car plus personne ne veut travailler avec lui. Ses rêves d'architecte sont ensevelis sous le toit écroulé avec les morts. Reggie Geare a trente-huit ans quand il doit affronter cette réalité. En même temps, il a conscience de l'impossibilité de se réorienter. Il est architecte. Faut-il faire pour être ?

Geare décède dans son logement du 3 047 Porter Street, aux confins de ce qui est aujourd'hui le quartier mondain de Georgetown, dans la partie nord-est de D.C. Il passe le jour de sa mort choisie au bureau. Cinq ans après la catastrophe, il continue de s'y rendre tous les jours, même si aucun travail ne l'y attend. C'est ce qui lui permet de tenir le coup : tant qu'il a ce bureau, il est architecte. Aujourd'hui, exceptionnellement, il part après midi pour aller jouer au golf. Il ne rentre pas trop tard, et rapporte une boîte de douceurs à sa femme Dorothy. Reggie lui donne l'impression d'être détendu, il est gentil, comme à son habitude, et inatteignable, comme toujours depuis cette nuit-là.

Après le dîner, il se retire dans la mansarde qui abrite sa table de travail et un canapé-lit. Quand il dessine tard dans la soirée, il lui arrive d'y dormir pour ne pas réveiller Dorothy.

Bien qu'elle espère qu'il va se ressaisir et chercher un autre emploi, Dorothy trouve que son mari a du courage de continuer à dessiner. C'est un trait de son caractère auquel elle peut se raccrocher, quelque chose qu'elle reconnaît de son mari d'avant. Aussi le laisse-t-elle tranquille ce soir-là. Reggie lui répète souvent combien il est reconnaissant pour l'espace qu'elle lui accorde. Chaque chose en son temps, se dit-elle, ça fait beaucoup à digérer.

Avant de se coucher, Reggie ouvre le robinet du gaz. La petite pièce dans le grenier est éclairée au gaz de houille, un cocktail d'hydrogène, de méthane, d'éthane, de monoxyde de carbone et de nitrogène. Il n'y a pas de mort plus douce que la suffocation. Les poumons parviennent toujours à respirer, ce qui évite qu'ils ne s'affaissent paniqués, seulement l'air contient de moins en moins d'oxygène, un mince fil de plus en plus ténu s'étire dans le thorax jusqu'à se briser.

Ce n'est que le lendemain matin, en ne le voyant pas apparaître à la table du petit déjeuner, que Dorothy commence à s'inquiéter. Elle frappe à plusieurs reprises à la porte de la mansarde, un peu agacée de devoir l'appeler à table comme un petit garçon. Comme, de plus, il refuse d'ouvrir, elle l'enguirlande. Elle secoue la poignée, se penche pour regarder par le trou de la serrure, sans rien voir – étrange, on dirait qu'il a été bouché avec un bout de tissu –, mais avant qu'elle puisse se l'expliquer, une vague odeur de gaz lui parvient. Bien qu'à ce moment elle ne sache pas encore ce qu'il a fait, elle en a tout de même la certitude, car, en un sens, cela fait des années que c'est en train d'arriver. Dorothy enfonce alors la porte, elle se meurtrit l'épaule droite. Reggie est en pyjama, tranquillement allongé sur le canapé. Dorothy ferme l'arrivée de gaz et essaie de ranimer son mari. Elle profère maintenant des jurons encore plus forts. Elle appelle une ambulance. Le médecin vient et constate le décès.

Le légiste veut savoir s'il y avait des signes annonciateurs. Dorothy répond qu'il était en assez bonne santé ces derniers temps. Certes, il s'inquiétait de leur situation financière à présent qu'il ne recevait plus de commandes, mais le suicide ? Qu'est-ce que c'est, un comportement suicidaire ? À quoi aurait-elle dû le reconnaître ?

Il y avait bien ce rêve récurrent dont elle ne saurait jamais rien, car Reggie ne le lui a jamais raconté, un rêve dont l'horreur était simplement trop grande :

Un garçon, il ne peut pas avoir plus de quinze ans, est bloqué sous un débris près de l'entrée de la salle. Il s'en est fallu de peu pour qu'il en réchappe. Le bloc l'écrase à partir de la taille, son torse et sa tête sont dégagés. Le garçon ne pleure pas, ne crie pas, ne gémit pas, la douleur ne le fait pas délirer, il fait tout son possible pour aider de son mieux les sauveteurs. Du sang coule dans sa chevelure empoussiérée. Deux médecins lui prodiguent les premiers soins, tandis qu'une douzaine de pompiers essaient de soulever, à l'aide de crics hydrauliques, l'énorme poids qui lui broie le bas du corps.

« Mon bonhomme, tu es aussi courageux que n'importe qui dans les tranchées », dit le médecin, qui sait d'expérience que le courage existait dans les tranchées, même si on savait qu'on n'avait pas l'ombre d'une chance.

À un certain moment, le garçon parvient à se relever un peu sur les coudes, ses souffrances sont atroces, inimaginables, mais il se hausse pour voir les sauveteurs essayer de déplacer la pierre, il est déterminé à s'en tirer. Le garçon dans le rêve, c'est celui au sujet duquel le *Washington Post* devait écrire, le lendemain du drame : « Il était l'esprit américain intensifié : la splendeur suprême de la nation face à la crise, c'était l'enfance élevée au rang d'homme. »

Nuit après nuit, le garçon se hausse sur les coudes dans le rêve de Reggie Geare. Parfois, il vit le rêve du point de vue du gamin, contemplant le bloc écrasant le bas de son corps. Parfois, il est un des sauveteurs, s'acharnant à essayer de soulever la pierre. Jamais, dans son rêve, il n'est le docteur, qui est évidemment lui aussi incapable de le sauver.

Harry Crandall va également sombrer, même si sa première réaction a montré qu'il avait de la ressource. Le lendemain du drame, il s'est laissé conseiller de rebâtir le théâtre au plus vite, mais en s'associant les services d'un autre architecte. Crandall abandonne Geare et opte pour son concurrent Thomas Lamb. Ce dernier construit en 1923 l'Ambassador Theatre sur les murs encore debout. La nouvelle salle supprime certes les décombres du paysage urbain, mais ce n'est guère plus qu'un baume sur la plaie. Le choc de ce qui s'est produit en cette nuit de janvier perdurera des années. Crandall prend conscience qu'aux yeux du public il n'est pas innocent non plus. Les beaux jours sont terminés.

En 1927, il revend son empire à Warner Bros. Aujourd'hui, la plupart de ses palais cinématographiques ont disparu. Au 1215 U Street, le Lincoln Theatre, une création de Geare, est toujours debout. Le bâtiment a été classé, non pas pour ses qualités architecturales, mais en raison de sa valeur historique : en son temps, le Lincoln était le centre du « Black Broadway » de Washington : construit pour un public afro-américain à qui les lois raciales interdisaient l'accès aux autres cinémas.

Quinze ans après le désastre, en 1937, Harry Crandall met lui aussi fin à ses jours. L'héritage de l'ancien millionnaire se compose d'une bague en diamant de cinq cents dollars qui lui a été retournée, d'une montre à cinquante dollars, de quelques meubles et vêtements, et d'un certain nombre d'actions dont le cours s'est effondré. Il laisse un mot dans lequel il demande aux journaux qui annonceront sa mort de ne pas être trop durs avec lui. « Car je suis désespéré, écrit-il, mes cinémas me manquent tellement. »

Dans les jours suivant le drame du Knickerbocker, les services d'inspection en bâtiment croulaient sous les demandes afin de contrôler la sécurité de logements et bâtiments publics. Sous les toits de Washington régnait l'angoisse mortelle tout à coup fondée du risque d'écroulement.

Le 31 janvier 1922, le Bureau of Standards forma une commission d'enquête pour le Knickerbocker. On préleva des échantillons des matériaux de construction et les consignes de sécurité furent confrontées à la situation sur site. L'enquête ne consolerait pas les familles et ne guérirait pas les blessés, mais il fallait tourner le regard vers l'avenir. Le but des recherches n'était pas seulement d'établir précisement ce qu'il s'était passé et qui devait être tenu pour responsable, mais aussi de contribuer à la révision du code du bâtiment du District of Columbia, qui s'était révélé suranné et inadapté aux techniques de construction modernes.

Outre la commission d'enquête officielle, des dizaines d'experts extérieurs se proposèrent pour collaborer aux rapports recensant les défauts. Parmi eux, l'architecte auprès de la ville de Chicago et un délégué de l'American Society for Civil Engineers apportèrent leur expertise. Le rapport d'enquête sur le « Knickerbocker Disaster » montre qu'il s'agissait bel et bien d'une erreur de construction : le chevron principal s'était détaché côté nord en raison de défauts du gousset de charpente placé le plus au nord sur ce même chevron et du bord inférieur de la ferme de toit reposant sur le mur.

Le gousset de charpente faisait 1,27 centimètre d'épaisseur, et constituait l'unique élément de stabilisation latérale pour la lourde ferme de toit supérieure. La ferme inférieure reposait sur le mur sans renforcement complémentaire. Les deux basculèrent et furent écrasés par une association de forces de poussée, de compression et de torsion.

Le poids et la pression de la couche de neige causèrent une inflexion vers le bas du chevron principal, qui avait été dessiné de façon à ce que l'essentiel de la charge pèse sur les murs. Or les chevrons n'avaient pas été bien ancrés dans les murs. En outre, ces derniers s'étaient dilatés sous l'effet du froid et de l'humidité, de sorte qu'ils s'écartaient du toit. La dilatation des murs vers l'extérieur combinée au fléchissement des chevrons vers le bas coupèrent pour ainsi dire le toit de son ancrage.

L'audition de Reggie Geare révéla que, lors de la construction, il fallut au dernier moment se contenter de matériaux plus légers et moins chers, en raison de la pénurie d'acier causée par la Première Guerre mondiale, mais aussi parce que l'entrepreneur Crandall jugea que cela permettrait d'accélérer le processus de construction. L'architecte avait cédé, non sans avoir d'abord demandé l'approbation du Washington Building Department. Il obtint leur feu vert, mais c'était à lui qu'incombait la tâche de recalculer la capacité de charge maximale. La responsabilité de l'erreur est donc directement attribuable à Geare, qui agissait cependant sous la pression de Crandall. Cela étant, le « Blizzard du Knickerbocker » avait été d'une violence extraordinaire. Dans quelle mesure l'architecte avait-il pu anticiper qu'un jour une telle masse de neige s'accumulerait sur le toit, ou même qu'il puisse en tomber autant du ciel ? Sous le coup de la vive émotion qui suivit l'effondrement, on porta même plainte contre les employés du district, parce qu'ils n'étaient pas parvenus à déneiger les rues pour que les services de secours puissent accéder facilement au site. Si même les déblayeurs étaient tenus pour responsables, il n'est pas difficile d'imaginer à quel point le public dut diaboliser Geare.

Après l'enquête, le code du bâtiment fut révisé, avec une attention accrue pour la sécurité et la prévention. Un principe directeur fut adopté en guise d'avertissement à tous les architectes et bâtisseurs : « La sécurité d'abord, de la fondation à la clé de voûte. »

Près de la station de métro Brookland se trouve l'American Poetry Museum and Centre for Poetic Thought. Il fait partie d'un grand immeuble industriel où sont installées toutes sortes de start-ups. Devant la fenêtre, qui a plutôt l'air d'une vitrine, un homme d'un certain âge à la silhouette légèrement trapue me fait signe d'entrer. Le musée se laisse embrasser en un coup d'œil : un petit espace blanc, à peine plus grand que mon salon. Quatre tableaux sont accrochés au mur. Au fond, une modeste bibliothèque et un microphone sur pied.

« Entrez, mais n'attendez pas trop de moi pour l'instant, dit l'homme, qui se présente comme Reuben. Je suis encore un peu *undercaffeinated*, sous-caffeiné. »

Puis il se réinstalle dans la vitrine devant son ordinateur portable. Il me fait penser à un animal dans un zoo, le poète contemporain dans son habitat, avec un MacBook dans un petit espace blanc, enfermé derrière une vitre. Je pense à Walter et à son énigme du gardien de musée et de la salle vide.

Les tableaux ne me parlent guère, mais c'est avec excitation que je parcours les livres qui s'alignent dans la bibliothèque. Peut-être possèdent-ils un manuscrit rare du premier recueil de John Ashbery, écrit de sa main, ou pourrai-je tenir entre mes mains une première édition de *Spring and All* de William Carlos Williams, parcourir des notes du journal intime d'Elizabeth Bishop, feuilleter les œuvres complètes de Wallace Stevens, prix Pulitzer. Hélas, la bibliothèque ne répond à aucune de mes attentes. Sur les rayons s'alignent essentiellement des anthologies de circonstance et des volumes soldés.

« Aimez-vous la poésie ? » entends-je Reuben demander.

J'essaie de ne pas laisser paraître ma déception.

« Je m'imaginais le musée de la poésie américaine autrement.

– On se débrouille. Nous sommes confrontés à une baisse du marché du livre, la poésie surtout est en difficulté. Les bons soirs, nous comptons tout de même de vingt à trente personnes dans le public.

– La poésie a toujours l'air d'être en difficulté », dis-je avec dédain.

Reuben répond quelque chose de sensible sur la nécessité intérieure et le pouvoir transformatif du poème, je réplique par un discours sur la résonance, la violence métrique et la pulsion de vie. Nous devisons ainsi quelque temps, comme deux caricatures. Les poètes savent très bien verbaliser l'importance de la poésie, ils y excellent, parce qu'ils sont si souvent amenés à la défendre. Reuben fixe le sol quand il formule sa pensée, ce qui ajoute à l'impression qu'il va chercher ses mots à un endroit fragile au fond de lui-même. Je puise dans des échanges analogues avec d'autres poètes ce que cette conversation exige de moi, et j'essaie de l'énoncer avec passion. Aucun de nous deux ne paraît se sentir très concerné par le sujet en ce moment précis, mais nous le devons à notre métier.

Reuben travaille au musée en tant que volontaire. À côté de cela, il est conservateur du fonds Duke Ellington au Smithsonian. Le jazz est sa vie, mais son premier amour – qu'on n'oublie pas comme ça, ajoute-t-il – est la poésie. Dans les années quatre-vingt-dix, lorsqu'il était encore étudiant à l'université, il a connu un modeste succès avec son premier recueil. Cela l'a mené dans de beaux endroits et lui a apporté de bons contacts, mais une fois l'intérêt retombé, il a arrêté.

« Il ne faut jamais écrire si on n'a rien à dire. Il a fallu près de trente ans avant que j'aie de nouveau quelque chose à coucher sur le papier. Aujourd'hui, je vieillis, et la fugacité de la vie est un thème fécond, raconte Reuben avec une certaine satisfaction.

– Je vous admire », dis-je, en espérant avoir l'air aussi sincère que j'en ai l'intention. Reuben a eu le courage d'attendre, ce qui me semble de loin la chose la plus honnête qu'un artiste puisse faire.

« Oh, relativise-t-il, je n'ai jamais eu besoin de mes poèmes pour survivre, quand on est en détresse spirituelle, on écrit un tout autre genre de poésie.

– Anne Sexton, réponds-je, mais je songe tout autant à Sylvia Plath, à la Sud-Africaine Ingrid Jonker, ou à la Suédoise Karin Boye, et à toutes celles à qui leurs poèmes n'ont pas apporté le salut. Ces poétesses ont mis fin à leurs jours alors qu'elles étaient encore jeunes. Je pense au poème « La mort de Sylvia » d'Anne Sexton, qu'elle écrivit à la mort de Plath :

comment as-tu pu ramper,

y ramper seule
jusqu'à la mort que je désirais tant depuis des lustres,

la mort que nous avions dit avoir surmonté toutes les deux,
celle que nous portions sur nos seins maigres,

celle dont nous parlions si souvent après
avoir bu trois vermouths de trop à Boston[*]

En route vers Dulles Airport, il neige. Il neige depuis hier soir. Peut-être n'y suis-je tout simplement pas préparée, n'attendais-je la neige que plus tard, quand je serais dans les montagnes du Colorado, ou peut-être est-ce parce que le chauffeur Uber se concentre en silence sur la route glissante, et que rien ni personne ne vient interrompre mes pensées depuis trop longtemps déjà, petit à petit elles m'emberlificotent, peut-être est-ce parce que le ciel devant moi est si blanc et si épais, et le sol aussi est de plus en plus couvert, les voitures, l'autoroute, les glissières de sécurité, les panneaux indicateurs, les réverbères, les fils de haute tension, tout perd sa définition à présent que la neige gomme peu à peu le monde ; n'est-ce pas Cioran qui a dit : « Embrasser une chose par une définition, […] c'est la rejeter, la rendre insipide et superflue, l'anéantir. »

Tout est neuf à présent, et je vois clairement qu'il est beaucoup plus sensé de ne pas raconter tout ça, de l'effacer. Dans l'étendue blanche de l'autre côté de la vitre de la voiture, je ne distingue déjà presque plus rien hormis les panneaux de signalisation qui défilent par intermittence ; à travers la neige, des lettres orange crient : « *caution* », danger.

* Traduction de Sabine Huynh, Anne Sexton, *Tu vis ou tu meurs*, Éditions des Femmes, 2022.

| XIII |

Jardin de Sculptures Cinétiques de Starr Kempf

À partir de 1978

Colorado Springs

Starr Gideon Kempf (1917-1995)

Un FN Browning Challenger .22, de fabrication belge. Sans que je l'aie demandé, Joshua Kempf pose dans ma main le pistolet avec lequel son grand-père s'est tiré une balle dans la tête.

C'est la première fois que je tiens une arme à feu, j'aimerais la lâcher au plus vite, mais comme Joshua tient visiblement beaucoup à me la montrer, je garde le pistolet sur ma paume pendant quelques secondes admiratives, sentant d'infimes muscles se contracter, des vaisseaux se dilater. Je désire fortement ne pas être endommagée.

« C'était un tir propre. » Josh clarifie ses propos en portant une main sur sa tempe gauche, qu'il pousse vers la droite d'un petit coup sec. Après la décharge, le contrecoup projeta la tête de Starr Gideon Kempf contre un bout de carton accroché au mur, un bordel sanguinolent, le crâne explosé. Josh doit encore avoir le carton ensanglanté quelque part si je souhaite le voir, mais il faudrait qu'il le cherche.

Le Browning n'est pas un objet sentimental. Josh et sa femme, la Hongroise – enfin, à vrai dire ses ex-femmes sont toutes les deux hongroises –, l'ont utilisé une fois pour aller tirer. Ce n'est pas une arme bien puissante, pas assez spéciale pour aller jusqu'au champ de tir, c'est pourquoi ils sont simplement entrés dans le parc en face de la maison et ont emprunté un petit bout de chemin sur Cheyenne Mountain. Là-haut, ils ont tiré pendant un moment, sur des rochers essentiellement. Juste comme ça, pour voir ce que cela faisait.

La Maison Kempf se trouve au sommet de Pine Grove Avenue, à Colorado Springs. La rue monte vers Cheyenne Mountain. Six sculptures cinétiques en forme d'oiseaux, hautes de plusieurs mètres, ornent le jardin. Quand le vent se lève, leurs ailes et divers éléments se mettent en mouvement, se balançant, grinçant, tournant et s'élevant, comme si leurs silhouettes métalliques de trois mille kilos n'étaient pas clouées au sol. Les sculptures se situent à mi-chemin entre l'ingénierie artistique et la décoration de jardinerie.

Josh me montre *Charger*, la première dans cette série de réalisations monumentales que l'architecte et sculpteur Starr Gideon Kempf allait créer de 1978 à sa mort. On peut y voir une sorte de canne à pêche télescopique. Ou un chevalier sur sa monture brandissant une lance. Le centre pivotant de l'œuvre est une turbine en forme d'oignon.

« Chaque année, des oiseaux viennent nicher dans cette éolienne verticale. » Josh montre l'oignon. « Quand les petits arrivent au stade où ils prennent leur envol, ils croient que le monde est une plaque tournante. Ils n'ont pas la moindre chance de s'en tirer, en quittant le nid, le tournis les fait s'écraser l'un après l'autre. Mon grand-père pouvait en être malade une journée entière, de ces oisillons qui s'abattent au sol. »

Envers ses semblables, Kempf montrait généralement moins de compassion. Plus il pouvait asticoter les autres, plus il était motivé pour faire exactement ce qui lui chantait. Si quelqu'un lui disait qu'il ne pouvait pas faire telle ou telle chose, c'était une raison de plus pour la faire. Juste comme ça, pour voir ce que ça donnerait.

Pendant des années, les sculptures de Kempf causèrent des remous dans sa rue résidentielle. Non seulement elles bloquaient une partie de la vue sur les montagnes, mais elles engendraient également des inconvénients d'ordre pratique. Dans la période où Kempf travaillait sur *Sunrise Serenade*, un oiseau de quinze mètres de haut prenant son envol, il récolta une boîte à chaussures pleine de procès-verbaux. L'oiseau était couché sur le ventre dans la fonderie. Étant donné les dimensions énormes de la statue, son élégante queue de phénix dépassait de quelques mètres de la porte donnant sur la rue. Une barrière inexorablement baissée qui bloqua la circulation des mois durant.

« C'était sa nature, dit Joshua, un connard récalcitrant qui pétait régulièrement les plombs. »

Un jour, une femme en SUV Chevrolet Blazer tourna par mégarde dans Pine Grove Avenue. Elle pensait pouvoir faire demi-tour au bout de la rue pour revenir sur Cheyenne Boulevard et continuer sa route, mais une gigantesque construction d'acier qui barrait la rue sur toute sa largeur la força à s'arrêter brusquement. La dame descendit de voiture pour regarder de plus près l'obstacle ; dans son étonnement, elle oublia de serrer le frein à main. Le SUV fonça droit dans la sculpture. Avant même qu'elle puisse prendre la mesure de la situation, un homme tenant un chalumeau oxyacétylénique déboula dans la rue en hurlant. La femme parvint de justesse à lui échapper.

Lorsque Starr Kempf débarqua en 1948 avec sa femme et leurs trois jeunes enfants dans un pick-up déglingué depuis l'Ohio, il n'y avait pas encore de voisins à Pine Grove Avenue. Colorado Springs, aujourd'hui une ville moyenne de quatre cent mille habitants, n'était encore qu'un petit centre au milieu de plusieurs hectares de terres agricoles en friche.

À l'extrême limite de ces terres, au pied de Cheyenne Mountain et à l'ombre de Pikes Peak, un des plus hauts sommets des Rocky Mountains au Colorado, Kempf acheta un bout de terrain. Il utilisa de la dynamite pour faire sauter les blocs de roche dans le sol, là où il voulait construire sa maison d'architecte à niveaux décalés à flanc de montagne : la fonderie au niveau inférieur, l'atelier au-dessus, et enfin les pièces d'habitation.

Huit mois durant, la famille de cinq campa dans ce camion sur le terrain, pendant que Starr achevait son premier grand projet : la Maison Kempf. À l'époque déjà, il avait une prédilection pour les matériaux robustes. La façade est en brique jaune avec des finitions de bois sombre. Les murs intérieurs font trente centimètres d'épaisseur, les fondations descendent à cent vingt centimètres. À l'intérieur, il fit un usage particulièrement important de la ferronnerie. Un de ses amis, un certain David Supperstein, possédait une entreprise de démolition, où Kempf pouvait régulièrement venir chercher de la vieille ferraille gratuitement. À partir des barres d'armature utilisées pour renforcer le béton, il créa toutes sortes de petites grilles et portes, des candélabres incrustés dans le mur, ainsi qu'une châsse. L'aspect le plus curieux du logement sont ses plafonds bas. Kempf était complexé par sa taille : il mesurait un mètre soixante-huit et ne voulait à aucun prix paraître petit dans sa propre maison. En abaissant délibérément les plafonds, il pouvait vivre dans sa propre illusion d'optique.

Vers la même période, Colorado Springs, grâce à sa situation pittoresque dans les Rocky Mountains, commençait à attirer de nouvelles fortunes. En un rien de temps, Pine Grove Avenue se remplit de pavillons excentriques, majoritairement des manoirs médiévaux et des maisons d'architecte. Kempf voyait d'un mauvais œil cette arrivée massive de la classe moyenne supérieure et ne voulait rien avoir à faire avec tout ça. Ostensiblement, il délimita son terrain avec une série de têtes de bélier hostiles en aluminium.

Les sculptures demeurèrent dans le jardin devant la maison une vingtaine d'années, jusqu'à ce que, une nuit, elles soient volées. Le lendemain matin, Kempf enfonçait les poteaux d'une clôture de jardin dans le sol. Hedwig, en robe de chambre, lui cria du pas de la porte : « C'est quoi ce fichu tapage ? Où sont les têtes de bélier ?

– Les années soixante sont révolues, chérie ! » lança Kempf à sa femme sans lever les yeux de son travail.

Hedwig Roelen-Kempf naquit à Aix-la-Chapelle et se réfugia aux Pays-Bas à l'aube de la Seconde Guerre mondiale. Lorsque les rafles se firent plus fréquentes là aussi, elle dissimula ses économies dans deux armoires anciennes. Elle fabriqua un faux certificat d'un acheteur américain inexistant et embarqua pour l'Amérique en tant qu'accompagnatrice des meubles d'art.

Arrivée à Ellis Island, elle n'eut même pas besoin de mettre les armoires au clou : en tant qu'infirmière, elle trouva aussitôt du travail. Au bout de quelques semaines, on lui proposa un contrat à l'hôpital Penrose, au Colorado. Il lui importait peu de devoir poursuivre son périple vers l'ouest. Elle avait seulement besoin d'une paire de bonnes chaussures.

Ce fut ainsi que fin 1941, la jeune et jolie Allemande entra un jour dans l'unique magasin de chaussures de Colorado Springs à la recherche d'une paire de souliers solides. Le jeune homme chargé des essayages s'accroupit pour lui glisser un mocassin blanc au pied, il vit comment, sous sa jupe, son bas en nylon remontait loin au-dessus du genou. Avant même qu'il ne se fût remis debout, il l'avait déjà invitée à sortir. Hedwig, portée par l'élan aventureux de la nouvelle vie qu'elle commençait, dit oui. Plus tard ce même soir, assise seule au restaurant, elle se maudirait.

Starr détestait son job au magasin de chaussures. Il ne s'intéressait ni aux souliers, ni aux bonnes manières, et de plus on marchait sur ses plates-bandes. Ce soir-là, justement, il fallut qu'on lui demande de rester tard pour dresser l'inventaire. Lorsqu'il eut enfin terminé, l'heure du dîner était passée depuis longtemps, Hedwig n'était plus au restaurant.

Ce n'était pas tant que Starr tenait à s'excuser, mais la promesse de ce bas en nylon qui montait l'avait rempli de détermination. Dans son imagination, ce dernier flottait déjà autour de la cheville de la jeune femme.

Les mocassins blancs constituaient un indice facile, il téléphona à l'hôpital et obtint sans trop fournir d'explications le numéro privé de la nouvelle infirmière allemande.

Plus tard ce même soir, ils finirent par se retrouver malgré tout, dans la dernière boîte encore ouverte, le Navajo Hogan, une grange octogonale où les travailleurs de la mine venaient danser.

Le voilà assis face à elle à une des tables de la cafétéria, un jeune Ernest Hemingway. Starr était petit de stature, mais son assurance et sa morphologie athlétique faisaient de lui quelqu'un d'impressionnant. Il n'était pas pressé de la rassurer, ni de se diriger vers le jukebox – c'est du moins ainsi que Hedwig se représentait le déroulement d'un rendez-vous galant en Amérique. Le vendeur de chaussures se révéla être un artiste, originaire de l'Ohio. Un parcours peu commun l'avait amené à près de deux mille kilomètres de là, à Colorado Springs.

Starr Gideon Kempf naquit à Bluffton, un petit village de mille habitants à peine dans le nord de l'Ohio. Il reçut une éducation anabaptiste radicale dans une ferme au sein d'une communauté mennonite fermée. Son père et ses sept oncles lui apprirent les métiers de menuisier et de forgeron, mais aussi la mécanique et l'ingénierie. Le passe-temps préféré du petit Starr était de sculpter dans le bois les animaux qu'il voyait autour de lui.

À l'âge de seize ans, il s'échappa de la communauté. Il prit le premier train venu en direction de l'ouest, et c'était ce qu'il continuerait à faire pendant les quatre années à venir : aller de plus en plus loin vers l'ouest. Comme s'il ouvrait les yeux pour la première fois, laisser entrer la lumière, chasser l'horizon – et toutes ces bêtises qu'un jeune aventurier se raconte pour faire semblant qu'il va quelque part au lieu de fuguer.

Çà et là, il s'attardait, travaillant un moment pour amasser quelques sous pour le prochain passage, peu lui importait ce qu'il fallait faire, il leva des poissons au kilo pour un restaurant de Salt Lake City, en Californie il fut un certain temps soigneur d'animaux de cirque. Tout était délicieusement temporaire, par contraste avec la damnation éternelle avec laquelle il avait grandi chez les mennonites.

Au cours de ses nuits cahotantes passées sur des trains de marchandises qui filaient d'un État vers l'autre, il passa beaucoup de temps avec des personnes de toute origine. Il se lia d'amitié avec des Afro-américains, des gens que son éducation étriquée ne lui avait jamais permis de rencontrer. Starr Kempf s'enthousiasma pour leur culture, et surtout les spirituals, qui lui inspirèrent les titres de deux de ses premières fresques, *Over Jordan* et *Swing Low, Sweet Chariot.*

En 1937, son intérêt pour l'art mural l'attira au Colorado, où le muraliste canado-américain Boardman Robinson était parvenu à rassembler un cercle d'artistes intéressants autour de lui. Le jeune Starr Kempf lui montra un de ses dessins, une scène rurale représentant une famille qui paraissait sortie du XIXe siècle, leur cheval et leur chariot. Boardman Robinson fut drôlement impressionné et lui décrocha une bourse d'études du Fine Arts Center, où il siégeait au conseil d'administration.

Quand Kempf dut se présenter lors de la soirée de distribution des bourses, il garda le silence sur son enfance au sein de la communauté mennonite et écouta complaisamment les exégèses.

Son génie artistique s'épanouit au cours de sa formation au Fine Arts Center, même s'il ne s'exprimait pas de la façon dont l'avaient attendu ses bienfaiteurs. Depuis son admission, il n'avait plus croqué le moindre attelage. Ce furent les Afro-américains qu'il avait connus au fil de ses errances qu'il représenta encore et encore dans ses dessins. Dans le Midwest, encore très ségrégué, cela ne fut pas bien vu. Un professeur lui intima d'arrêter ce *negro nonsense*. Kempf aurait manqué d'envoyer à l'hôpital cet homme, qui faisait une tête de plus que lui.

Malgré cet incident, Kempf obtint son diplôme avec les honneurs. Ensuite, il servit deux ans comme technicien dans l'Army Air Corps. Ce fut à cette époque que les premiers signes de dépression apparurent. En raison de cette « gravité intérieure », on lui accorda une démission honorable du service. Ce congé était le bienvenu, il se voyait ainsi dégagé de toutes obligations. Pour financer sa pratique artistique, il fit, comme lors de ses vagabondages, toutes sortes de jobs qui ne lui demandaient pas d'efforts. Au moment où Hedwig entra dans le magasin de chaussures, il devait y travailler depuis une quinzaine de jours.

À peine huit jours après leur rencontre, le 6 janvier 1942, Starr et Hedwig se rendirent à Denver pour se marier. Après l'hôtel de ville, ils poursuivirent d'une traite jusqu'à l'Ohio, l'État natal de Kempf qu'il avait fui. On ne peut qu'émettre des conjectures sur ce qu'il allait chercher chez lui, il n'était pas du genre à se réconcilier. Le couple y passerait pourtant les six premières années de son mariage et y aurait ses trois enfants, Madelin, Michael et Charlotte.

Joshua me commande une portion de *buffalo wings* et un *Dirty Sanchez.* La boîte où ses grands-parents eurent leur premier rendez-vous s'appelle à présent Johnny's Navajo Hogan. À l'extérieur, le visage d'un Indien navajo haut de plusieurs mètres trône sur la façade, éclairé au néon.

« Ça ne se fait plus, hein, mais bon, l'endroit est sympa », dit Josh dans une tentative de faire du politiquement correct. Je m'aperçois seulement maintenant qu'il a une paupière tombante, la gauche.

Le Hogan a été modelé d'après une habitation navajo traditionnelle, construite pour les mineurs du Colorado – la majorité d'entre eux étaient des Indiens navajo. L'établissement routier se compose de deux salles octogonales, chacune surmontée d'une coupole.

« Bâti sans le moindre clou. C'est vraiment une merveille technique », raconte Josh, qui a hérité l'amour de l'architecture et de la construction de son grand-père. Au centre, sur la ligne tangente entre les deux octogones, se trouve le bar, au milieu des tables et des banquettes recouvertes de cuir dans le style typique des *diners* américains. Sur la scène derrière le bar, quelques vétérans chantent du karaoké à tour de rôle, c'est plus triste que voulu.

« Je veux de la sauce piquante avec ça, et il me faudra un autre cocktail. » Josh donne des instructions au serveur qui apporte les *buffalo wings*.

Je croyais qu'il allait être difficile de parler à un membre encore vivant de la famille d'un de mes architectes, ce sont après tout des sujets assez sensibles, comme leur échec et leur désespoir, qui m'intéressent, mais Josh ne pèse pas ses mots. Il semble plutôt éprouver le besoin de parler le plus possible du suicide de son grand-père, non qu'il ait du mal à l'accepter – il avait dix-huit ans quand c'est arrivé en 1995, et il le connaissait à peine –, mais parce que d'une manière ou d'une autre, cela paraît donner un sens à sa vie. Autrefois, il n'avait pas de centres d'intérêt particuliers. Le coup de feu bien visé de Starr l'a inscrit dans une histoire en cours…

« Nous savions que cela allait arriver, et nous ne pouvions rien y faire. Quand il ne pourrait plus travailler, il ne voudrait plus vivre. Il le criait depuis des années. *When I'm done, I'm done.* Si on avait essayé de l'en empêcher, il s'en serait sans doute pris à nous. *Hell*, une fois, il a braqué un fusil sur Michael, mon père, quand celui-ci lui a parlé d'une maison de retraite. »

En outre, son aïeul mort lui fournit une occupation. Cela ne fait que très peu de temps que Josh a quitté le Royaume-Uni pour s'installer à Colorado Springs de manière permanente. Dans un premier temps pour régler quelques affaires familiales pour Starr Enterprises, mais depuis peu, il se consacre à plein temps à la rénovation des sculptures. Il y travaille jusqu'à seize heures par jour. Il y a toujours quelque chose à réparer. Les statues souffrent considérablement des conditions météo. En ce moment, c'est la tête de *Spirit Sunshine*, l'oiseau qui bat des ailes, qui est cassée, endommagée par une averse de grêle. Il doit régulièrement recouvrir les sculptures d'une nouvelle couche de laque pour éviter qu'elles ne rouillent. Son grand projet est la statue que Starr a laissée inachevée dans son atelier, *Untitled*.

Josh rêve de la terminer. Probablement plus par envie d'avoir quelque chose à lui que par dévotion pour son grand-père. Il ne comprend pas ce que Hedwig a pu lui trouver, à ce hâbleur, ce premier soir ici au Hogan. De sa grand-mère, il parle comme d'une sainte.

« Toute sa vie, Hedwig s'est occupée des malades proches de la fin. Lorsque Julie Penrose, la femme du magnat hôtelier Spencer Penrose, était souffrante, ma grand-mère l'a soignée chez elle, en plus de son emploi à plein temps à l'hôpital. Qu'un ange l'avait guidée vers la dernière lumière, voilà ce que Mrs Penrose a dit sur son lit de mort : cet ange, c'est ma grand-mère. »

J'opine. Quoi que Hedwig ait vu dans le rigide Starr Kempf, cela se révéla assez convaincant pour qu'elle l'épouse huit jours après leur première rencontre, et un fondement solide pour cinquante et un ans de mariage.

Pour leurs noces d'or, Starr installa une sculpture cinétique dédiée à Hedwig dans le jardin. *Peace Symbol* est un simple harnais d'acier autour d'un signe de la paix qui tourne sur lui-même. Il se détache parmi les autres œuvres comme un bijou bon marché.

« Bon, il a fini par le faire », dit Hedwig en rentrant le jour de la mort de Starr. Il n'y eut pas beaucoup de larmes. Non pas qu'elle n'éprouvât pas de chagrin, mais elle savait qu'elle n'y était pas pour grand-chose. Si son corps ne lui permettait plus de réaliser ses œuvres d'art, alors il n'avait plus besoin de ce corps. *When I'm done, I'm done.* Une vexation narcissique, un dernier geste d'obstination, peut-être était-il simplement en bons termes avec la fugacité de la vie.

Starr Gideon Kempf avait soixante-dix-huit ans lorsqu'il se tira une balle dans sa fonderie, le 7 avril 1995. Ce jour-là, un jour quelconque, son corps refusa de le servir. Genoux usés. Dos cassé à force de trimbaler des bouts de métal. Rhumatismes. Un cœur peu fiable.

Quand il sut que le moment était venu, il était dans la fonderie, penché sur son ultime sculpture. *Untitled* reposait sur les tréteaux, monté et poli, seules les finitions à la peinture restaient à faire, mais ses doigts n'y arrivaient plus. Il ne parvenait pas à attraper ce fichu pinceau.

L'avant-dernière étape. La dernière couche de peinture. Mais cette peinture, même un idiot pourrait la mettre. La production est soumise à la régie finale. Et ce fut rassuré par la certitude qu'il pouvait laisser la sculpture inachevée qu'il décida de sa fin.

Je pense que ce coup de feu fut un geste intentionnel autonome. Je pense que pour Kempf, l'acte d'appuyer sur la gâchette pour se donner la mort primait sur le résultat du geste, « l'être-mort ».

En fait, l'irresponsabilité avec laquelle Kempf menait sa vie m'impose le respect. Grâce à son attitude complètement autocentrée, il semble ne jamais avoir supporté les conséquences de quoi que ce soit, tout simplement parce que celles-ci ne l'intéressaient pas.

Moi, je m'acharne désespérément à prévoir les conséquences de chacun de mes gestes. Sans doute est-ce dû à une illustration qui figurait dans mon livre d'histoire en quatrième. Elle représentait l'enfer : dans une suite de scènes de torture explicites, les mauvaises âmes sont punies par les diables d'avoir vécu dans le péché, et ce, pour l'éternité. L'image portait cette légende : « La prédestination dans la doctrine calviniste ». En fin de compte, le vignette ne m'a pas conduite à la dévotion, mais pendant un certain temps, je me suis sérieusement demandé : et si c'était vrai ?

Quand j'étais dans l'atelier de Kempf avec Josh, j'ai aperçu une estampe : *The Furies*. Un homme nu et musclé figurant Dieu se tient, marteau levé, au-dessus d'un homme étendu sur l'enclume. Il est tentant de vouloir psychologiser cette œuvre : quelque part, dans un coin de son esprit, son éducation mennonite continue à lui jouer des tours, en agissant comme instance correctrice.

Mais cela n'a pas de sens. En effet, dans le pied de l'enclume, il y a un impact de balle. Kempf a créé cette œuvre dans le but de tirer dessus. Il ne se laissait déterminer par rien.

Quelque part au milieu des années soixante dix, Starr Kempf, qui venait d'entrer dans la soixantaine, a dû voir que sa foi incontestable en son propre génie ne se reflétait pas dans la réception de son travail. En y réfléchissant, il pouvait constater qu'objectivement il n'avait pas obtenu suffisamment de reconnaissance jusque-là.

Cette conscience n'entraîna pas de sentiment de doute ou d'échec, bien au contraire : elle le résolut à créer une œuvre incontournable. Il serait littéralement impossible de ne pas la voir.

Ce ne fut qu'une fois arrivé en Tchécoslovaquie qu'il appela Hedwig pour lui dire où il se trouvait. Il reviendrait dans quelques mois, devait acquérir une meilleure maîtrise de certaines techniques, raison pour laquelle il s'était proposé comme apprenti dans une fonderie.

Un an après son retour il se lança dans la fabrication de la série de sculptures cinétiques monumentales qui le rendirent célèbre. Il fallait deux à trois ans pour réaliser chaque œuvre. Kempf faisait presque tout seul, y compris le montage à l'aide de grues industrielles. Entre 1978 et 1995, en un tour de force ininterrompu, il érigea dix sculptures dans le jardin devant sa maison.

Rien que par leur ambition, les *Kinetic Sculptures* se distinguent nettement du reste de l'œuvre de Kempf. Deux maisons. Sept pièces de théâtre, dont trois montées dans un théâtre en Californie. Une autobiographie, qu'il fit lui-même disparaître. Une dizaine d'eaux-fortes. Deux fresques murales. Ainsi qu'une série de cinquante-deux petites statuettes en bronze décoratives représentant des personnages africains stylisés – à classer dans la catégorie « antiquités ethniques » ou à considérer comme une tentative d'appropriation culturelle déplacée. D'après Kempf, elles représentent la lutte existentielle et la quête de liberté.

Octave and Twelve, le numéro 49 dans la série, est d'une beauté fragile remarquable ; elle montre un homme nu et un pélican engagés dans une danse parallèle. Ses qualités tactiles rappellent l'œuvre de Rodin.

Les petits bronzes plaisaient aux collectionneurs. À partir de chaque original, Kempf réalisa plusieurs copies pour la vente. À un certain moment, cela pouvait l'occuper à plein temps. Des moulages en plâtre traînaient régulièrement dans le caniveau devant son atelier : jetés par la fenêtre parce qu'ils n'avaient pas la forme parfaite. Certains habitants du quartier ramassaient ces exemplaires « ratés », mais neuf fois sur dix un Kempf rugissant se lançait à leur poursuite et leur arrachait la statuette des mains avant qu'ils puissent atteindre la porte de leur maison.

Il finit par mettre fin à la série de bronzes, pour des raisons de santé. Les symptômes étaient déjà à un stade avancé : le blanc des yeux jauni, une langue au goût de fer. Une exposition prolongée aux émanations toxiques lui avait donné les *zinc shakes*, la fièvre des métaux.

Malgré son succès considérable en tant que sculpteur, Kempf estimait qu'on lui mettait des bâtons dans les roues. Les coupables étaient pour partie la scène artistique incestueuse de Denver, mais avant tout l'engouement répréhensible de l'époque pour le modernisme.

Selon Kempf, l'art devait être personnel et, surtout, robuste : il fallait pouvoir jeter une sculpture du haut d'une falaise, puis sauter soi-même derrière pour constater au fond du précipice que la chute n'avait pas causé le moindre dégât sur l'œuvre – l'artiste, quant à lui, pouvait se blesser dans son plongeon, la plupart d'entre eux étaient de toute manière des connards insupportables. C'était d'ailleurs l'unique raison pour laquelle il continuait à se rendre aux *garden parties*: afin de pouvoir y proclamer précisément cela.

Quelques maisons séparent celle des Kempf d'une demeure phénoménale. Une charpente en bois fin et en verre se ramifie autour du cœur de la création: un chêne américain magistral. La maison fut dessinée et habitée par Elizabeth Wright Ingraham, la petite-fille du célèbre architecte Frank Lloyd Wright. Elle débuta son apprentissage dans le studio de son grand-père à l'âge de quatorze ans, avant de poursuivre des études à Chicago auprès de Mies van der Rohe.

En 1948, la jeune architecte fraîchement diplômée déménagea à Colorado Springs. D'abord, parce qu'il y avait de la place. Autour du petit noyau urbain s'étendaient des surfaces de terres sans usage qui se déroulaient comme du papier à dessin vierge, les possibilités de création étaient infinies. Et il n'y avait pas de concurrence. Wright Ingraham le fit comprendre de manière souveraine: dans les années cinquante, elle ne dessina pas moins de quatre-vingt-dix maisons à Colorado Springs et dans les environs.

Starr Kempf, qui se considérait bel et bien comme un concurrent, ne dessina en tout et pour tout qu'un logement modeste supplémentaire en face de sa propre maison. L'habitation était destinée à ses parents, elle attendait le jour où ils seraient prêts à quitter la communauté mennonite. Ils n'y emménagèrent jamais.

« Les olives sont dégoûtantes.

– Non, ils sont sympathiques », le corrige Hedwig, soupçonnant que Starr ait parlé des olives tout en faisant référence aux Wright Ingraham.

Elizabeth et son mari Gordon organisent régulièrement des cocktails dans leur jardin : des fêtes qui, comme tout ce qui les concerne, se caractérisent par une esthétique bien réfléchie. Un dérivé de la *Prairie School* de Lloyd Wright. *Translatio*, ambition bon marché, pense Starr, mais il ne le dit pas tout haut.

Leur jardin est tapissé d'écorce et clos de hêtres, comme une clairière dans une forêt. Bossa-nova en fond sonore. De petites lumières ont été accrochées aux branches les plus basses. Tout cela est très féerique. Starr examine minutieusement le tracé des guirlandes lumineuses : où Gordon a-t-il caché son générateur ? Avant qu'il puisse le découvrir, il s'agace une nouvelle fois des bouts d'écorce, qui font entendre un craquement moqueur sous ses semelles. Si c'est une architecture purement américaine que vous cherchez, commencez donc par aménager une pelouse, voilà qui serait une intervention paysagère révolutionnaire, songe-t-il. Les cocktails ne font pas partie de ce que Starr aime des années soixante, mais il s'y rend quand même. En premier lieu parce que les voisins n'apprécient guère sa présence, et puis Hedwig croit au sens de la communauté. Si ça peut lui faire plaisir.

Le dentiste du 2010 Pine Grove Avenue, selon toute probabilité l'homme le plus ennuyeux qu'on puisse trouver dans tout l'État du Colorado, s'approche d'eux.

« Sois aimable. » Hedwig formule l'ordre comme une proposition.

« S'il se débarrasse de ce balai qu'il a dans le cul, promet Starr.

– *Hi buddy* ! le salue le dentiste. Quel jardin, on voit bien que nous sommes chez deux architectes de premier ordre ! »

Starr tousse et fait remonter un glaviot.

« D'ailleurs, j'ai vu un de tes petits Africains dans la *Springs Gazette*, poursuit le dentiste. Celui avec le pélican. C'est du beau travail, ce bronze, très moderne. »

Moderne? À qui ce dentiste croit-il s'adresser? À Jackson Pollock peut-être? Pollock, ce dégoulineur paresseux. Ça exécute une danse d'Indiens avec une brosse mouillée, barbouillis, gribouillis, et Sigmund Freud, encore un de ces idiots, l'applaudit: comme c'est moderne! L'art moderne! Intuition de mes couilles! C'est à vomir, tiens, voilà encore un glaviot!

Starr crache sa glaire aux pieds du dentiste, deux sabots d'hôpital blancs perplexes. Hedwig sirote son martini dry et dissimule un sourire derrière son verre.

County Road se révèle une piste de montagne sinueuse. L'épaisseur de neige atteint vingt centimètres à cette altitude. Heureusement, les pneus d'un prédécesseur y ont laissé des traces, de sorte que je vois où je peux rouler, mais il est difficile de garder une bonne adhérence, même avec les chaînes. De surcroît, la réverbération du soleil sur la surface blanche est éblouissante, je n'y vois rien. La route est une tache d'un blanc éclatant, glissante et capricieuse, qui m'aspire et m'étale.

Derrière le cinquième virage se trouve le Rocky Mountain Mennonite Camp. Ensuite, les lacets se resserrent et la montée se fait plus raide. La route conduit à Crags Trail, une rando qui monte à 4267 mètres. Au parking visiteurs, la Fourmile Creek dévie vers la gauche, et la route s'arrête. Sur la pente glissante qui mène au Crags Trail Head, j'aperçois un homme qui agite frénétiquement les bras, sa figure rougie par le froid. Un peu plus loin, une BMW noire gît dans le fossé.

« *Thank God!* » s'écrie-t-il. Cela faisait déjà deux heures qu'il était coincé sur la montagne.

« Je n'aurais jamais dû monter ici. Quel con je suis. Pourquoi je suis monté? Je pourrais aussi bien me tuer. Dieu merci, vous êtes là. »

Nous essayons à tour de rôle de pousser la voiture hors du fossé, tandis que l'autre appuie sur l'accélérateur. Je ne parviens pas à mobiliser assez de forces, je m'enfonce dans la neige jusqu'aux genoux. Après plusieurs tentatives, les roues qui tournent sur place n'ont fait qu'embourber plus profondément la voiture. Je lance tout mon poids contre le coffre, mais l'auto bouge à peine. On n'y arrivera pas. Désespéré, l'homme assène des coups sur le klaxon, le hurlement déchire le paysage silencieux. L'espace d'un instant, j'ai peur qu'il ne réveille quelque créature ancienne.

« Calmez-vous ! crié-je. Est-ce que je peux vous conduire en bas, pour aller chercher de l'aide ? » Il tape sa tête contre le volant, trois fois, quatre fois.

« Vous ne pouvez pas m'aider », dit-il, et claque violemment la portière.

Trois heures plus tard, lorsque je retourne au parking visiteurs après ma randonnée sur Crags Mountain, la voiture est toujours dans le fossé. Si l'homme a laissé des traces de pas derrière lui, la neige les a effacées entretemps.

Le lendemain, Josh m'emmène dans la fonderie sous la maison. Il me laisse passer devant lui sur le petit escalier en colimaçon branlant, une descente dans un trou obscur. Bois mouillé. Limaille. Poussière. Rouille. Allumettes. Quelle est cette odeur ? En bas, il fait humide et l'obscurité est totale, quand tout à coup un bras glisse sur mon thorax. Ma respiration se coupe dans un halètement sans bruit avec la force d'un coup de poing, et pendant quelques secondes suffocantes, je ne parviens plus à expirer. Je veux crier, mais ma bouche est pleine d'eau, comme si le bras me maintenait sous la surface, comme si j'étais de nouveau coincée sous le tapis flottant avec le gros garçon de ma classe dessus. Qui croira que je me suis noyée ici ?

Josh s'excuse de m'avoir touchée par inadvertance et allume la lumière en passant devant moi. Nous sommes dans la fonderie, une pièce longue et profonde, environ douze mètres jusqu'au côté rue, où des outils, toutes sortes de petites machines, de vieux bouts de ferraille, des plaques d'aluminium et des centaines de vis et d'écrous en vrac s'entassent du sol au plafond. Les affaires semblent avoir été jetées sur les rayonnages dans le chaos de l'activité. Tout y est pêle-mêle. Un étranger n'arriverait pas à mettre la main sur un tournevis là-dedans, et devrait faire bien attention où il met les pieds, le sol est un enchevêtrement de câbles et de fils mal enroulés.

Mais c'est une fosse aux serpents abandonnée : cela fait vingt-trois ans que Kempf jeta ici sa mue pour entrer dans la vie éternelle. Depuis sa mort, l'atelier est resté sans utilisateur, les objets demeurent intouchés dans leur dernière position. Même son ultime sculpture, *Untitled*, repose toujours sur six tréteaux au milieu de la fonderie.

« La voici », dit Josh.

Nous contemplons solennellement l'œuvre exposée sur sa bière, plus longtemps que ne dure mon intérêt. Une rame longue de plusieurs mètres. Un gigantesque couteau à beurre. Une forme allongée. Sobre, comparée aux oiseaux-turbines ingénieux dans le jardin.

Josh me raconte pour la seconde fois qu'il va terminer et assembler la sculpture.

Je hoche la tête. Mon regard erre vers le plafond, des dizaines de plaques d'immatriculation sont clouées aux solives.

« Que des vieilles guimbardes que Starr a retapées pour en faire des chevaux de course. La beauté d'un tas de ferraille, raconte Josh, mais en tout cas *some sweet rides*, de chouettes bagnoles. Celle-ci provient d'une Cadillac vert menthe de 57, et cette plaque-là, c'est celle de la Harley-Davidson blanche. Une fois, Michael, mon père, a eu le droit de monter derrière. Ils sont allés faire un tour pour ses neuf ans. Starr était dans Uintah Street, perdu dans ses pensées au feu rouge qui entretemps était passé au vert, lorsque la voiture derrière lui l'a dépassé. Starr a brûlé le pavé à la poursuite de cette auto, et l'a collée jusqu'à ce qu'il puisse lui faire une queue de poisson. Après avoir réussi à arrêter la voiture sur le bord de la route, il a traîné le conducteur hors du véhicule et l'a complètement démoli à coups de pied. Mon père avait neuf ans. Somme toute, il s'est tiré de son éducation sans trop de dégâts, mais ce n'est pas Starr qu'il faut remercier pour ça. Tu sais à quoi ça tient ? Mon père a un charme fou, ça a toujours été le cas, et il mesure un mètre quatre-vingt-dix. Les épaules larges. Tout le contraire de Starr. Il entrait sans cesse en compétition avec son propre fils. Mais qui fait ça ? Il y a beaucoup d'amertume. En fin de compte, je n'ai pas vraiment connu cet homme. »

Lorsque sa sœur Charlotte demanda l'usufruit de la maison après la mort de leur père, Michael Kempf ne fit pas d'objections. Cela faisait des années qu'il vivait au Royaume-Uni, où il avait fui la relation compliquée avec son père, et même avec le décès, il ne voulait toujours rien avoir à faire avec les sculptures. Leur sœur aînée Madelin vivait sa vie à Lafayette, en Louisiane. En outre, leur mère se faisait vieille, Charlotte pourrait s'en occuper si elle s'installait dans la maison.

Charlotte « Lottie » Kempf avait quarante-huit ans quand elle perdit son père. Elle était célibataire et très proche de ses parents. Il ne se passait pas un jour sans qu'elle ne vînt faire un saut à la maison.

Lorsque, le 7 avril, Charlotte découvrit son père écroulé contre le mur de son atelier, le visage à moitié arraché, elle considéra comme l'accomplissement de sa vie le fait que ce soit elle qui l'ait trouvé ainsi plutôt que ses frère et sœur. Les paumes de ses mains étaient tournées vers le haut dans un geste d'offrande, comme s'il avait voulu lui faire ce don.

Le sang se devinait à peine, une fois séché il était d'une teinte juste un peu plus foncée que le rouge du pull de Kempf, qu'il portait d'habitude seulement à l'extérieur – au cas où il y aurait un photographe dans les parages, pour s'assurer d'être bien visible sur la photo. Dans cette scène, personne pour lui voler la vedette.

Après avoir découvert le corps, Lottie traversa la rue. Leur voisin Jeff, qui aidait régulièrement Starr pour transporter les bouts de métal, aida Lottie à le racler du mur et à le rendre présentable. Vers midi, quand Hedwig rentra, Lottie avait entouré la tête déchiquetée de son père d'un linge et l'avait allongé sur le lit. Il ressemblait à un des *Amants* du tableau de Magritte.

Peu de temps après l'enterrement, Lottie entreprit de proposer des tours guidés de la maison et du domaine des Kempf. Elle ouvrit la fonderie, l'atelier et le jardin de sculptures au public. Moyennant paiement, elle accueillit des hordes de touristes, parfois jusqu'à huit autocars par jour. Des amateurs d'art du monde entier affluèrent pour admirer les sculptures cinétiques de Kempf animées par le vent dans le décor des formidables Rocky Mountains.

En un rien de temps, Pine Grove Avenue fut inondée par la circulation. La rue débordait de voitures en stationnement. Certains habitants ne pouvaient plus sortir de leur allée. Plusieurs voisins perdirent un chat sous les roues d'une voiture de location. Parmi eux, Mrs Winemiller du 1923 Pine Grove Ave, qui se vit contrainte de lancer une pétition pour le bien-être des chats du quartier. Là où naguère les minous traversaient à leur aise la rue résidentielle en se dandinant, ils devaient à présent courir pour avoir la vie sauve et ne pas se faire happer par les roues destructrices des voitures des touristes. Il fallait en finir, estima Mrs Winemiller, qui parvint à rassembler huit cents signatures.

Après cette campagne réussie, plusieurs voisins formèrent une cellule de réflexion pour envisager d'autres plaintes à déposer. En l'espace de sept ans, grâce à un examen minutieux de la réglementation sur les constructions, les habitants du quartier parvinrent à démontrer que les sculptures érigées enfreignaient les règles. Cumulées, les amendes pour ces infractions pouvaient monter jusqu'à soixante-douze mille dollars.

Lottie choisit de ne pas ouvrir le courrier. Ce fut Josh qui comprit le premier la gravité de la situation, lorsque son père reçut des mises en demeure pour le paiement des pénalités en Angleterre.

En 2002, le tribunal pose un ultimatum à la famille Kempf : soit Lottie cesse les visites, soit les sculptures seront enlevées sur décision de justice. Six sculptures sur dix étaient effectivement en infraction aux règlements de construction.

Josh fait le voyage au Colorado pour jouer les médiateurs. À son arrivée, il trouve Hedwig confuse et enfermée dans l'office, tandis que Lottie fait visiter le jardin à un groupe de visiteurs retraités.

« Ne viens pas traîner tes guêtres ici, mon garçon, nous avons un permis pour le terrain. Ces règles pour la construction ne s'appliquent pas à nous », dit Lottie.

Josh lui montre l'assignation et explique que la ville a toute autorité pour enlever les sculptures. Lottie explose et se lance dans une tirade, hurlant ce qu'elle soupçonnait depuis quelque temps déjà : son neveu Josh et la municipalité de Colorado Springs font partie d'une conspiration qui complote pour la ruiner. Ce ne serait pas la première fois que cela se produit, elle a des raisons de croire que Kofi Annan aussi cherche à la détruire…

Le lendemain matin, Hedwig a disparu. Avec l'aide d'un détective privé, Josh retrouve sa grand-mère deux jours plus tard dans un motel déglingué sans climatisation. Elle présente des signes de déshydratation. Un médecin constate une démence sénile de stade avancé. Hedwig ne sait plus comment elle est arrivée dans la chambre de motel, ni qui a fermé la porte de l'extérieur.

Quelques jours plus tard, un matin au début de juin 2003, un petit groupe de voisins se rassemble devant la grille du jardin des Kempf. Certains sont encore en robe de chambre, le col remonté, d'autres sont venus de plus loin et se sont habillés pour assister à ce qui adviendra.

Le premier sur place est Joshua Kempf, accompagné par deux voitures de police. Les gyrophares bleus tournent sans le son de la sirène. Lottie, qui n'a pas dormi de la nuit, se tient à la fenêtre. Quand elle voit qu'un des policiers force la grille, elle sort en courant et fulmine :

« Vous entrez sur une propriété privée. Vous n'avez pas de mandat. Il doit partir. Nous avons un permis pour ce terrain. Il doit partir. »

Lottie cesse sa diatribe quand elle voit arriver au loin les grues et engins de levage. Elle se met à cogner sur les agents dans l'espoir d'atteindre Josh, elle le maudit et l'agonit. Si elle l'attrape, elle jure qu'elle le tuera, il faudra lui passer sur le corps pour enlever les sculptures.

Les policiers l'immobilisent quand elle commence à les mordre. Josh ouvre la grille pour que le camion-grue puisse entrer. Hedwig se tient sur le pas de la porte, ahurie.

« Où sont les têtes de bélier en aluminium ? Pourquoi les grues sont-elles venues ? Starr ? »

Elle pousse des plaintes inquiètes, s'enfonce le mouchoir dans la bouche pour étouffer les sanglots qui montent. Josh s'occupe de sa grand-mère nonagénaire, anguleuse sous sa robe de chambre, son corps en détresse grinçant à chaque hoquet qui le parcourt.

Lottie est poussée à l'arrière de la voiture de police. La plupart des voisins restent toute la journée devant la grille, jusqu'à ce que les grues aient terminé leur travail.

En décembre dernier, trois semaines avant mon arrivée à Colorado Springs, Charlotte « Lottie » Kempf est décédée à l'âge de soixante-douze ans, confinée dans sa solitude dans une maison de repos.

« Je suis désolée, dis-je.

– La femme qui m'a menacé de mort à plusieurs reprises ? Moi, je ne regrette pas qu'elle ait cassé sa pipe, m'assure Josh. Ma grand-mère, par contre, me manque beaucoup depuis son décès. »

Nous sommes toujours dans la fonderie, Josh passe la main sur le métal de la sculpture qui gît au centre, à peine une caresse, et pourtant, ce toucher donne un instant l'impression qu'il est seul au monde.

Depuis ses tréteaux, *Untitled* nous adresse un regard indéfini. Je commence à penser que la sculpture ne demande rien de ses spectateurs, pas même qu'ils lui attribuent un nom ou une forme. Qu'est-ce qui nous dit qu'elle est supposée être achevée ? Peut-être Josh sait-il très bien qu'il n'a rien à terminer. Le choix de l'inachevé de Kempf m'apparaît soudain comme héroïque.

« As-tu peur de te lancer ? » J'ignore si c'est lui qui me pose la question, ou moi qui la pose à Josh ; en tout cas, aucun de nous deux ne s'apprête à donner de réponse sincère. Je remarque d'ailleurs une zone humide sur l'un des murs. Est-ce ici que le crâne de Starr a frappé après l'impact de la balle ?

Quelque chose goutte. J'allais m'abstenir d'en parler, mais maintenant que je me rends compte que j'ai les pieds dans une flaque d'eau, je me sens tout de même obligée de le signaler.

« Tu as une fuite, dis-je.

– Non, non, la fonderie est plus basse que la rue. Quand il pleut, l'eau dégouline.

– Mais il ne pleut pas.

– Si, si, il a plu sans cesse pendant le mois de juillet. »

C'est peut-être vrai, les planches inférieures de la paroi réservée aux outils sont effectivement vermoulues, le matériel est moucheté de taches corrodées vertes et noires. Je ne suis cependant pas tout à fait rassurée, l'eau couvre maintenant toute la surface du sol. Les câbles – certains sont encore branchés.

« Il n'y a pas eu de court-circuit, mais les dégâts étaient considérables. »

L'eau monte rapidement, mais John semble avoir raison : nous ne sommes pas électrocutés. À présent, l'eau se déverse aussi à plusieurs endroits par l'interstice entre les murs et le plafond. Avant de prendre réellement conscience de ce qui m'arrive, je suis immergée jusqu'à la taille. Josh ne fait toujours pas mine de bouger ; perdu dans ses pensées, il contemple la sculpture, et comme il reste immobile, je fais de même, en principe, je n'ai plus d'endroit où je dois aller.

« Pendant combien de temps a-t-il plu alors ? » demandé-je, légèrement inquiète, tandis que la masse d'eau montante soulève la sculpture de ses tréteaux, avant de l'engloutir dans sa profondeur désormais considérable. Josh n'a pas le temps de répondre que l'eau nous monte déjà aux lèvres. Je me dresse sur la pointe des pieds et recrache un flot d'eau juste au-dessus de la surface, elle a le goût du chlore, un flot plus grand me submerge. La fonderie tout entière est à présent inondée jusqu'à son faîte. Sous l'eau, j'essaie de garder les yeux ouverts pour localiser Josh, mais le chlore pique.

Combien de souffle me reste-t-il ? Certainement pas beaucoup, car un mince fil d'oxygène se tend sur le diamètre mon crâne, je dois m'y accrocher, je me souviens : si je ne veux pas me noyer, je dois m'accrocher au mince fil d'oxygène comprimé qui traverse ma tête. Je parviens à retenir le fil jusqu'à ce que la masse d'eau exerce une telle pression sur les murs de la pièce que la porte côté rue finit par céder. Le torrent se jette à l'extérieur, déversant les machines et les outils à flots dans la rue. Tel un poisson dont le bocal se serait fendu, je suis entraînée dehors par le courant. Toute l'eau que j'ai avalée me fait tousser violemment.

Alors que je me remets de la noyade, je vois Starr Gideon Kempf qui se tient à la porte de l'atelier, il est vêtu d'un pull rouge et fume une cigarette. Il vient de passer un bref appel à son avocat maître Grouse, juste comme ça, pour savoir où en sont les affaires. Lorsque, d'une pichenette, il envoie son mégot au loin, Jeff, le voisin d'en face, arrive dans son camion rouge bordeaux.

« Suis allé chasser sur Cheyenne Mountain, mais j'ai rien pris, lui crie Jeff depuis l'autre côté de la rue, en prenant son fusil sur la plateforme de chargement.

– Qu'est-ce que tu as là, un Marlin ? s'enquiert Starr.

– Un Marlin classique, c'est ça, confirme Jeff.

– C'est bien. Moi, je possédais un Remington autrefois, maintenant je n'ai plus qu'un petit Browning.

– Qu'est-ce qu'un sculpteur peut bien faire d'un pistolet ?

– Personne ne se souvient d'un artiste qui s'éteint dans son sommeil. »

Remerciements

Certains chapitres de ce livre furent rédigés en tant qu'étude préparatoire dans le cadre de mon travail de Master au Conservatoire Royal d'Anvers. Je remercie mon mentor Lucas Vandervost et mon encadrant Ilja Leonard Pfeijffer pour leurs soins et l'attention qu'ils ont portée à ces textes sous leur première forme encore précaire.

Je remercie l'Association des Clochers tors d'Europe, M. le maire de Verchin, M. le maire de Turnhout, Koen Broucke (qui est par ailleurs l'auteur de la photo du San Carlino et qui m'a fait découvrir l'œuvre de L.S. Lowry), Koen Peeters, Koen Van Syghel, Dirk Beirens, Marc Dubois, les Archives libérales de Gand, Werner Van Hoeydonck, David et Hilde Maenaut, l'Architekturzentrum de Vienne, la St. John's Library, Pasquale M., Mrs Cairns, la Librairie du Congrès, Thomas MacWood, Catherine Rashid et Joshua Kempf.

Je remercie Els Snick, qui m'offrit le gîte à Ostende pour que je puisse écrire avec vue sur le Seascape de Lowry.

Je remercie mes chers amis Juicy, Eli, Harm, Jonas dans la pièce en haut de la tour, Eliene, Anouk et les quadruplets d'avoir voyagé, parlé et lu avec moi, et de m'avoir entourée durant l'exploration de ce sujet dangereux.

Je remercie mon rédacteur Peter, mon agent Michaël, et mon designer graphique Steven pour la direction, l'espace et la forme dans lesquels et par lesquels ce livre a pu voir le jour.

Je remercie mon bien-aimé, mon compagnon de route, Wouter. Pour tout ce qui s'est passé dans et autour de ce livre.

Conception graphique et réalisation
Anne-Marie Bourgeois/m87design
Photographies de Charlotte Van den Broeck

✷

Achevé d'imprimer
sur Roto-Page
par l'Imprimerie Floch à Mayenne,
en août 2023

✷

Dépôt légal
septembre 2023
Numéro d'imprimeur
103037

✷

Édition n° 1

Imprimé en France